集英社オレンジ文庫

双蛇に嫁す

濫国後宮華燭抄

氏家仮名子

Contents

Characters
汪《おう》蘭《らん》玲《れい》
燕嵐の後宮〈夏燕宮〉の貴妃。
燕《えん》嵐《らん》
兄帝でナフィーサの夫。
彼女への寵愛ぶりは宮中で噂されるほど。
汪《おう》月《げつ》凌《りょう》
暁慶の後宮〈冬暁宮〉の貴妃。
狼《ろう》燦《さん》
双子帝の信頼が厚い
謎多き宦官。
暁《ぎょう》慶《けい》
弟帝でシリンの夫。
後宮に渡らないことで有名。

ナフィーサ
シリンの異母姉妹で
刺繍などを好む穏やかな性格。
かつてシリンの兄と婚約していたが、
濫人に殺されている。
シリン
草原を統べる族長の娘。
ナフィーサとは双子のように育つ。
騎馬や弓の腕は男顔負け。

イラスト／田村由美

双蛇《そうじゃ》に嫁《か》す

濫国後宮華燭抄

第一章

見渡す限りの草原を、一頭の馬が駆けていく。栗毛《くり》を太陽にきらめかせ、道なき道を疾《しっ》駆《く》する。

手綱《たづな》を握るのは、まだ少女の面影《おもかげ》を残した女だ。男装し、背には弓矢を負っている。纏《まと》った衣は南の濫《らん》国のものだが、女の横顔は草原に生きる民の血を色濃く感じさせる。

大きな目に通った鼻筋、厚い唇、そして風になびく豊かな黒髪。

女は右手で手綱を操る。その左腕には、懐《ふところ》から顔を出した赤子がひしと抱かれている。

赤子は、揺れる馬上にあって健やかな寝息を立てている。

女は一心に北へと馬を駆けさせる。

目の前に広がるのは草の海ばかりで、眼前には地平線以外に何もない。

それでも女は駆けていく。目に見えぬ、しかし女にははっきりと見えている場所を目指し、馬を走らせる。

どうか、と女は祈る。

その先に続く言葉を知らぬまま、それでも女は祈る。

どうか、どうか、と。


「女は嫁げば夫の家のものになる。誠心誠意、夫君にお仕えしなさい」

出立の日に母はそう言った。

母アルマの手はシリンの両肩を強くつかみ、指が肌に食い込むほどだった。

「わかっています、母様」

シリンが母の言葉に頷《うなず》くと、幾重にも巻かれた首飾りがしゃらしゃらと音を立てた。身に着けた衣が重く体にのしかかる。

母や祖母、そしてシリン自身が何年もかけて準備してきた衣裳や装身具をすべて纏っているせいだ。十を越えた歳《とし》からひと針ひと針刺繍《ししゆう》をほどこし、木片を彫り、石を繋《つな》ぎ、この日のために備えてきた。アルタナの娘にとって嫁入りは生涯最大の慶事であり、その人生を決定づけるものだ。嫁ぐまでの日々はすべてその日のため、つまり今日のためにある。

アルマはシリンの頭のてっぺんから爪先《つまさき》までじっくりと眺めた。まるで自分の作品の出来を確かめるように。

真っ赤な婚礼衣裳に身を包んだシリンの髪は黒く太く編まれ、榛《はしばみ》色の大きな目には意志の強さが宿っている。肌は草原の乾いた空気に晒《さら》されてなおすべらかだ。衣裳の上からでも、四肢《しし》が健やかに伸び、活力に満ちているのが見てとれる。

「シリン。とても綺麗《きれい》だわ」

アルマはとうとう目から涙をあふれさせ、それでも笑顔をつくって見せた。

母は娘を抱きしめた。シリンも母の背に腕を回す。

「母様、体に気をつけて。太陽の加護がいつでも母様の上にあるよう祈っています」

それだけ言うと、振り返らずに出て行った。

あとにはただ、鳶《とんび》の鳴く声が天高く響くばかりだった。

アルマはしばらくその場に立ち尽くし、さっきまで娘が立っていた場所を見つめていた。

やがて膝《ひざ》からくずおれるように地面にへたり込み、声を上げて泣いた。


「姉様！」

シリンがユルタと呼ばれる遊牧民の移動式住居を出ると、弟のナランが転がるように走ってきた。シリンの幼い頃によく似たその顔が上気している。

「もう行くの？」

弟の髪には、どこをうろついてきたのか枯れ草がいくつもついていた。シリンはそれを払い除《の》けてやる。

「まだ。向こうの使者を迎えるためのユルタに行くだけ」

「でも、そこに行ったらあとは使者を待って出発するだけでしょ？」

「そうだけど」

姉様、とナランが抱きついてこようとしたので、シリンはさっとそれを避けた。

「なんで避けるの！」

「だって、大事な婚礼衣裳よ。触られたら汚れるじゃない」

「姉様は俺よりも衣裳の方が大事なの？　かわいい弟と今生《こんじょう》の別れだっていうのに！」

「お別れなら昨日の夜さんざんしたでしょう。だいたい、今日はもう私に会うなって父様に言われなかった？」

言われたけど、とナランは口をとがらせた。

「じゃあ来ちゃだめでしょ。見つからないうちにおとなしく家に帰りなさい」

「やだよ！　最後まで一緒にいる！」

シリンは小さくため息を吐いた。その吐息が白く浮き上がる。

「ナラン、あなた今年でいくつになったの？」

「……十二だけど」

「十二なんてもう立派な大人じゃない。私が十二の頃には、とっくに父様について狩りに出てたわ。それなのにナランときたら、いつまでも甘ったれで。何年経《た》ってもヨクサルには蹴《け》とばされてばっかりだし」

シリンは屈み込んで弟と視線を合わせた。

「シドリ兄様がいなくなった今、次の族長になれるのはナランしかいないのよ。いつまでもそんなことでどうするの」

「そんなの関係ないよ！　いつか長《おさ》になることと、いま姉様との別れを惜しむことに、何も関係ない！」

ナランがわあわあ声を上げて泣き出したので、シリンは弟の自分より小さな体を抱きしめた。

「ごめん。今のは姉様が悪かった」

ナランは腕の中でぐずぐずと鼻を鳴らした。

「姉様のばか、いじわる。お嫁に行った先でいじめられちゃえばいいんだ」

「そんなことを言わないで。この先ナランを思い出す時、最後にひどいこと言われたなってそればっかり思い出しちゃう」

「そんなのやだ。今のはうそだよ。本当はお嫁になんて行ってほしくない。なんでよりによってあんなところに嫁入りしないといけないの？　村の誰かと結婚してくれたら、ずっとアルタナで暮らせるのに」

それができるなら、とシリンの胸はひそかに痛んだ。

「ありがとう。私もナランが好きよ。どこへ行っても、ずっと大切に思う」

そう言うとシリンは弟から体を離した。

「父様と母様をよろしくね。それからヨクサルのことも」

うん、とナランは涙を拭《ぬぐ》い、鼻水をすすり上げた。

「これからは父様の言うことちゃんときくし、母様のことは俺が守るよ。ヨクサルにもすぐに乗れるようになってみせる」

「今まさに父様の言いつけを破っているところじゃない？」

「そうだけど、これからはちゃんとするから！　今日だけだよ」

シリンは笑って、屈んでいた体を起こした。

「じゃあね、ナラン。今度こそお別れよ。いい子でね。立派な族長になるのよ」

ナランは拭ったばかりの大きな目から、またぼろぼろと大粒の雫《しずく》をこぼした。それでも、もうシリンに向かって手を伸ばそうとはしなかった。

一歩、二歩と離れてから、シリンの方が振り返ってしまう。

「ナラン！」

呼びかけると、涙でぐちゃぐちゃの顔がぱっと振り向いた。

「大好きよ！　私のたった一人の弟！」

ナランはこれ以上泣かないように歯を食いしばり、顔を歪《ゆが》めた。

「俺も！　俺も姉様が大好き！」

弟は泣きながら、ほとんど叫ぶようにそう言った。

声が大きすぎたせいか、向こうのユルタから恰幅《かっぷく》のいい男が飛んできた。シリンとナランの父親で、このアルタナの族長であるバヤルだ。バヤルは逃げようとするナランの首根っこを捕まえ、引きずっていった。ナランをユルタに放り込むと、今度はシリンに向かってしっしっと手を振り、早く行けと促《うなが》した。

ナランとバヤルの姿がユルタの中に消えると、シリンの首元を風が吹き抜けた。冷たく乾いた風が頰《ほお》を焼き、耳飾りを揺らす。

草原の冬は早い。遠く仰ぎ見る山にはすでに雪が積もっている。じきに河も凍るだろう。

シリンは一つ身震いし、今度こそ使者を待つためのユルタに向かった。

弟の泣く声が、抜けるように青い空に尾を引いていた。

シリンが小さなユルタに入ると、少女が中で待っていた。

少女は大きな緑色の目をしばたたき、こっち、と奥で優しく手招きした。少女もシリンと同じように幾重にも首飾りを提《さ》げ、布地が見えないほどびっしりと刺繡が入った赤い婚礼衣裳を身に纏っている。

「ナフィーサ、もう来てたの」

シリンはほっと息を吐いて、少女の隣に座った。

二人の顔立ちはよく似ている。並べてみても、目の色でしか見分けがつかないほどだ。それもそのはずで、シリンとナフィーサは腹違いの姉妹だった。つまり、ナフィーサの父親も長のバヤルである。

その上、二人は同じ日のまったく同じ刻限に生まれた。北斗の星が空に輝く夜、シリンとナフィーサの二人は産声《うぶごえ》を上げた。ナフィーサの母がバヤルの第一夫人であるため姉ということになっているが、二人の間に歳の差はない。

二人は幼い頃から双子のように育った。母親同士は娘たちを競わせたがるきらいもあったが、当の二人は腹違いの姉妹のことが互いに大好きだった。合わせ鏡のようにそっくりな顔をしているのに、気性は正反対と言ってよかった。シリンが騎馬や弓に長《た》け好奇心旺《おう》盛《せい》なのに対し、ナフィーサは刺繍や料理が得意な心優しい少女だった。

「私たちはきっと二人でひとつだったのよ。お互いがお互いにないものを持っているんだから」とシリンはよく言った。そうするとナフィーサは「二人でいれば完璧ね」とささやき、顔を見合わせてくすくす笑うのが常だった。

「二人でひとつ」というのは、ある意味で真実だった。二人は、アルタナの女にとって最大の慶事である嫁入りに際しても、運命を共にすることになった。

シリンとナフィーサは今日、同じ場所へと嫁いでいく。

「ナフィーサ、すごくきれい」

　シリンもとっても綺麗よ、とナフィーサは微笑《ほほえ》んだ。ナフィーサの笑った顔は、そろそろ本格的な冬がやって来ようかという寒さの中でも、春の陽《ひ》を想わせた。

「ナランの泣き声がここまで聞こえてきたわ」

「あの子ったら恥ずかしい。もう十二になったのに、いつまでもあの調子で」

「恥ずかしいことないわ。シリンにあんなに懐いていたんだもの、無理ないわよ」

「そうね。シドリ兄様が亡くなってからは特に……」

　言いかけて、シリンは口をつぐんだ。

「ごめん」

「謝ることないわ。シドリが死んでから、もう二年も経とうとしてるのよ」

　シドリはシリンの母アルマの連れ子だった。アルマはよその氏族であるムジカへ嫁いだが、夫を若くして亡くし、シドリを連れてアルタナへ帰ってきた。そしてバヤルと再婚した。シドリはシリンたちより三つ年上で、ナフィーサと婚約していた。体は丈夫でたくましく、馬も弓も村一番の腕前だった。生まれつき右目の横に濃い痣《あざ》があったが、シドリの顔にあるとそれすら魅力的に映った。アルタナの娘は誰もがナフィーサを羨《うらや》ましがった。

「ナランはシドリの後にいつもくっついて歩いていたものね」

　しかしシドリは、南の濫国の隊商との小競り合いで命を落とした。

　その事件のせいで、濫への恨みはアルタナに根深い。シドリを慕っていたナランや母親であるアルマは、今でも濫の人間を激しく憎んでいる。

シリンの中にも濫を憎む気持ちはある。兄を殺されたのだから当然だ。おまけに、シリンはシドリが殺されるところをナランと共に目撃している。

その日、三人は狩りに出かけていた。しかしシリンはナランが兎《うさぎ》を深追いするのに付き合ううち、シドリとはぐれてしまった。あちこち探し回り、草原の彼方《かなた》にシドリの姿を見つけた時、彼は濫人と対峙《たいじ》していた。

その光景は、今も目に焼き付いて離れない。

シリンは馬を急がせたが、間に合わなかった。顔を上げた時には、シドリの体は馬上から傾《かし》いでいた。濫人の手にした刃が白く光り、シドリの体が地に倒れる。たったそれだけの場面を、何度も反芻《はんすう》してきた。けれどいくら繰り返し思い出したところで、シリンにはシドリが死ななくてはならない理由がわからなかった。シドリは誰より優しかった。皆シドリのことが好きだったし、婚約者のナフィーサとは想い合っていた。

その兄がなぜ、若くして殺されなくてはならなかったのだろう。

シリンはシドリの死について考える度、濫人が憎いというよりも、「なぜ?」という問いの前に立ち尽くすような心地がした。そんな風だから、母や弟が濫を呪う言葉を吐いていても、一緒になって罵《ののし》る気にはなれなかった。シドリの死への割り切れなさだけが、ずっと胸の内でくすぶっていた。

ナフィーサと肩を寄せ合ったが、シリンは落ち着かなかった。腹の底を小さな虫が這《は》いずっているような感覚が消えてくれない。ナフィーサが隣にいるのに落ち着かないなんて、初めてのことだった。

「ねえ。ナフィーサは、怖い？」

ナフィーサは少し考えるような素振りを見せたが、すぐに首を横に振った。

「いいえ」

怖くはないわ、とナフィーサは笑った。

「シリンと一緒だもの。あなたがいてくれたら、私はどこへ行くのだって怖くない」

そう言って重ねられたナフィーサの手は、けれどかすかに震えていた。シリンは冷え切ったその手を強く握りしめた。

「私も同じ気持ち。ナフィーサがいてくれて、こんなに心強いことはない。もし一人だったら、今頃ヨクサルに乗ってどこか遠くへ逃げ出していたかもしれない」

まあ、とナフィーサはシリンの頬をつついた。

「シリンとヨクサルが本気で駆けたら、誰も追いつけないわ」

「だから本当に逃げきれちゃって、父様の面目は丸潰《つぶ》れになるわけ」

ナフィーサはくすくすと笑いを漏らした。

「シリンはその後どうやって生きていくの？」

「そうね。狩りをしながらいろんな集落をまわって、獲物《えもの》を売りさばくのもいいんじゃない？　そのうちお金が貯まったらヨクサルにお嫁さんを買ってあげて、仔馬を産んでもらうの」

「素敵な人生ね」

「そう言ってくれるの、ナフィーサだけよ」

ナフィーサの手の震えは、話しているうちにおさまっていた。

「羨ましいわ。シリンはどこへ行っても一人で生きていけるわね。馬と弓があれば」

「そんなことない。私は羊を捌《さば》くのが下手《へた》で、母様に怒られてばっかりだし。結局いつもナフィーサに手伝ってもらってるじゃない」

だから、とシリンは冷えた鼻先をこすった。

「集落を転々とするのもいいけど、やっぱり一人では生きていけなさそう。ナフィーサがいないと」

ナフィーサは笑って、シリンの肩に頭を載せた。ナフィーサのぶら下げた太陽紋の耳飾りが、首元にくっついて冷たかった。

「私も同じよ。シリンがいないと生きていけない」

私たち、本物の双子ならよかったわね。

ナフィーサはかすかな声でそうつぶやいた。

「今だって双子みたいなものでしょ？　それに私たち、これから本当に双子になるんじゃない」

「そうね。そうなのだけれど」

ナフィーサはシリンの肩から頭をどけた。頭が遠ざかると、その分ナフィーサの匂いも薄くなった。

「それでもやっぱり、仮にも夫になる人をだますようなことをしたくなかったわ。最初から本物の双子で生まれたかった」

「そんなの気にすることないよ。帝《みかど》の妃に双子が欲しいなんて言う国がどうかしてるんだから」

「これから私たちが住む国なのよ。そんな風に言ってはいけないわ」

シドリを殺した国じゃない、と言いかけて飲み込む。そんな言葉は、ナフィーサを傷つけるだけだ。

二人の間に沈黙が降りると、ユルタの外が騒がしくなった。いよいよ使者が着いたのだろうか。シリンはぎゅっと掌《てのひら》を握りしめた。

二人はこれから南へ向かう。

目指すのは濫の国。

濫に並び立つ双子帝に輿《こし》入れするため、迎えの者を待っている。

シリンの生まれたアルタナは、草原に点在する遊牧民の一氏族である。各氏族は決して一枚岩ではないが、有事の際は結束して事に当たる。その際、アルタナは中心的役割を担《にな》うことが多い。氏族たちに盟主と認められたわけではないが、実際はそれに近い。

これまで氏族同士が大きく争うことなくやってこれたのは、アルタナが盟主として采《さい》配《はい》を振るった成果というわけではない。草原は常に、巨大な外敵と隣り合ってきたからだ。南の濫、西の干陀羅《かんだら》がその双璧を成す。干陀羅と草原との間には大山脈が走っており、攻めることも容易ではないがその逆も然《しか》りであった。そのため、草原にとって目下の大敵は常に南の濫国だった。草原と濫は互いに殺し合い奪い合ってきた。

そんな中、先代の濫帝のもとに双子の男児が生まれた。

アルタナで双子が生まれれば、片方は養子に出す。草原では生まれた順番により相続する財産の取り分が厳格に決められているので、順番の付けづらい双子は後の禍根《かこん》の芽となるからだ。

しかし、濫国では双子の持つ意味合いがアルタナとはかなり異なっている。

濫で語り継がれる創世神話には、双頭の蛇《へび》が登場する。双頭の蛇は、元は魏《ぎ》と瑶《よう》という二匹の大蛇だった。天帝に創世を任され地上に遣わされた蛇たちは、力を合わせて海や陸に大小の山河、さらには数多《あまた》の神々、木々や動物たち、ついには人間をも作り上げた。人間たちは蛇の加護のもとで栄え、二匹の大蛇を敬《うやま》い、巨大な廟《びょう》を建てて祀《まつ》った。

それをよく思わなかったのが、蛇たちを遣わした当の天帝だった。人間たちが天帝の存在を忘れ、魏と瑶ばかりを崇《あが》めるのが面白くなかった。

ある日天帝は、二匹の蛇を一つにねじり上げてしまった。

こうして二匹の蛇は、双頭を持つ一匹の蛇となった。思うように動けなくなった蛇は日に日に弱り、やがて地に伏した。その遺骸《いがい》は濫国を貫く二又の大河となり、今も濫の人々に恵みを与えているという。かの二又の大河の名を、双江《そうこう》という。二つに分かれた支流は、それぞれの蛇神の名をとって魏江《ぎこう》と瑶江《ようこう》と名付けられた。

濫では、双子はこの双蛇《そうじゃ》の生まれ変わりであると考えられている。そのため双子として生まれれば、あらゆる面で優遇される。娘の嫁ぎ先に候補が二つあったとして、片方が双子であればそちらの家に嫁がせる。二人の官吏《かんり》の内どちらか一方をとりたてることになったとして、二人の間に優劣がなければ（あるいはあったとしても）、片方が双子であればそちらが選ばれる。

そのような背景があり、濫では妻の懐妊《かいにん》がわかるやいなや、生まれてくる子がどうか双子であるようにとまじないを頼むのが通例であった。双子を産んだ嫁は嫁の鑑《かがみ》とされ、夫に妻と妾《めかけ》があり、双子を産んだのが妾であれば、妻妾《さいしょう》の立場が逆転することさえあった。

それがゆえ、娘が嫁に行く前には両親が双子産で有名な遠方の廟にはるばる参って護符を持ち帰り、嫁入り衣裳に縫《ぬ》い付けてやった。地方によっては桃や棗《なつめ》を多く食べれば双子を身籠《ごも》りやすいといわれ、娘が年頃になるとそればかりを食べさせ、体を悪くさせる親などもあるほどだった。

そんな中で、帝のもとに生まれた双子が意味を持たないはずがなかった。

父親である先帝は、息子たちをどのように遇すれば双蛇の意に沿うのかに考えを巡らせるため、三日三晩祖廟に籠《こ》もった。その間は誰にも会わず、何も口にしなかった。

三日目の晩、ついに先帝は天啓を得た。

帝は廟から出てくると、双子の皇子の誕生は双蛇神の祝福の証《あかし》だと言った。そして、双蛇の化身たる息子たちの扱いに差があってはならないとした。食べ物や着る物、髪や爪の長さから乳母《うば》の身分にいたるまで、成人するまですべて同じようにせよとの勅令《ちょくれい》を発した。

なにゆえにそのようなことをなさるか、と勇気ある官吏が尋《たず》ねた。

すると帝はこう答えた。

「双蛇神は二人でこの濫を創《つく》られた。どちらもが祖神であり、どちらがこの濫を多く創られたかという問いは当然に愚問《ぐもん》である。彼らは二人でひとつとなり、国生みを成し遂げられたのだ」

であるからにして、と帝は続けた。

「双蛇の祝福を受けた我が子にも、余は同じことを望む。しからば生まれた二人の子は、一人の子も同然」

先帝は信仰心が人一倍篤《あつ》く、時に融通の利かない男であった。

無駄と知りつつ、官吏は続けて進言した。

「皇子がお小さいうちはそれもかないましょう。しかし、いずれはお一人を選び皇太子とする時が参ります」

「それこそ愚問だ」

帝は、皆の疑問を代弁したにすぎない気の毒な官吏をじろりと睨《にら》みつけた。

「濫の帝は二人で一人となる」

先帝の政《まつりごと》は、万事においてそのようなものであった。彼が国を治める間に、国内の廟は倍増したともいわれる。祭祀《さいし》を司《つかさど》る礼部は重用され、兵部や工部は軽視された。先帝の治世において、外敵の大規模な侵入を免《まぬが》れたことは幸運というほかない。しかしその幸運すらも厚い信仰心の成せる業《わざ》であると言い換えられ、ますますもって廟は豪奢《ごうしゃ》に飾り立てられ、礼部の春官たちは権勢を誇った。

皇子たちは先帝の言葉どおり、十五になると二人ともが立太子された。十八の歳に先帝が崩御すると、揃《そろ》って玉座へ昇り、双江から名をとってそれぞれ魏帝《ぎてい》・瑶帝《ようてい》と称した。

しかし登極からまもなく魏江が氾濫し、北の長城に接する泗水《しすい》州が被害を受けた。泗水は交易の要所であり、濫の建国に尽力した汪《おう》一族が治める土地である。その土地が水害を受けたことは、濫にとって大きな痛手であった。

先々帝の代から永寧宮《えいねいきゅう》に仕えるまじない師は、魏江の氾濫は双蛇の怒りであるとし、鎮めるためには二人の帝が双蛇の化身である「ひとしき者」を新たに娶《めと》る必要があると主張した。

ひとしき者とは、つまり双子の娘である。

その話を聞きつけたのが、アルタナの族長バヤルだった。

バヤルはすぐに娘たちを呼びだした。

「お前たちは今日から双子となるのだ」

シリンとナフィーサは互いに顔を見合わせ、自分にそっくりの顔がどちらも困惑の色に染まっているのを見た。

「父様、どういうことですか？」

「濫の帝が双子の娘をご所望だ。お前たち、双子として行ってくれるな？」

シリンは従順に肯《うなず》くことはできず、父の言葉に嚙《か》みついた。

「正気ですか？　シドリ兄様が誰の手で殺されたか忘れたのですか！」

「忘れるわけがなかろう。身内を殺された怒りは決して風化せん。あれを殺した奴のことは、この手で八つ裂きにしてやりたいくらいだ」

バヤルは顔を歪め、額《ひたい》の皺《しわ》を深くした。

「だがそれは、養父としての気持ちでしかない。わしはシドリやお前たちの父であると同時に、アルタナを率いる者でもある」

「アルタナを守るためなら、私たちを兄や許婚《いいなずけ》の仇《かたき》に嫁がせるというの？」

「なにもお前たちが嫁ぐ相手がシドリを手にかけたわけではなかろう。殺したのはどこの誰ともわからぬ濫人だ。すでに濫へは話を通してある。あちらは二つ返事で、ぜひにと言った。こんな好機は二度とない」

ナフィーサはおそるおそるといった様子で口を開いた。

「お父様。双子になる、というのはどういう意味でしょうか」

「今の濫帝が双子で、二人いるのは知っているな？」

ナフィーサは頷いた。

「まじない師が言うのだそうだ。国の乱れを抑えるには、双子の帝に新たな双子の娘を分け与えねばならんと」

くだらない、とシリンは吐き捨てた。

バヤルは聞こえなかったことにして話を続けた。

「だからお前たちが双子だということにして輿入れするのだ。もとより流れる血の半分は同じこの父のもので、生まれたのも同じ刻限だ。双子と言ってもまったくの偽《いつわ》りというわけでもないだろう。幸運にもお前たちの面立ちはそっくりだ」

「でも、目の色が違うわ。私もナフィーサも、瞳の色は母から継いだものよ。そのことはどう説明するつもり？」

「そんなものはなんとでもなろう。お前たちは二人ともハリヤの娘とし、シリンの目の色は祖母から受け継いだとでも言えばいい。祖父母の特徴が孫に伝わることは実際ある。わしの大叔父もそうだった」

シリンが黙ると、バヤルは右手でこめかみを押さえた。

「わしとて、血を分けた娘を二人も濫人なんぞにやりたくはない。しかし、だ。近頃は干陀羅の連中を草原で何度も見かけるようになった。十年前にはそんなことあり得んかった。奴ら、白嶺山《はくれいさん》を越える道を新しく拓《ひら》いたに違いない」

西域《さいいき》を治める干陀羅の王は代々領土拡大に熱心で、周辺諸国は常に緊張を強《し》いられてきた。山脈に守られていたはずの草原にも、その影は忍び寄っている。

バヤルが濫と結んででも干陀羅を遠ざけようとするのは、由《よし》のないことではない。干陀羅は、万民が一人の神の前に平等であるという信仰のもとに統治を行っている。属国化した国は教化し、財は没収され、土地は分配される。

草原の民は蓄財を美徳とし、厳格な相続法によって先祖代々の財産を守ってきた。彼らにとって干陀羅の統治は受け入れられるものではない。

「アルタナを守るには、濫に干陀羅を牽制《けんせい》してもらわねばなるまい。わかるな、今後は濫と強い結びつきが必要になるのだ。アルタナだけではない。草原に生きる民すべてが、今や干陀羅の脅威《きょうい》に晒されている」

シリンはまっすぐに父を睨みつけたまま、微動だにしなかった。

「守るべきものを守るためならば、憎い相手とでもわしは手を組む。誇りよりも安寧をとる。たとえ腰抜けと罵られようとも。娘たちよ、わしは間違っておるか？」

「いいえ」

先に答えたのはナフィーサだった。

「いいえ、お父様。私がもしお父様の立場にあれば、同じ判断を下したでしょう」

「ナフィーサ！」

シリンは思わず声を上げた。

「それでいいの？　だってシドリはあなたの」

「いいのよ」

ナフィーサはシリンの言葉を遮《さえぎ》ってそう言った。ナフィーサが人の言葉を遮るなんて、シリンの知る限りでは初めてのことだった。

バヤルの言うことは正論だ。何も間違ってなどいない。けれど仇の国へ嫁げと突然言われて、わかりましたと肯けるほどシリンは従順な娘ではなかった。

「父様はつまり、私たちに草原のために犠牲になれと言っているんでしょう？」

「違う。族長の娘として生まれた責を果たせと言っているのだ」

バヤルの胸で、狼《おおかみ》の牙の首飾りが白く光った。それは代々、アルタナ族長から次代の族長へと受け継がれてきたものだ。それが首にある限り、バヤルは族長としての責から逃れられない。

バヤルはシリンの肩に、厚い掌を置いた。

「シリン。お前は馬も弓も、並の男より優れておる。だが本来、娘が担うべきはそれではない。もっと大きな役目を、女であるお前は果たすことができる」

どうかアルタナを守ってくれ、と父は娘二人に頭を下げた。父が娘に頭を下げることなど、草原ではあり得ない。ましてバヤルは族長である。

「父様は、ずるい。そんな風に頼まれたら、できないなんて言えるわけがない」

「やってくれるか」

シリンはうつむくように頷いた。ナフィーサも「その責を果たします」と答えた。

その代わり、とナフィーサは父をまっすぐに見つめた。

「お母様のこと、頼みます」

「……わかった。ハリヤのことは案ずるな」

お前たちは自慢の娘だ。バヤルはそう言って目尻の皺を深くした。

報告を受けた母親たちは、娘たちより強く反発した。特にナフィーサの母ハリヤは狂乱して泣き叫び、床《とこ》に伏した。ようやく床から抜け出した後は、「本人より取り乱したりして、恥ずかしい。草原のための大事な役目なのだから、私のことは心配しなくていいんだよ」とナフィーサに語りかけたりもしたが、その目は魂《たましい》が抜けたようだった。一人娘を失うことになるハリヤを、皆哀れに思った。

同じ立場に置かれたシリンの母アルマはその気落ちぶりに同情し、度々ハリヤを見舞った。これまで事あるごとに反目し合ってきた二人は、同じ苦難に直面することで皮肉にも和解した。ハリヤはアルマに幼子《おさなご》のように抱きつき、涙が涸《か》れるまで泣いた。アルマはハリヤの背を撫《な》で、自分も涙を流した。そこに夫であるバヤルが入り込む隙《すき》はなかった。

輿入れの日が近づくと、濫からの使節がアルタナにやって来た。数人の文官や侍女《じじょ》、彼らの護衛からなる使節団は、村のはずれのユルタに案内された。彼らの役目は、シリンとナフィーサに濫の言葉や風習、作法を教え込むことだった。何も知らないまま濫へ連れていかれるよりはずっと親切なのかもしれないが、シリンは手放しで濫人を歓迎することはできなかった。

それでも毎日濫人たちのユルタへ通い、濫語や濫史を学び続けたのは、ナフィーサが毎朝迎えに来るからだった。

その甲斐《かい》あって、シリンも多少は濫語を解するようになった。いつも取り澄ました顔をしたいけ好かない老師も、最後の講義を終えた日にはシリンたちの上達ぶりに賛辞の言葉を贈ってくれた。シリンは初めてこの濫人の老師に好感を抱いた。

しかしもう別れの時はすぐそこだった。明日には濫から正式な迎えが到着し、共に濫本国へ向かう。濫の都である伽泉《かせん》へ着けば、そこで老師たちとも別れることになる。

「老師、これまでの導きに感謝します」

シリンとナフィーサは濫語で礼を言い、教えられたとおり濫式の挨拶《あいさつ》をした。侍女たちは「姫君方、完璧ですわ。そのご様子なら、いずれ皇后《こうごう》にだっておなりあそばしますよ」と笑った。シリンもナフィーサもつられて笑った。

わかっていたからだ。

濫人にとって異民であるシリンたちが、皇后という至高の座につくことはない。それが平和な冗談に過ぎないとわかっていたからこそ笑えたのだ。

シリンとナフィーサの二人は、ユルタで手を握り合っていた。

残されたわずかな時間を、二人だけのものに留めようとするかのように、互いの体温を掌に感じていた。

迎えなんて来なければいい。濫に召されるのは何かの間違いで、そんな話はまったくなかったことになってしまえばいい。シリンはそう思った。思ったというより、願った。弟のナランの熱が数日下がらなかった時よりも、子羊が迷子になって何日も帰らなかった時よりも強く、太陽に願った。

けれど無情にも入り口の垂布《たれぬの》は巻き上げられた。顔を覗《のぞ》かせたのは父バヤルだった。

「濫の使いが来た」

バヤルはそれだけ告げると、二人の娘に蓋頭《がいとう》をかぶって顔を隠すよう促した。

シリンとナフィーサは真っ赤な蓋頭を頭からすっぽりとかぶった。目の周りの布は薄く透けているので、視界が完全に塞がれてしまうわけではない。それでも薄赤い布越しに見るナフィーサは、やけに遠い場所にいるように思えた。シリンは思わず、ナフィーサの手を握りなおした。

バヤルが外に向かって呼びかけると、若く線の細い男が一人、ユルタの中へと入ってきた。一つに結い上げた長い鳶《とび》色の髪に、金色がかった目。濫の老師や侍女たちは皆揃って黒髪黒目だったが、男の姿はそれとは異なっていた。

男が近づくと、奇妙な匂いが鼻をくすぐり、シリンは小さく咳《せ》き込んだ。それは男の纏った優雅な香だったが、草原育ちのシリンにとっては異臭でしかなかった。

「はじめまして、草原の姫君たち。お会いできて光栄です」

男は二人と視線を合わせるように膝をつき、濫語でそう挨拶した。

やけにはっきりと言葉を区切る話し方だった。濫語に不慣れな二人を慮《おもんぱか》ってのことだったかもしれないが、こんな簡単な言葉も聞き取れないと思われているのかと、どうにも馬鹿《ばか》にされたような気がした。

「濫帝の名代《みょうだい》として、あなた方を迎えに参りました」

男は長い両袖《そで》を顔の前で合わせた。濫の正式な挨拶の仕草だ。けれどこのアルタナの地で、初対面から濫式を通そうとするのも面白くない。この濫人が何をしようと不満なのだとシリンは自分でも気づいていたが、だからといってにこやかに迎え入れる気にもならなかった。

男は狼燦《ろうさん》と名乗った。濫人の名は未だ聞き慣れず、奇妙な音の連なりに思える。帝以外の濫の男と口をきいてはいけないと言い含められていた（老師に「あなたは男ではないですか」と尋ねると「わたくしは宦官《かんがん》ですから、男ではないのです」と老師は答えた。その意味は、講義の中で知ることになった）ので、シリンもナフィーサも名乗り返すことなく黙っていた。言いつけを守ったというのに、気づまりな沈黙がユルタの中に漂った。

バヤルは咳《せき》払いを一つし、狼燦に向き直った。

「使者殿も長旅でお疲れでしょう。今宵《こよい》は我らの村で歓待を受けていただきたい」

そうしたいところなのですが、と狼燦は苦笑し、流暢《りゅうちょう》な草原の言葉で答えた。

「まだ陽もこのように高い。首を長くして姫君を待っている陛下のためにも、すぐにでも出立したいのです」

「そう先を急がれることもなかろう。私も妻も、娘を異国へ送り出す前に宴《うたげ》の一つも設けてやりたい。婚礼の儀をここで挙げることはできぬゆえ、せめてもの親心なのだ」

狼燦は困ったように眉根を寄せたが、口元は笑ったままだった。

「弱りましたね。陛下は非常にせっかちな方々なのですよ。旅程は出立からひと月あまりと伝えてありますから、遅れると私の首が飛ぶやもしれません」

狼燦は懐から扇《おうぎ》を取り出すと、さめざめと泣くふりをしながら顔を扇に隠した。

「一日の遅れなど、途中で嵐があったとでも言えばよいではないか」

なんと、と狼燦は扇を下げて目を見開いた。

「そのようなこと陛下に申し上げれば、それこそ私の首は胴と永遠にお別れです。輿入れのめでたき旅路に嵐など、私の信心が足りないせいだと断じられるでしょう」

いつまでも続きそうな問答にシリンが痺《しび》れを切らしかけた時、ナフィーサが先に口を開いた。

「お父様、仕方ありませんわ。私たちの到着が遅れたことでこの方が罰を受けるのでは、あんまりお可哀想《かわいそう》です。すぐにでも出立いたしましょう」

「しかしナフィーサ。婚礼の宴は娘の村で二日続けて行うのが普通だし、それにハリヤはお前が行ってしまえばどんなに嘆くか」

「私たちはこれから濫の人間となるのです。草原のしきたりを頑《かたく》なに守ることもないでしよう」

それに、とナフィーサの声が一段低くなった。

「お母様のお嘆きは、今日行こうと明日行こうと変わるものではありません」

ハリヤのことを引き合いに出されると、バヤルはそれ以上何も言えなくなった。

シリンもそれでいい？　とナフィーサは小声で尋ねた。

「いいわ。行きましょう、濫へ」

アルタナへの名残《なごり》は尽きないが、ここに長くいればいるほど未練が増すだけだとシリンにもわかっていた。

狼燦はぱっと表情を明るくした。

「なんとありがたい。それでは参りましょう、姫君」

狼燦はユルタの入り口の垂布をまくり上げ、二人に外へ出るよう促した。

外から差し込む白い光が、まぶしくシリンの目を焼いた。

歩き出そうとすると、金切声《かなきりごえ》が聞こえてきた。声のした方に目をやると、ハリヤが何事か叫びながらこちらに向かって来ようとしていた。それを村人たちが羽交い絞めにし、なんとか引き留めている。

ハリヤはナフィーサの姿を見つけると、娘に向かって叫んだ。

「行っては駄目！」

ハリヤの憔悴《しょうすい》した顔からは、シリンが最後に会った時よりもさらに肉が削げ、本来の年齢より老いて見えた。ナフィーサと同じ緑の目だけが爛々《らんらん》と光っている。

シリンはハリヤが悲しみのあまり錯乱し、使者の前であらぬことを口走りはしないかと肝《きも》を冷やした。バヤルが慌《あわ》てて走り寄り、狼燦から隠すように立ち塞がる。

「あなた、どいて！　行ってしまうんですよ、私の――」

ハリヤはなおも何か叫ぼうとしたが、男たちに口を塞がれ、ユルタの中へ引きずられていった。

ナフィーサの方を見ると、顔を青くしてその場に立ち尽くしていた。

シリンはナフィーサの手を取った。その指先は氷のように冷えきっていた。シリンが狼燦の様子をうかがうと、すぐそばで起きている修羅場に興味はないようで、他の濫人と言葉を交わしていた。胸を撫で下ろし、小声でナフィーサにささやいた。

「きっと大丈夫よ。父様だって、ハリヤのことは心配しなくていいと約束してくれた」

そうね、とナフィーサは吐息のようにかすかな声で答えた。

「では、参りましょうか」

狼燦が先に立って歩きだすと、ハリヤの叫び声はもう聞こえてこなかった。けれどその悲痛な声は、いつまでもシリンとナフィーサの耳に絡みついてとれなかった。

二人は生まれて初めて車というものに乗り込み、草原の道を進んだ。車を引く馬は草原の馬よりも大きく、黒い体と相まって岩のようだった。シリンはその大きな馬に触れてみたかったが、早々に車の中へと追い立てられてしまった。

車の中には豪奢な毛氈《もうせん》が何枚も重ねられていたが、車体が揺れるので首飾りや耳飾りがずっとカチカチ音を鳴らしていたし、尻の骨が床にぶつかって痛んだ。濫の令嬢ならいざしらず、草原育ちの二人にとってはあまり乗り心地のよいものではなかった。

「馬に車を引かせるなんて馬鹿みたいだわ」

ハリヤのことでざわつく気持ちを払うように、シリンは唇を突き出して言った。

「馬に直接乗った方が気持ちいいし、もっと早く進めるのに」

「シリンはヨクサルを連れて来たかっただけでしょう？　濫では、女性は馬に乗ったりしないって教わったじゃない。馬や弓を使うのは殿方だけだって」

答えるナフィーサの頬には、赤みが戻っていた。それを見て、シリンはほっと息を吐いた。

「つまらない国ね、濫って」

車には二人の姿を覆い隠すように内側から簾《すだれ》が垂らされているので、外の様子を見ることができない。一度簾をめくり上げて頬杖をつき草原を眺めていたら、狼燦が馬を進めてやって来て「そのような振る舞いを姫君がされていたと知れたら、私の右腕は切り落とされて窓から投げ捨てられ、豚の餌《えさ》になるでしょうね」などと言って嘆くので、鬱陶《うっとう》しくてかなわなくなり車の中へ引っ込んだ。

シリンは村に置いてきた愛馬のことを思った。ナランに世話を頼んできたけれど、ちゃんとおとなしく言うことを聞くだろうか。なにしろ愛馬のヨクサルはシリンにしか懐かず、気の済むまで首元をかいてやらねば草も食《は》まないような気難しい馬だった。馬の扱いがうまいとはいえない弟に、あのかわいい荒れ馬の面倒が見られるだろうか。

ふとナフィーサの方を見ると、じっと何かを考え込むような顔をしていた。ハリヤのことを想っているに違いない。愛馬のことばかり能天気に心配していた自分を、シリンは恥じた。

アルタナの族長バヤルには、二人の妻がいる。最初に娶った妻がハリヤ——ナフィーサの母である。ハリヤはアルタナの西、白嶺山に住む一族ドルガの出身で、族長の娘であった。アルタナがドルガとの交易を正式に行う証として、ハリヤは族長になったばかりの年若いバヤルに嫁いだ。その時ハリヤはまだ十四だった。

しかしバヤルには幼少の頃からの想い人がいた。それが、後にシリンとナランの母となるアルマだ。バヤルとアルマは幼馴染《おさななじ》みとして姉弟同然に育ったが、バヤルがハリヤと結婚するのとほぼ時を同じくして、アルマは隣村ムジカへと嫁いで行ってしまった。

バヤルの嘆きは深かったが、たった一人で慣れない土地へやってきた妻ハリヤを愛そうとつとめた。だがハリヤは生来繊細で、愛情深いが神経質なところのある娘であった。バヤルは気のいい男だが、草原の雄大さを体現するかのように何事も細かいことは気にせず水に流すというたちだった。平たく言えば、二人はそりが合わなかった。バヤルもハリヤも夫婦として相手を尊《たっと》んだし愛してもいたが、不幸なことにその愛は通じ合うことがなかった。

そんな折、アルマが帰郷した。アルマの夫は若くして病に倒れ、介抱の甲斐なく息を引き取った。アルマはシドリという遺児を一人連れ、アルタナへ帰ってきた。

ハリヤとの夫婦関係に疲れたバヤルが再びアルマへの恋心を燃やすのに、時間はかからなかった。アルマもバヤルからの求婚を拒まなかった。

そうしてバヤルは二人目の妻を迎えたが、どちらの妻に深い愛情を注いでいるのかは明らかだった。もちろんハリヤにそれがわからないわけはなく、事あるごとにバヤルをなじり、アルマのことを悪《あ》し様《ざま》に罵った。それがさらにバヤルとの距離を遠くした。

ハリヤが懐妊し、いっとき二人の関係は持ち直したかに見えたが、アルマもまた身籠っているとハリヤが知るまでの短い間のことだった。ハリヤは腹の子がどうか男児であるようにと日夜祈ったが、生まれてきた子は女児であった。アルマが時を同じくして産んだ子も女児であったが、そんなことでハリヤの心は安らがなかった。きっとあの女はまた夫の子を産むだろう、けれど私は？　私はもう一度あの人の子供を孕《はら》めるだろうか、そして今度こそ男児を、世継ぎを産めるだろうか？　そしてもし私とあの女、両方が男児を産んだら、夫は私の子を後継に選ぶだろうか？

ハリヤは人知れず追い詰められていったが、ただ黙って赤子を抱きしめるほかなかった。

数年後、追い打ちをかけるようにアルマが男児ナランを出産した。

しかしハリヤの胎《はら》が再び膨らむことはなかった。

ハリヤの精神は徐々に不安定になっていった。一人娘であるナフィーサは献身的に介抱し、療養のため一時ドルガに里帰りさせたりもしたが、ハリヤは元通りにはならなかった。どうか少しでも母の心に安寧があるようにと、祈ることしかナフィーサにはできなかった。

日が暮れると、一団は野営の準備に入った。とはいえシリンやナフィーサはそれを手伝うことは許されず、ただ車の中でじっと待っているだけだ。

夕餉《ゆうげ》にと侍女たちが差し出したのは、白くてふやふやとした丸っこい食べ物だった。かじってみるとかすかに甘い。初めて口にしたが、美味《おい》しいと感じた。しかしやたらに口の中の水分を奪う。水を一杯もらって飲み干すと、満腹感が全身に広がり、やっとひと心地ついた。

「これからどうなるのかな、私たち」

簾越しに、焚火《たきび》の灯《あかり》が透けて見える。火は車の中をほんのりと照らし、シリンとナフィーサの顔を暗闇《くらやみ》に浮かび上がらせた。

「どうなるって?」

「嫁入りとは言うものの、濫へ行ってみたら虜囚扱《りょしゅう》いってこともあり得るんじゃない?言ってみれば、私たちって人質みたいなものでしょ」

「どうかしら。さすがにそんなことはないと思いたいのだけれど」

「虜囚はないにしても、どこかの邸《やしき》に押し込められてそこから出してもらえないとか。それか、帝とかいうのがすんごい嫌な奴だったらどうする?」

「シリンったら。きっと大丈夫よ。幽閉してしまおうという相手にわざわざ言葉を教えたりしないわ。それに、嫁いだ方がどんな人だったとしても、誠意をもってお仕えするだけでしょう?」

「でも、嫌な奴よりは好きになれる相手のがいいじゃない」

それはそうだけど、とナフィーサが言い終わらないうちに男の笑い声が聞こえた。

「ご心配には及びませんよ」

車の外で声がした。漂ってくる独特の香りで、狼燦だとわかった。

「陛下はあなた方をきちんと妃として迎えるおつもりです。新しい邸も用意してお待ちですよ。お二人の気性はそれぞれですが、聡明には違いありませんし」

それに、と狼燦は声をひそめて付け加えた。

「お二人とも美丈夫でいらっしゃいます。ご心配なく」

そんなこと聞いてないわ、と声を荒らげそうになったけれど、シリンは言いつけを思い出してなんとか飲み込んだ。あっちへ行って、と窓から手を出して小さく振る。

邪険にされたというのに、狼燦はさも楽しそうに笑い声を上げた。

「差し出た真似をいたしました。これにて下がりますので、ごゆるりとお休みください」

足音が遠ざかっていくと、シリンは舌を出した。

「なんなのあの男。盗み聞きが趣味なんて最悪」

そうねえ、とナフィーサは苦笑した。

「でもよかったわね。どうやら粗雑に扱われるわけではないようよ」

「濫の人間の言うことなんか、あてにならないわ」

口をとがらすシリンを見て、ナフィーサは穏やかに笑った。

「お腹《なか》も満ちたことだし、眠りましょう。疲れているとよくないことを考えるわ」

ナフィーサは「いらっしゃい」と自分の膝を叩いた。

「だめ。膝枕なんかしたらナフィーサが眠れなくなる」

「そんなことないわ。あなたを近くに感じられた方が、私も安心する」

しばらく押し問答をして、結局シリンはナフィーサの膝に頭を預けた。ナフィーサは物腰のやわらかさに反して頑固で、いつも最後にはシリンが折れることになるのだ。

ナフィーサはシリンの頭を撫でると、小声で歌い始めた。それはアルタナに伝わる子守唄だった。日輪の神が人間の娘に恋をする。しかし娘の目に神は陽光としか映らない。最後には娘が人間の男に嫁いでいくのを日輪が空から見つめている、そんな物寂しい哀歌だ。

薄く目を開けてナフィーサを見上げると、ナフィーサの頬を静かに涙が伝っていた。

見なかったことにして目を閉じると、真っ暗な世界にナフィーサの歌声だけが残った。

暗闇に溶けるその声に、シリンはやがて眠りに落ちていった。自分の頬にも伝うものがあった気がしたけれど、それが現《うつつ》か夢か、シリンにもわからなかった。


アルタナを出発して七日が過ぎた朝、シリンとナフィーサは狼燦の声で目を覚ました。

「姫君方、ご覧ください。見えてまいりました、あれが濫の国です」

シリンが車から顔を出すと、地の果てにそびえ立つ建物が見えた。建物というか、壁だった。巨大な壁が、地平線のどこまでも続いている。

「長城です。あの向こうはもう濫ですよ」

シリンはぶるりと身震いした。吹き抜ける風が冷たかったせいもあるが、生まれて初めて見た巨大な建造物に寒気を覚えた。

これまでシリンは濫という国を、アルタナのような集落がいくつも寄り集まったものだと思っていた。

しかし眼前に迫ってくる長城は、濫の実態は想像とまったく違うものだと雄弁に語っていた。その壁一つで、濫はシリンが生まれ育った草原とは別世界なのだと思い知らされた。

「……すごいわね」

ナフィーサも言葉を失ったようで、それだけつぶやいた。

「本当にあの中に行くの？」

ナフィーサは答えなかった。

「大丈夫かな、私たち」

やっぱり答えはなかった。その代わり、ナフィーサはシリンの手を握った。

「ナフィーサ、怖い？」

シリンは出立前と同じ質問をした。

ええ、とナフィーサはためらいなく頷いた。

「とても怖いわ。草原にいた頃は、何も知らないから怖くないなんて言えたのね」

その答えはシリンにとって救いだった。シリンとナフィーサは強く手を握り合った。

車はやがて、そびえ立つ長城の前で停まった。

侍女の手を借りて車から降り、長城を見上げる。あまりに高すぎて、空恐ろしい気持ちがした。

「こちらにどうぞ」

狼燦が手招く方を見ると、長城をくり抜いた小さな門があった。そこから長城の中へと足を踏み入れると、内部は石積みの堅牢《けんろう》な建物になっていた。

シリンがこわごわ進もうとすると、石柱の陰《かげ》からぬっと人影が現れた。ひ、と思わず声を上げそうになったが、よくよく見れば背の高い女官だった。彼女はシリンたち一行に立ち塞がるように正面に立った。

「アルタナより戻った。こちらが姫君だ」

狼燦が言うと、女官は値踏みするような視線をシリンとナフィーサに向けた。そして「よくわかりました」と独り言のようにつぶやき、頷いた。

女官はずいと進み出て、ぞんざいな口調で言った。

「姫君方。北の地よりお持ちになったものは、永寧宮には持ち込めません。今ここで濫のお召し物にお着替えを」

「なにを言ってるの？」

思わず、習った濫語ではなく草原の言葉が出た。

女官は眉根を寄せた。シリンが濫語を聞き取れなかったと思ったのか「ここでお召し替えを」と繰り返した。

「そうじゃなくて、どうして草原のものが持ち込めないの？」

今度は濫語で言った。言葉は通じたらしいが、女官は「そんなことも知らないのか」という態度を隠そうともせず鼻で笑った。

「永寧宮は陛下をはじめ、尊きお方が集《つど》う場所です。万一は決して許されません」

「万一って？　それって私たちが何かするって疑ってるってこと？　私たちがお前たちの嫌う異民だから」

シリンは頬が火照《ほて》るのを感じた。長城の壮大さに圧倒されてぼうっとしていた頭がだんだん冴えてくる。

「そうではありません。シリン、とナフィーサがたしなめるのも耳に入らなかった。

「そうではありません。古くからのしきたりにより、どなたでも永寧の門をくぐる際はすべての持ち物を捨てねばなりません。そうすることで、それまでの自分を断ち切る意味もあるのです。永寧宮は、外界とは異なる世界にあるものとお考えください」

シリンは怒りで濫語を忘れ、故郷の言葉でまくしたてた。

「でも、この衣裳も首飾りも、道具類だって全部父母が持たせてくれたものだわ。父が命の次に大切な家畜を売り、母が羊の毛から糸を紡《つむ》いで布を織り、そうやって何年もかけて用意したものなの。悪心を抱いているかもと思うなら、身ぐるみ剝いで調べてくれたっていい」

狼燦が言葉の意味を耳打ちすると、女官は面倒くさそうに髪をいじった。

「なりません。どなた様も、永寧の法外に置かれることはございません」

女官が、早くこの無意味な問答が終わればいいと思っているのは明らかだった。シリンが詰め寄ろうとすると、まあまあ、と狼燦が間に割って入った。

「私が前もって姫君に伝えておくべきだった。手間をかけて申し訳ない」

狼燦が甘い声音《こわね》で詫《わ》びると、女官はすいと視線を逸《そ》らした。その頬がかすかに色づいたのを、シリンは見逃さなかった。どうやら狼燦は、濫の基準で言えばけっこうな色男らしい。けれどシリンからしてみれば、腕も足も細すぎるし肌も白すぎるという印象しかなかった。濫の基準はわからない、とシリンは鼻を鳴らした。

「しかし捨ててしまうというのでは、異国から来た姫君にとってはあまりに忍びないことだろう。どうかこの私に預からせてはもらえないか」

狼燦はそう言いながら、女官の手に玉の嵌《は》め込まれた簪《かんざし》を握らせた。女官は簪を陽に透かして見ると、懐に仕舞った。

「いいでしょう。しかし預けるのではありません。貴殿に処分を依頼したまでのこと」

たしかに承《うけたまわ》った、と狼燦は女官に礼をして下がった。シリンとナフィーサのもとに歩み寄ると、小声で「私は永寧宮にも出入りできる身です。あなた方が邸に落ち着いた頃、必ず届けさせましょう」とささやいた。シリンは狼燦と女官二人ともを睨みつけたが、狼燦は肩をすくめるだけだし、女官は着替えの準備にさっさと引っ込んでしまった。

シリンとナフィーサは通された小部屋で濫服――襦裙《じゅくん》に着替えさせられ、髪も結われた上に化粧までほどこされた。仕上げに被帛《ひはく》という透けるような薄布を纏わされる。シリンはその度に「髪を引っ張ったら痛いわ」とか「袖も裾《すそ》も長すぎてすぐに引っかけそう」とか「顔にこんなものを塗ってどうするっていうの」とか「この布に何の意味があるのよ」などと文句を言い続けたが、ナフィーサに諫《いさ》められてなんとか支度を終えた。

すっかり濫の女の姿になった二人は、再び車に押し込まれた。

濫には入ったものの、ここ泗水州冠斉《かんぜい》から都の伽泉までは、まだたっぷり十日はかかるらしい。

外に顔を出せないのは相変わらずだったが、冠斉の街に入ってからはずっと人の声や物音が聞こえてきた。草原を走っている間は蹄《ひづめ》と車輪の音しかなかったのが嘘《うそ》のように騒がしい。

客引きの文句や魚を値切る声に混じって、時おり遊戯《ゆうぎ》に興じる子供の歓声が上がる。その背後では通りを行き交う人々の足音や鉄鍋を振る音、貨幣《かへい》と貨幣がぶつかり合う金属音が止むことなく鳴っている。音だけではない。露店で羊肉を焼く香ばしい匂いや、川魚の生臭さ、何かを蒸す甘い匂いに牛糞《ぎゅうふん》の悪臭までもが一緒くたになって漂ってくる。見えずとも、冠斉の賑わいはうかがい知れた。

「冠斉は実に活気にあふれた街ですよ。ご案内できないのが残念です。国境の街ですので、異国と濫のものとが入り乱れて売買されております。姫君方のお輿入れで、これからは草原の品々ももっと見られるようになりましょう。一年前の魏江氾濫ではこの辺りも酷《ひど》い有様でしたが、今はもうすっかり元通りの賑わいですね」

どうせ見られないなら解説するな、と聞こえてくる狼燦の声にシリンは舌打ちした。

狼燦はその後もとうとうと冠斉について語っていたが（泗水の冠斉といえば濫建国史にその名はすでに出てまいりまして、建国の立役者汪斉越《せいえつ》が最初に賜《たまわ》った領地として有名です。あそこにも斉越の像が見えますでしょう。ああ申し訳ございません、お見せすることはできないのでしたね）シリンは聞き流していた。

狼燦の声が途絶えると、シリンは「あの男は本当によく喋《しゃべ》るわね」とぼやいた。

「それより、濫の人ってみんなさっきの女官みたいに恥知らずなの？　賄賂《わいろ》をちらつかせたらすぐに尻尾を振ったりして」

長城での女官の態度を思い出すと、シリンはまた腹が煮えくり返ってきた。

「そうねえ。でも、おかげで婚礼衣裳を捨てられずに済んだわ」

「まだどうだかわからないわよ。あの男が勝手に売りさばくかもしれないし」

ナフィーサは笑って首を振った。

「それはないと思うわ」

「どうして？」

「だってあの方がさっき渡していた簪、とても上等なものだったわ。あんなものをあっさり渡せるんですもの、きっとすごくお金持ちなのよ。私たちの衣裳なんか、あの方にとっては二束三文に違いないわ」

シリンはおっとりとした姉の意外な一面に目をしばたたいた。

「……ナフィーサって、案外抜け目ないのね」

「お母様が教えてくれたの。物の価値くらい見分けられないとだめ、男に金勘定を任すとろくなことはないから、お嫁に行った時のために覚えなさいって」

お母様、と口にしたナフィーサの目は翳《かげ》りを見せた。それを振り払うように、「がめついみたいで恥ずかしいかしら」とナフィーサは頬を赤くした。白粉《おしろい》をはたかれた頬に、紅がよく映える。

「恥ずかしいわけないじゃない。なんだって、知らないより知ってた方がいいに決まってるわ」

「ありがとう。でもこれから嫁ぐ先では、お金の勘定なんてすることはなさそうね」

ナフィーサは自分の衣裳に目を落とした。二人が着せられた襦裙は肌触りもよく、シリンにもわかるくらい上等なものだった。アルタナの女が生涯袖を通すものの中で一番高価な婚礼衣裳よりも、無造作に渡されたこの服の方がきっと高い。婚礼衣裳を用意するために売る家畜の数を何度も数えていた母の背中を思い出すと、腹立たしいような空《むな》しいような心地がした。

沈黙が降りると、冠斉の喧騒《けんそう》に水音が混じり始めているのに気がついた。これが、一年前に氾濫したという魏江の流れの音だろうか。

それにしても、まじまじと見るとナフィーサは濫の服に着替えても美しかった。まるで昔からそういう衣裳を着ていたみたいにしっくりくる。華奢《きやしや》な体の線に沿い、深く開いた襟《えり》ぐりから鎖骨の覗く濫服は、ナフィーサによく似合っていた。

シリンはナフィーサと顔立ちは同じだが、骨格はずっとしっかりしている。草原の服を着ていた時には目立たなかった人より広い肩幅が、濫服を着ると際立っているような気がした。なんだか落ち着かなくて、用途のわからない被帛を指先でもてあそんだ。

「私、変じゃない？　ナフィーサ」

「いいえ、ちっとも。シリンは綺麗よ」

そうかな、とシリンがうつむくとナフィーサは「あなたは世界一かわいい子よ」と頬を両手で挟んで前を向かせた。シリンの手から被帛がひらりと落ちる。

「世界一なんて大げさな。これから行く後宮には、美姫が何十人といるんでしょ？」

「たとえ何百人いたって、シリンが一番に決まってるわ」

でも、とナフィーサはつぶやいた。

「シリンの夫になる方はお可哀想ね。あなたが夕暮れ時に馬に乗って草の海を駆けていくのがどんなに美しいか、夫婦になっても一生知ることがないなんて。シリンは馬の上にいる時が一等きれいなのに」

シリンはなんと返事をすればいいのかわからず黙ってしまった。

さっきから耳に届いていた水音がだんだんと大きくなっていく。

車がたんと音を立てて揺れたかと思うと、そこから動かなくなってしまった。泥土に車輪をとられでもしたのだろうかと思っていると、狼燦が顔を覗かせた。

「さて、姫君方。ここで一度降りていただくことになります」

まだ陽は高いのに、もう宿に入るのだろうか。疑問が顔に出ていたのか、狼燦は微笑んだ。

「外にお出になればわかりますよ」

車の外に出ると、白く光る水面が目を焼いた。

目の前に広がっているのは、狼燦の話によれば河のはずだった。しかし向こう岸ははるか遠く霞《かす》んでいる。知らなければ巨大な湖と思っただろう。シリンの知る河といえば、アルタナの近くを流れる小川くらいのものだった。あの小川を何千本と束ねても、この魏江には及ばない。

流れの中ほどには中州《なかす》があり、朱塗りの殿舎が鎮座しているのが見える。まるで河中に浮く御殿のようだ。河の中にあんなものを建てるなんて、どれだけの労力がかかったことだろう。

「これが双蛇の化身といわれる内の一つ、魏江です。ここを舟で渡り、向こう岸でまた車に乗り換えます」

狼燦が示したのは、小さな木舟だった。この巨大な河を渡るにはあまりに頼りなく思える。シリンは車に乗ったこともなかったけれど、舟に乗ったことももちろんなかった。船底を隔《へだ》ててすぐに水面があることが恐ろしかったけれど、そうとは悟られたくなくて、狼燦の差し出した手を取らなかった。

そうして舟に乗り込もうと足をかけた時、体が傾いた。履《は》きなれない裙の裾を踏んだのだと気づいた瞬間、狼燦に腕をつかまれ、舟の上に引き戻された。狼燦は微笑んだが、シリンはばつが悪く、ナフィーサの背に隠れるようにして腰を下ろした。

船頭は舟を漕《こ》ぎ出すと、濫の言葉で歌い始めた。船頭が櫂《かい》を動かす度に、白い波頭《なみがしら》が生まれては消える。その動きに合わせ、小さな舟は向こう岸へと進んでいく。船頭は実に器用に流れに乗り、舟を操った。シリンにとっての馬が、彼にとっては舟なのだろう。

だんだんと中州の殿舎が近づいてきた。岸から見た時はそれほど大きいとは思わなかったが、近づいてみれば見上げると首が痛いほど堂々たる威容《いよう》を誇っていた。

円形の殿舎から、中州に舞台が張り出している。

しかし殿舎にも舞台にも、人の気配はない。

ふと、船頭の歌声が止んだ。見れば、舟上の誰もが口をつぐんでいる。

狼燦がシリンとナフィーサに耳打ちした。

「あの堂は、双蛇を祀った廟なのです。双蛇廟は国中どこにでもありますが、ここは瑶江にある廟と一対を成す宗廟でして。儀式の時を除いて、中州自体が禁足地となっております。宗廟への畏《おそ》れから、皆自然と口をつぐむのです」

入れない、喋れない、持ち込めない。この国は決まり事だらけだ。

シリンは鼻白んで、朱塗りの廟を睨んだ。屋根の頂《いただき》では双頭の蛇が鎌首をもたげ、辺りを睥睨《へいげい》している。まるで自分たちの作り上げた国の隅々《すみずみ》まで目を光らせているかのようだった。

舟は次第に宗廟を離れていったが、岸に着くまでとうとう誰も口を開かなかった。

息苦しさを覚え、シリンは空を仰ぎ見た。

よく晴れた空は、雲一つない。けれど故郷の空よりもくすんで見える。

河の上を吹き抜ける風は冷たいが、草原に吹く風のような厳しさはない。

故郷の色濃い空が、吐息まで青くなりそうな草の匂いが、砂混じりの風が慕わしかった。

それは生まれてからずっとシリンと共にあったものだったのに、今ではすべてが遠い。

もう二度と草原には戻れず、愛馬の背にまたがることもないのだと、あらためて胸に迫った。

第二章

濫《らん》の都、伽泉《かせん》は巨大な街だった。伽泉の大門をくぐる前、狼燦《ろうさん》は簾《すだれ》を持ち上げ、「内緒ですよ」と、シリンたちにも伽泉の街が見えるようにした。冠斉《かんぜい》をはじめとしてこれまで通過した街のどれもがアルタナより広かったが、伽泉は比べ物にならなかった。

身を乗り出すと、大門から続く道の向こうに宮城《きゅうじょう》が見えた。狼燦に説明されるまでもなく、待ち受けるように建つあれが帝《みかど》の住む永寧宮《えいねいきゅう》なのだとわかった。永寧宮は白壁にぐるりと囲まれていた。草原から見た長城も壁のようだったことを思い出す。濫という国の中に幾重にも張り巡らされた壁は、まるで檻《おり》のように思えた。そこに入っていくことを思うと、シリンの体はぶるりと震えた。

車は大路を進んでいった。路はまっすぐに街を貫き、両側には槐《えんじゅ》の木と土塀が連なっている。城壁の中にまた塀が連なる、奇妙な光景だった。

「壁に囲われたあれらは坊です。一つ一つが街なのですよ」

一つ一つが、街？　シリンは小さく息を吐いた。それならば、この伽泉にはいったいどれだけの人が暮らしているのだろう。

「一つの坊につき、五千人ほどが住んでおります。坊は二十四ございますから、十万以上の民が暮らす計算になりますね」

シリンの胸の内を読んだように、狼燦が付け加えた。

十万?

濫に輿《こし》入れするなど夢にも思わなかった頃、草原で羊たちを追いながら「この子たちが春には一万頭に増えていてくれたら、毎日遊んで暮らせるのに」とナフィーサに語って呆《あき》れられたことがあった。万という単位は、そういう愚《おろ》かな夢物語のためにあるはずだった。

シリンははっきりと眩暈《めまい》を覚えた。

その日は城下の宿に泊まった。

常であれば、妃嬪《ひひん》候補は身体を検《あらた》められた後そのまま宮城に入る。しかしシリンとナフィーサは異国からの輿入れであるため、その前に帝に謁見《えっけん》することになるのだという。シリンは緊張して体を強張《こわば》らせたが、狼燦は「何か訊《き》かれたらそれに答えればいいだけですよ」とのん気なものだった。

宿の房《へや》に入る前、「夕餉《ゆうげ》にどうぞ」と狼燦に包みを渡された。

中を覗《のぞ》き込んだシリンは顔を綻《ほころ》ばせ、思わず「饅頭《まんとう》だわ」とつぶやいた。

「姫君はこの道中、一部の濫語だけよく覚えられましたね」

狼燦は皮肉めいて笑った。

相変わらず腹の立つ男だとは思ったが、狼燦の言葉は事実だった。

草原で習った言葉の他にシリンが聞き取れる濫語といえば、饅頭に包子《ばおず》、牢九《だんご》に烤串《くしやき》、湯餅《とうへい》など、もっぱら道中で口にした食べ物の名前だった。濫の言葉は流れるような響きで覚えにくいが、食べた物の名前は不思議と頭に残るのだ。

「それでは、私はここでお別れです。明日は永寧宮から使いが参りますから」

シリンとナフィーサは、黙って頷《うなず》いた。

「お名残《なごり》惜しいですが。――再見《さようなら》」

狼燦は優雅に礼をして去っていった。あっけないものだった。

再見、という挨拶《あいさつ》は老師から最初に習った。それくらいならシリンにも言えたのに、口にすることができない。別れの挨拶さえままならないこの国の不自由さが呪わしかった。

牀《しょう》と呼ばれる寝台の上で、シリンは軋《きし》む体を伸ばした。寝転んだまま、買い与えられた饅頭をかじる。「行儀が悪いわね」とナフィーサには笑われたが、どうせ明日以降はこんな真似はできなくなるのだ。今のうちに思いっきりやっておいた方がいいだろう。

饅頭はまだ温かく、小麦の素朴《そぼく》な甘みを口いっぱいに嚙《か》みしめることができたが、ひき肉入りの包子も食べておきたかった。伽泉に着く前の街で食べた、挽《ひ》いた羊肉と葱《ねぎ》、香菜を具にした包子が素晴らしかったのだ。春には香菜が筍《たけのこ》に替わるのだという。ぜひ味わってみたかったが、まさか春まで後宮入りを延ばすわけにもいかない。

濫は気に入らないことばかりだが、食べ物だけは手放しで賞賛できる。宮城に入っても、道中で食べたような饅頭や菓子、兎《うさぎ》の串焼きなどを口にすることはあるのだろうか。想像でしかないが、皇帝や妃はもっと取り澄ましたものを食べているような気がする。

シリンは窓から見える宮城に目をやった。

飲み下した饅頭の甘味に、かすかな苦みが混じった気がした。


翌日、シリンとナフィーサは永寧宮で膝《ひざ》をついていた。ここで跪坐《きざ》して待てと言われてから、ずいぶん長い時間が経《た》った気がする。長旅で萎《な》えた足が痺《しび》れ始めた頃、ようやく衣《きぬ》擦《ず》れの音がした。

シリンとナフィーサは顔を伏せた。

「遠路はるばる、ご苦労であった」

凜《りん》と響いた声は、冷たく澄んでいた。双子の帝はシリンとナフィーサの二つ上、齢《よわい》十九だと聞くが、若さに見合わず声は威厳《いげん》に満ちていた。

盗み見ると、玉座の前には御簾《みす》が下げられていた。目を凝《こ》らしても二人の帝らしき影がぼんやりと見えるだけで、顔は見えない。

「そなたらの到着、国をあげて歓迎する」

シリンは小さく鼻を鳴らした。

「あんな遠くから、しかも御簾越しで歓迎も何もないと思わない？」

よしなさい、とナフィーサは小声でたしなめた。

「して、名はなんという？」

今度はもう一人の帝が声を発したらしかった。先に話していた帝よりも、いくぶん低く張りのある声だった。

ナフィーサは濫式に、膝をついたまま顔の前で袖《そで》を合わせて礼をした。出立までに何度も練習させられた所作だ。

「アルタナの長《おさ》バヤルとその妻ハリヤが一子、ナフィーサにございます」

ナフィーサの所作は優雅そのもので、顔立ちを除けばまるで濫で生まれた人間のようだった。シリンも同じように礼をする。

「同じく二子、シリンと申します」

「ナフィーサに、シリンか」

冷たい声の方が、値踏みするように二人の名前を口にした。そして当然のように声は告げた。

「その名は今日をもって廃す」

「なんですって？」

思わず、草原の言葉が口をついて出た。

すぐに口元を押さえたが、発した言葉をなかったものにはできない。声は玉座まで届いただろうか。意味はわからなくとも、シリンの声には怒りがありありと滲《にじ》んでいた。どうか聞こえていませんようにと祈ったが、願い空《むな》しく、御簾の向こうでかすかに笑う気配がした。

シリンは思わず顔を上げた。

笑い声が、どこか楽しげな気配をはらんでいたからだ。

衣擦れの音がしたかと思うと、御簾がわずかに割れ、一対の目が覗いた。

面《おもて》を伏せる間もなく、正面から目が合う。距離はあるが、草原の民の目は遠くまで見通す。シリンの目には、御簾の向こうから姿を現した男の長く艶《つや》やかな黒髪、切れ長の目、頬《ほお》に映る長いまつげの影までもがはっきりと見えた。

極めつきに、額《ひたい》には冕冠《べんかん》から垂れた珠玉が輝いている。

御簾の向こうにおり、冕冠を頂く人間はこの濫国において二人しかあり得ない。

すなわち、帝である。

男は口元に皮肉な笑みを浮かべたかと思うと、まっすぐにシリンたちの方へと向かってきた。シリンは慌てて顔を伏せたが、男の沓《くつ》先は目の前でひたりと止まった。

冷えた声が、頭上に降らされる。

「永寧宮に入る者は、一切を捨てよと聞かされなかったか？」

頬がかっと熱くなる。

濫での名を与えるというなら好きにすればいい。けれど、輿入れのための道具も婚礼衣裳もすべて取り上げておいて、これ以上まだ何か奪おうというのか。それほどまでに草原の民は侮《あなど》られているのか。

シリンの心を読んだように、ナフィーサが目配せした。

シリンは息を吸い、そして吐いた。

一人でここに来ていたなら、立ち上がって胸の内をそのままぶちまけていたかもしれない。だけど今は隣にナフィーサがいる。無礼をはたらけば、自分だけでなくナフィーサの立場をも危ういものにする。

濫へ来たのは庇護《ひご》を求めるためだ。ここで怒りに任せて不用意なことを言えば、すべてが台無しになる。父が自分たちに頭を下げた姿、母アルマの流した涙、そしてハリヤの絶叫を思い出し、沸き立つ怒りに耐えた。

「許す。面を上げよ」

シリンはゆっくりと顔を上げた。

挑むように、目の前の男――濫国皇帝――を見つめ返す。

生白い顔だ。その細面は、数多《あまた》の民を擁《よう》する濫の頂点に座する男とは到底見えない。

何がおかしいのか、皇帝はわずかに口元を綻ばせたかと思うと「兄上、私は決めました。兄上もそれで異存ありませんね？」と玉座に向かって声を張った。

何が、と問う間もなく、皇帝はシリンを振り返って続けた。

「余は瑶帝暁慶《ようていぎょうけい》。そなたは余の冬暁宮《とうぎょうきゅう》にもらい受ける」

呆気《あつけ》にとられているうちに、瑶帝は御簾の向こうへ戻ってしまった。怒りのやり場を失い、シリンはただ奥歯を軋ませることしかできなかった。

「ナフィーサといったな。余は燕嵐《えんらん》。魏帝《ぎてい》燕嵐だ。そなたは我が夏燕宮《かえんきゅう》に迎え入れよう」

ナフィーサは御簾の向こうからかけられた穏やかな声に、かすかに目を見開いて「恐れ多いことです」と答えた。

「新たな名は婚礼の後、それぞれの夫から与える。新たな名が定まるまでは、一の姫、二の姫と名乗るがよい。後宮の一角に房《へや》を用意させてあるゆえ、婚礼が済むまではそこで過ごされよ」

「ご配慮に感謝致します」

ナフィーサが拝礼したので、シリンも仕方なくそれにならった。

帝たちは立ち上がり、来た時と同じく大仰な衣擦れの音を立てて去っていった。

「……真っ白だわ」

目の前にそびえる門は、門柱から彫刻にいたるまですべてが白かった。

シリンたちは下男に導かれ、後宮へと続く門の前に立っていた。

石灰岩《せっかい》を切り出して作られたのだろうが、一種異様ささえ覚える門構えだ。

見上げた甍《いらか》の上では、やはり二匹の蛇《へび》が絡まり合っている。

「不帰の門、もしくは骨門と呼ばれています。一度入れば死ぬまで出てくることができないので、いつしかそう呼ばれるようになりました」

下男の言葉に、悪趣味、とシリンは顔をしかめた。

おそるおそる門をくぐり後宮の敷地へ足を踏み入れると、門扉《もんぴ》は不吉な音を立てながら閉まった。

振り返っても、もう外は見えなかった。

「婚礼の儀までは、こちらでお過ごしください」

通された房は、父バヤルのユルタが優に三つは入りそうなほどの広さがあった。床には緋《ひ》色の毛氈《もうせん》が敷かれ、牀が房の隅《すみ》と隅に二つ置かれている。牀自体がまるで一つの小部屋のように巨大で、これまでに宿で使ったものとは比べ物にならない。

「御用がございましたら、三度手を叩いてお呼びください」

聞きたいことはいろいろあったが、帝以外の男と口をきけないのでシリンは口をつぐんだ。その様子を見て取ったのか、年若い下男は微笑《ほほえ》んだ。

「わたくしは男ではございません、宦官《かんがん》にございます。どうか女官と同じようにお話しください」

シリンはためらいながらも口を開いた。

「あなたとは話してもいいの？」

「はい。宦官は後宮に出入りして、妃嬪の方々のお世話もいたします」

「じゃあ、まずは……食事はどうしたらいいの？」

この房で何日くらい待つことになるのか訊くつもりだったのに、口から出たのはそんな言葉だった。言ってから、ひどくお腹《なか》が空いていることに気がついた。

「お食事は房にお運びします。お望みでしたら、すぐにでもお持ちしましょうか」

じゃあ、そうしてくださる？　とシリンは精一杯姫君ぶって言った。

少年宦官は「すぐご用意致します」と礼をして出て行った。

ナフィーサと二人になると、シリンは息を吐いた。

「ここでまた待たされるなら、急いでアルタナを出る必要なかったじゃない。何が『私の首と胴は永遠にお別れです』よ。あの狼燦とかいう男、適当なこと言って」

「アルタナの要望を呑《の》めば、面子《めんつ》に関わると思っているのでしょうね」

ばかばかしい面子ね、とシリンは伸びをした。

「婚礼衣裳どころか名前も取り上げられるし。本当に腹の立つ国だわ」

シリンは瑶帝の薄笑いや冷たい声を思い出し、怒りをよみがえらせた。

「婚礼衣裳は、狼燦殿がきっと届けてくださるわ」

「そういうことを言ってるんじゃない。ナフィーサは悔しくないの？」

ナフィーサはしっと口元に指を立てた。

「草原での名前を口にしてはだめ。誰が聞いているかわからないわ」

その言葉に、シリンは泣きたい気持ちになった。

「ねえ、私はもうあなたの名前も呼べないの？」

ナフィーサはシリンの手を取り、なだめるようにやさしく撫《な》でた。

「名を封じたのは、あの方たちの恩情かもしれないわ」

「恩情？　本気で言ってるの？」

「だって考えてもみて。私たちはこの国の人々と何もかもが違う。目や肌の色も、顔のつくりも、全部よ。濫の衣裳を纏《まと》ったって、絶対に濫人には見えない」

「それがなんだっていうの？　もともと違う土地の人間なのだから当たり前だわ」

シリン、とナフィーサは哀願するように小声で名前を呼んだ。

「私たちはこれから濫の人間として生きていくのよ。それも市井《しせい》ではなく、永寧宮で。つまりただの濫人ではなく、濫人の中の濫人にならなくてはならない。そうでなくては、この国に私たちの居場所はないわ。いつまでもアルタナのシリンとナフィーサではいられない」

でも、と言いかけてシリンは結局口を閉ざした。後に続く言葉がなかった。ナフィーサの言うことが正しいのだと、シリンにもわかっていた。その正しさに比べて、自分の言い分はあまりに幼かった。

「だけどね」

ナフィーサはシリンの目を見た。まっすぐにシリンを見るその両目は、決して濫の人間ではあり得ない緑色をしていた。草原の色をそのまま写し取ったような、ハリヤからナフィーサが受け継いだ色だ。

「たとえ誰もその名を呼ばなくなっても、私だけは覚えているわ。あなたの名前を」

シリン、とナフィーサは耳元でその名をささやいた。シリンの耳の産毛《うぶげ》が、吐息で揺れた。

「だから、あなたも私の名前を覚えていて。誰が忘れても、あなたが覚えていてくれさえすれば、私の名は失われない」

「わかった、約束する」

ナフィーサ、とシリンは声を出さず唇だけを動かした。

その時、房の外で明るい声がした。

「お待たせいたしました！」

扉を開けて入って来たのは、さっきの宦官ではなかった。

宿で別れたはずの狼燦が、膳を持ってそこにいた。

「なぜお前がここにいるの！」

シリンは叫んでから思わず口を押さえた。道中聞きたいことを山ほど我慢してずっと口を閉ざしてきたのに、こんなところで禁を破ってしまうなんて！

けれど狼燦はシリンを咎《とが》めなかった。なぜって、と卓子《つくえ》に料理を並べながら目を丸くした。

「私も宦官ですので。後宮の出入りも自由にございます」

はあ？　とシリンは目を見開いた。

「そんなこと一言も言ってなかったじゃない！」

「お伝えしておりませんでしたか？　これはうっかり。あらためまして、わたくしめは狼燦、永寧宮のしがない宦官の一人でございます」

以後お見知りおきを、と狼燦は恭《うやうや》しく礼をした。

「宦官なら口をきいてもよかったんでしょう？　それなのになぜ黙っていたの」

「それはまあ、言いつけを守り、言いたいことを飲み込んで耐える姫君が非常におかわいらしかったので」

シリンが睨むと、「冗談です」と狼燦はちっとも悪びれずに微笑んだ。

「濫人とは目も髪の色も違うから、言葉がわかることを買われて使者に雇われたんだとばかり思ってたわ」

シリンのつぶやきに、ナフィーサが口を開いた。

「狼燦殿、違っていたらごめんなさい。もしかしてあなたも濫の人ではないの？」

「母方の血筋に干陀羅《かんだら》の商人がいたと聞いております。しかし私は生まれも育ちも濫国ですよ」

そんなことより、と狼燦は料理を示した。

「さあ、冷めないうちにお召し上がりください。永寧の庖人《ほうじん》の腕は素晴らしいですよ」

シリンは見慣れない汁物で満たされた器《うつわ》を引き寄せた。立ち上る香りが実に芳《かぐわ》しい。匂いにつられて口をつけると、舌の上に滋味が広がった。

「おいしい」

思わずそう口にすると、そうでしょうそうでしょう、と狼燦が満足げに笑った。狼燦を喜ばせるのは癪《しゃく》だったが、美味《おい》しいものは美味しいのだから仕方ない。草原の料理は肉そのものを味わうべくして作られた素朴なものがほとんどだ。今まさに舌を刺したうまみや鼻を通り抜けていった香りは、シリンにとってまったくの未知だった。

「これはなんていう料理なの？」

「羹《あつもの》です。蓼《たで》と鶉《うずら》の汁物ですよ」

あつもの、とシリンは舌に神経を集中させながらも、胸の内で繰り返した。

飲み干すと、強張った体が芯からほぐれるようだった。

また別の料理に目を向ける。四角く切られた骨付きの豚肉が飴《あめ》色のたれを纏い、添えられた青菜が互いの色を際立たせている。たまらず箸《はし》をつけると、肉がほろりと口の中でほどけ、脂《あぶら》の甘みが口中に溶けだした。狼燦に顔を向けると、言わずとも意を察したのか「炖排骨《ぶたのにこみ》ですね」と答えた。

口を開けば風味が逃げていきそうで、シリンは無言でうんうんと頷いた。豚肉の甘味が喉《のど》を通り抜けていくと、もうたまらなくなって、あれもこれもと並べられた料理を次々に試しては綺麗《きれい》に片付けていった。シリンが新たな皿に手を付ける度に、狼燦は料理の名前を読み上げるように口にした。

気づいた時には満腹で、とっくに箸を置いたナフィーサと狼燦に笑顔で見守られていた。

シリンは思わず赤面した。


三日が過ぎた朝、狼燦が朝餉を手にやって来た。

「お慶《よろこ》び申し上げます」

狼燦は膳を卓子の上に置くと、シリンとナフィーサの前に膝をついて拝礼した。

「いよいよ明日、婚礼の儀と相成りました。今日を過ぎれば、姫君方は正式に妃となられます」

　シリンとナフィーサは顔を見合わせた。

「婚礼の儀を執り行った後、一の姫様は魏帝陛下の夏燕宮、二の姫様は瑶帝陛下の冬暁宮へと移られることになります」

「つまり、二人で一緒にいられるのは今日が最後ってこと？」

「左様です。積もる話は本日中にお済ませください。今後もお会いすることはあるかと存じますが、同じ房で眠ることは今夜が最後となりましょう」

　狼燦は目を細めた。

「そう不安な顔をなさいますな。陛下は気質こそ陰陽を分け合っておられるかのようですが、お二人とも英明でお優しい方です」

　狼燦はそう言い残すと、いつものような軽口を叩かずに去っていった。

「……あの男の、どこが優しいっていうのよ」

　夫となるはずの瑶帝は、シリンたちの名を奪った上に、あの態度だ。あんな人間が優しいと言われても、肯《うなず》けるわけがない。

　その夜、シリンとナフィーサは一つの牀で手を繋《つな》いで眠った。薄闇《うすやみ》の中で、やっぱり狭いね、とシリンが笑うと、そうね、とナフィーサも笑い返した。

　今日でナフィーサと離れることになるのだと思うと怖かった。寂しいのでも悲しいのでもなく、はっきりと怖かった。

夜が明けなければいいと願いながら目を閉じた。

けれど厳格なる日輪はシリンの願いなど聞き届けはしない。

シリンが目を覚ますと、東の空が白み始めていた。太陽は今日も天に昇り、地上をあまねく照らし出す。

婚礼の儀はつつがなく終わった。

シリンは最初から最後まで何をさせられているのかさっぱりわからなかった。深紅《しんく》の衣裳に着替えさせられて祖廟《そびょう》に赴《おもむ》き、言われるがままに礼をし、御酒を口に含んだ。

永寧宮の奥深い場所にある祖廟は魏江《ぎこう》で見たのと同じく朱塗りで、屋根のてっぺんには双蛇《そうじゃ》が鎮座していた。壁や甍は双蛇をはじめとした神々の精巧な彫刻や色とりどりの絵で隙間《すきま》なく埋め尽くされ、眺めていると目が回りそうなほどだった。

中に入ると白檀《びゃくだん》のきつい香りが鼻に流れ込み、思わずむせそうになった。蓋頭《がいとう》の中で顔をしかめ、なんとか耐えた。

祖廟の内部も外装に負けず劣らず、偏執的とさえ思えるほどに細かな細工で天井や柱、壁に至るまで飾り立てられていた。廟は奥に行くにつれ階段状に高くなっており、頂《いただき》には双蛇神像が見える。その下には何の生き物なのかわからない獣神《じゅうしん》像が続き、さらに人間たちの像が並ぶ。冕冠を頂いていることを見るに、歴代の皇帝たちなのだろう。息子が双子であったからという理由で二人ともを皇帝としたという先帝は、一番端に立つ真新しい像だろうか。瑶帝と似た細面のその像を「あなたが余計なことをするから、私たちこんなところに嫁いでくることになったのよ」とシリンは睨んだ。けれど像は睨み返してくることもない。威厳ある視線を虚空《こくう》に向けたままだ。

数多の像の前に膝をつくと、春官の唱える祝詞《のりと》が朗々と祖廟に響いた。祝詞はいつまで経っても途切れることがなく、床についた膝が痛み、仰々しい婚礼衣装は重く体にのしかかった。

蓋頭越しに赤く染まる視界で、夫となる瑶帝を盗み見た。シリンと同じ真っ赤な衣裳に身を包んだその姿は、あらためて見てもやはり頼りない体つきだった。骨の太いシリンと体格はほとんど変わらないように思える。狼燦は帝を美丈夫だと言っていたが、こんなに貧弱な男を濫ではそう呼ぶのだろうか。

瑶帝は婚礼の儀の間、一度もシリンを見なかった。互いに向かい合って礼をする時でさえ、明後日《あさって》の方角を見ていた。

なぜ、瑶帝はナフィーサではなく自分を選んだのだろう。この態度では、シリンを気に入ったから選んだのだとは到底思えない。

シリンは故郷の婚礼を思った。草原での婚礼は、皆で集まって羊を潰《つぶ》してご馳走《ちそう》を作り、村中の人間を集めて若い二人を祝福する。シリンも何度か呼ばれたことがあるが、綺麗な花嫁さんを見て、ご馳走をお腹いっぱい食べるのが楽しみだった。いつかは自分があの花嫁の席につくのだと、そう思って衣裳を用意していた。

それが、どうだ。シリンの前にあるのは、異国の神と異国の衣裳、異国の男だ。ご馳走なんてどこにもなくて、あるのは退屈な祝詞に奇妙な香と酒だけ。

早く、この意味のわからない婚礼の儀が終わればいい。そう思ったが、春官の祝詞は未だ途切れる様子がない。

シリンは小さく息を吐いた。


果てしなく長い婚礼の後、シリンとナフィーサは別々の邸《やしき》に移された。二人はただ視線を見かわして、右と左とに別れていくことしかできなかった。

新たな住処《すみか》となる邸に着いてからも、ゆっくり腰を下ろしている暇はなかった。今日からこの邸付きで働くことになるのだという侍女《じじょ》たちに取り囲まれると、あっという間に蓋頭を脱がされ、大量に挿された簪《かんざし》を引き抜かれ、アルタナの革鎧《かわよろい》より重い婚礼衣裳を一枚一枚剝《む》かれていった。顔に塗りたくられた白粉《おしろい》や紅は、湯で絞った布で拭きとられた。

華美に過ぎる服を脱いでほっとしたのも束の間、今度は手を引かれて湯に連れていかれた。最後に一枚だけ残っていた下衣も剝ぎ取られて裸にされ、二人がかりで洗われた。アルタナにはもちろん風呂などない。時おり小川で足や髪を洗うだけだ。女は、成人すれば他人に顔以外の素肌は見せない。それがこんな風にあられもない姿を晒《さら》すことになって、シリンは羞恥《しゅうち》で死にそうだった。ここは異国だ、アルタナとは何もかも違うと自分に言い聞かせ、まるで羊の死体のようにされるがまま脇の下やうなじを洗われた。

太ももの割れ目に侍女の手が伸びた時にはさすがに声を上げたが、シリンの母よりも年《とし》嵩《かさ》の侍女は「今夜お使いになられるのですから、綺麗にしておかれなくては」と当然のようにそこを殊更《ことさら》丁寧に洗った。とんでもない恥辱《ちじょく》だったが、シリンには歯を食いしばることしかできなかった。同じ憂《う》き目にあっているだろうナフィーサのことを考えて、なんとか耐えた。

全身の垢《あか》を流し終えると、侍女たちは薄い刃でシリンの全身を剃り上げにかかった。

「なぜそんなことを？」

すでにぐったりしたシリンが問うと、侍女は不思議そうな顔をした。

「殿方は皆、この方がお好きですよ。北の地では違うのですか？」

濫の人間の考えることはわからない、とシリンは諦《あきら》め混じりのため息を吐いた。物事はなんでも自然のままにしておくのが一番美しい。それをこの国の人間はまったくわかっていない。好きにしてくれと体を投げ出すと、侍女たちは手際よく全身の毛を剃り上げていった。初めて刃を当てられた肌は、ぴりぴりと痛んだ。

剃り終わると、女たちは肌の水気をふき取り、妙な匂いのする油をすり込み、さらに白粉をはたき込んだ。侍女たちのはたらきとシリンの忍耐の甲斐《かい》あって、シリンの肌はもぎたての桃のように瑞々《みずみず》しくなった。

湯からあがると、侍女たちは新しい衣裳を着付けにかかった。シリンは侍女たちが袖を通したり腰紐《ひも》を結んだりする様を眺めていたが、複雑すぎて何をどうしたのかまったくわからないまま、いつの間にか着付けられていた。

ようやく房に戻ると、今度は待ち構えていた別の侍女が髪を結い、化粧を始めた。

「さっき落としたばかりなのに？」

もううんざりだと言外に滲ませたが、そんな不満が聞いてもらえるわけもなかった。

「ええ。ご辛抱ください」

しかし返ってきた言葉は濫語ではなく、草原の言葉だった。驚いて顔を上げると、侍女は鏡越しににこりと微笑んだ。

「濫の言葉にはまだ不慣れでいらっしゃいましょう。私は草原の言葉が少しはわかりますから、お困りのことがあればなんなりとお申し付けください」

侍女の口から出た懐かしい響きに、シリンは鼻の奥が痛むのを感じた。しかし侍女はすでに白粉をはたき始めている。ここで泣いたら粧が剝げ、侍女の仕事を増やすことになってしまう。シリンはぐっと泣くのをこらえた。

「今夜はお輿入れされて初めての夜ですから、一番お綺麗なお姿を見ていただかなくてはいけませんね」

最初が一番綺麗な姿だったら二度目はがっかりするんじゃないだろうかと思ったが、黙っていた。

シリンが眠気と戦い舟を漕《こ》ぎかけた頃、ようやく侍女の筆の動きがとまった。いかがでしょうか、と小さな丸い鏡を手渡される。

鏡の中には、知らない顔をした女がいた。生来の浅黒い肌は白粉に隠され、目の端には真っ赤な紅がさされている。目鼻立ちはまったく異なるのに、まるで濫の女だった。婚礼の儀での仮面のような粧とは違い、今は自分の顔が濫のものに作り替えられてしまったようだった。今すぐにこんな粧は洗い落としてしまいたかったけれど、シリンはなんとか侍女に微笑んでみせた。すると、鏡の中の女も笑った。

「ありがとう。まるで私じゃないみたい」

侍女はほっと息を吐いた。新しい主人が、どうやら理不尽に怒鳴り散らす類《たぐい》の人間ではないらしいことに安堵《あんど》したようだった。侍女はよく見れば、十七のシリンとそう歳《とし》も変わらない若さだった。

最後の仕上げに、侍女は翡翠《ひすい》の腕輪をシリンの両腕に通した。翡翠はずしりと重たく、恐ろしいまでの価値がそのまま重みに変わったかのようだった。シリンが婚礼衣裳として持ってきた装身具の数々など、この腕輪一つの前で霞《かす》んでしまう。

「この腕輪は？」

「陛下からの贈り物でございます。新しく後宮に入られた方がいらっしゃると、腕輪を贈るのが古くからの決まりとなっております。ご覧ください、腕輪の内側に双蛇が彫られていますでしょう。濫では、双蛇は帝とその妃にのみ許された意匠なんですよ」

よくお似合いです、と侍女は微笑んだ。しかしシリンにはそうは思えなかった。焼けた肌に、翡翠の腕輪は過ぎたものに見えた。

「夜になれば、陛下のお渡りがございます。それまではごゆるりとお過ごしください」

侍女がそのまま下がろうとしたので、シリンは思わず呼び止めた。

いかがいたしましたか、と侍女は首を傾《かし》げた。

「あの……今日って、ご飯は……」

この時を待っていたとばかりに、シリンの腹が情けない声を上げた。

若い侍女は、まあ、と目を丸くし、笑いをこらえた。奥の房から、さっき湯浴みを手伝ってくれた年嵩の侍女が顔を出した。彼女は黙って首を横に振った。それを見た若い侍女が、気の毒そうに告げる。

「娘々《おくさま》、お気の毒ですが今晩は何も召し上がれないそうです。初めての夜はそういう決まりだそうで……」

ええ、とシリンはつい子供のような声を上げてしまった。

　侍女二人は顔を見合わせ、くすくす笑い出した。

「朝餉はうんと豪勢なものにいたしましょう。何かお好きなものはありますか？」

「うーん。濫のものはみんな美味しいけど。そうだ、包子がいいわ。甘いのじゃなくて、肉の包んである……」

　包子、という発音だけがやけに濫語らしく、シリンは恥ずかしくなったが、侍女は気にしていないようだった。

「包子がお好きなのですね。では、朝餉に必ずお出しします」

　シリンは情けなくも泣きたい気持ちになった。昨日の夜は朝なんて永遠に来ないでほしいと思ったけれど、今はすぐにでも夜が明けてほしい。シリンは紅をこすらないよう、そっと目尻を押さえた。

「そういえばあなたたち、名前は？」

　このくらいは、となんとか濫語で言った。シリンが濫の言葉を口にすると、侍女たちは相好を崩した。

　年嵩の方が「緑申《りょくしん》と申します」、若い方が「香鶴《こうかく》です」とそれぞれ名乗った。

「緑申に香鶴。これからよろしくお願いします」

　二人の侍女はまた顔を見合わせた。

「いけません、奥様。侍女相手によろしくなんて」

そういうものなの？　とシリンが首を傾げると、二人は力強く頷いた。

「そうですよ。奥様は主人で、私たちは僕《しもべ》ですから」

「わかったわ。でも、私は濫のことはわからないことばかりだから。私が変なことをしたり言ったりしたら、その時は教えてくれない？」

承知しました、と二人の侍女は揃って礼をした。そしてそのまま房を出て行こうとするので、シリンは慌てて呼び止めた。

「それで私は、これからどうしたらいいの？」

まあ、と緑申は人の好《よ》い笑みを浮かべ、香鶴は赤面した。緑申が濫語で何事か答えた。

「ただ待てばいい、あとはなるようになる」というようなことを言っているらしい。

シリンは、はあ、と答えるほかなかった。瑶帝がやって来たらどう挨拶するべきなのかを聞きたかったのだが、どうやら緑申はその先のことに頭がいっているらしい。

あの、と香鶴がおずおずと声を上げた。

「差し出がましいことかもしれませんが……何があっても気を落とされることはございませんわ。瑶帝陛下は、妃嬪の方々全員に〝そう〟だと言われておりますので」

香鶴、と緑申が咎めるような声を上げた。

申し訳ありません、と香鶴は頭を下げた。

「今のは忘れてください。私たちはこれで下がらせていただきます」

「そう」って何のこと？ と聞きたかったが、緑申が有無を言わさず香鶴を引きずって出て行ってしまった。

しかし、夫となった瑶帝が房にやって来ていくらもしないうちに、「そう」の正体をシリンは知ることになった。

「お前を抱くつもりはない」

牀にどっかり座るやいなや、暁慶はシリンの顔も見ずにそう言った。

聞き間違いか、あるいはその濫語にシリンの知らぬ意味があるのかと思った。初夜を迎えた妻に向かってそんなことを言う夫があるはずがないからだ。

しかしいくら考えても、暁慶の言葉にそれ以外の意味はなかった。

面食らったシリンは、言うべきことをあれやこれやと探して、結局「はあ、そうですか」と相槌《あいづち》を打つことしかできなかった。抱かれないのなら、またぐらを執拗《しつよう》に洗われたのはいったい何だったんだと文句の一つも言いたかった。しかし相手は会ったばかりの皇帝で、アルタナのことを想えばできるだけ良い関係を築いておきたい相手である。

謁見の時のような失敗はすまい、とシリンは言いたいことの数々をぐっと飲み込み、つとめて穏やかに微笑んだ。

「でしたら、今夜はお茶でも」

そう言ってシリンは香鶴を呼ぼうとしたが、暁慶の笑い含みの声に遮《さえぎ》られた。

「今夜は？」

暁慶はようやくシリンの顔を見たかと思うと、口元を歪《ゆが》めて笑った。

「めでたい女だな。今夜に限った話ではない。私は永劫《えいごう》、お前に触れるつもりはないと言っている」

永劫、お前、触れない、などの言葉がシリンの頭の中でゆっくりとほどけ、だんだんと理解されていく。言葉の意味が繋がった時、シリンは今度こそ頬に微笑みを留めておけなくなった。

なんだこの男は。

シリンは真顔で目の前の男を見た。

異国から遠路はるばるやってきた妻となる女に対して、初めて寝所で発した言葉がよりによって「お前を抱かない」だの「めでたい女だ」だの、ふざけるのも大概にしてほしい。優しくしろとは言わないが、最低限妻として遇するつもりがないのなら、なぜわざわざ異民の娘など娶《めと》ったのだ。

「それは、私が異民だからでしょうか？」

それが精一杯の返答だった。

「そうだと答えれば、お前は納得するのか？　ならば、そうだ」

「では、なぜ」

シリンは声が震えそうになるのを必死に抑えた。

「なぜあなたは、私を選んだのですか」

暁慶は鼻を鳴らした。

「私がお前に惚《ほ》れたからとでも思ったか？」

この糞外道《くそげどう》が。そう罵《ののし》らなかった自分を、誰か褒めてほしかった。

「私だってなにも好きこのんで、こんなところへ嫁いできたわけじゃない」

思わず草原の言葉が漏れた。暁慶は眉をひそめたが、一度口から飛び出した言葉は止まらなかった。

「私の兄は濫人に殺された。濫は仇《かたき》の国よ。それでもここへ来たのは、いったい何のためだと思っているの」

「言いたいことがあるのなら、この国に相応《ふさわ》しい言葉を使うがいい」

シリンはぐっと拳《こぶし》を握った。頭の中で濫語を組み立てようとしたが、怒りが邪魔をして、すぐにばらばらにほどけてしまった。

シリンが何も言えないでいるのを見て、暁慶はあくびを一つした。

「婚礼の儀で疲れたゆえ、もう眠る。頃合いを見て帰るから、お前も好きな時に寝ろ」

そう言うと、暁慶は一人で床《とこ》に入ってしまった。

シリンは呆然《ぼうぜん》とその場に立ち尽くした。

香鶴が結い上げてくれた髪も、緑申が肌に念入りにすり込んだ香油も、急にばかばかしく思われてならなかった。こんなものを纏って、こんな男を待っていたのが恥ずかしくてならなかった。

今すぐに帰りたかった。

ヨクサルの美しい青毛をなびかせ、草原を駆けてアルタナに帰りたかった。けれどヨクサルはここにいない。草原の風の匂いを嗅《か》ぐことはもう二度とない。

永寧宮の白壁が、後宮の骨門がシリンを濫に閉じ込めている。

体の中が空っぽになったような気がした。それは空腹だけのせいではなかった。

泣くものかと唇を噛んだが、無駄な努力に終わった。

「そうだ」

暁慶はがばりと跳ね起きてシリンの方へ歩み寄ると、顔を覗き込んだ。

「濫での名を授けねばならんのだった。……なんだお前、泣いているのか?」

いいえ、とシリンは鼻をすすった。けれど目に浮かんだ涙はごまかしようもない。

暁慶は困ったように頭をかき、目を逸《そ》らした。

「なにも私は、お前だけを抱かないいんじゃない。後宮の女は誰であろうと触れぬと決めているだけだ」

暁慶はばつが悪そうに、袖口でシリンの目元を拭《ぬぐ》った。

「だから泣くな。お前は私に嫁いだことなど忘れて、ただ静かに暮らせばよい」

涙で溶けた白粉と紅が、暁慶の黒い袍《ほう》の袖を汚した。

「とにかく、名前だ。いつまでも二の姫では不便だろう」

ふむ、と暁慶はシリンの頭から爪先《つまさき》までを一瞥《いちべつ》した。そして一本の簪に目を留めると、シリンの髪から抜き取った。簪の根元に付いた鈴が震え、かすかな音を立てた。

「細工は杏《あんず》の花、それに鈴か。ならばお前の名は杏鈴《きょうりん》だ。公《おおやけ》には杏妃《きょうひ》でいいだろう」

暁慶は簪をシリンの髪に挿して返した。

あまりに適当な名付け方に腹が立ったが、この男と言い争うよりも、一刻も早く眠りたい気持ちがまさった。

「杏鈴ですね。ありがたく頂戴《ちょうだい》いたします」

うん、と暁慶は熱のない返事をすると、牀に戻ってすぐに寝息を立て始めた。

シリンは同じ床に潜り込む気にもならず、椅子《いす》に体を預け、敷物を体に巻き付けて目をつむった。冬の夜気が足元から這《は》い登り、身体を冷やした。両手首で冷え切った翡翠の腕輪は、まるで氷の枷《かせ》だった。

こうしてアルタナのシリンは、体を繋がぬまま濫の杏妃となった。

明け方近く、暁慶が床を抜け出す気配がした。シリンは衣擦れの音で目を覚ましたが、まぶたを開いた時にはすでに暁慶の姿はなかった。

敷物からはみ出した爪先が、真っ赤になっている。両足をこすり合わせながら立ち上がると、卓子の上に昨夜はなかったものが見えた。

薄紙の包みと、短い書置きだった。流麗な書き文字は、どうやら暁慶のものらしい。文字というものに未だ慣れないシリンがためつすがめつして何とか読み取ったところによると、「お前の腹の音がうるさくてかなわん。餳餅《とうへい》を食え」と書いてあるようだった。

包みを開くと甘い香りが鼻をくすぐった。中を見ると、丸い小さな菓子が顔を覗かせた。シリンは焼け付くような空腹を思い出し、暁慶の言い様に腹を立てながらも菓子を口に運んだ。ほどけるような甘さが、舌の上に広がった。草原には存在しない、強烈な甘味だった。噛み砕くのも惜しく、舌の上で少しずつ溶かした。

口の中の甘みをもてあそびながら中院《なかにわ》に出ると、夜のうちに降り始めたらしい雪が薄く積もっていた。

昨夜のことが夢のように思われたが、舌の上の痺れるような甘さが、夢ではないとシリンに教えていた。

房に出て行くと、侍女たちはもう立ち働いていた。

「おはようございます。お早いですね」

香鶴と緑申がすぐにやって来て、朝餉を並べた。用意すると言ったとおり、白くてふかふかの包子が湯気を上げていた。かじりつくと腹の中が温まり、生き返った心地がした。

朝餉を終えると、緑申が片付けをする間に香鶴が着替えを手伝ってくれた。

昨夜の首尾については何も聞かれない。シリンは濫での名が杏鈴、号は杏妃となったことだけを伝えた。それで香鶴はすべて承知したようだった。

「杏妃様、本日は貴妃様方へご挨拶に伺《うかが》いましょう」

香鶴は裙《くん》をシリンの腰に巻き付けながらそう言った。

「貴妃様？」

「汪月《おうげつ》凌《りよう》様とおっしゃいます。今の永寧宮に皇后《こうごう》陛下はおられませんから、平たく言えばこの冬暁宮の主《あるじ》ですね」

アルタナで受けた講義の中には、濫での皇帝の妻の序列についてのものもあった。妃嬪の種類が多すぎて覚えるのを諦めてしまったが、たしか貴妃は皇后を除いて一番上の位の呼称だ。

「そういえば、私はどの位ということになっているの？」

「杏妃様は昭儀《しょうぎ》にございます。貴妃様から下は淑妃・徳妃・賢妃と四夫人の位が続いて、その次が昭儀ですね」

「それじゃあ貴妃様というのは、私よりもうんと偉いのね」

そうなんですが、と香鶴は苦笑した。

「杏妃様が昭儀となられたのも、異国からいらっしゃった方では本当に珍しいことなんですよ。それに、四夫人の位がすでに埋まっているので杏妃様は昭儀となられましたが、夫人と同等のものとして遇するようにと承《うけたまわ》っております。杏妃様は双子でいらして、双蛇様に連なる方ですから。ですので、杏妃様とお呼びするようになります」

「濫の方は、双蛇の神が本当にお好きね」

シリンの言葉には無意識に皮肉が滲んだが、香鶴は気づかなかったようだった。

「もちろんです。双江《そうこう》なくして我らの繁栄はありませんから。双子に生まれついた方が本当に羨《うらや》ましいです。私も双子だったら、国元の公子様との縁談もあったかもしれないなあって時々考えちゃいます」

そう、と答えながらもシリンの胸はちくりと痛んだ。シリンとナフィーサは双子と偽《いつわ》って濫へ来た。もし真実が露見することがあれば、これだけ双子というものを特別視する濫では許されないだろう。

でも、と香鶴はシリンの髪を櫛《くし》でとかしながら微笑んだ。

「私はこうしてお優しい方に仕えることができたので、十分幸運です。それだけでも感謝しなくては」

「私、優しい？」

「ええ、中には気難しい方もおられますから。大きな声では言えないですが、夏燕宮の貴妃様付きの侍女は本当に気の毒です」

「怖い方なの?」

「そうですね。燕嵐様のお通いが絶えたからといっては侍女に当たられるとのお噂《うわさ》です。ですが、こちらの冬暁宮の貴妃様は気安い方なので心配いりませんよ。二人の貴妃様も双子の姉妹でいらっしゃるのですが、ちっとも似ておられません」

「そうなの。夏燕宮に行った姉のことが心配になってきたわ」

「も、申し訳ございません。余計なことを申しましたでしょうか」

「いいえ、昨日言ったでしょ。私はここでは知らないことばかりだから、何でも教えてくれた方が嬉《うれ》しいって」

　よかった、と香鶴はちょうど髪を結い終わり櫛を置いた。

「いかがですか?」

　濫風の髪型はやはり見慣れず奇妙に思える。けれど婚礼の儀の時よりはずいぶんゆったりと結われ、髪が引っ張られて痛いということもない。

「これでいいわ。ありがとう」

「では、早速お出かけになりますか」

「そうね。特にすることもないし、新参者が挨拶するなら早い方がいいでしょう」

わかりました、と返事をしたものの、香鶴はもじもじとまだ何か言いたいことがあるような素振りを見せた。

「どうかした？」

香鶴は言うべきか迷っているようだったが、結局口を開いた。

「杏妃様。貴妃様は良い方なのですが……初めて会われると、驚かれると思います。ですが、どうかそれをお顔にはお出しにならないよう」

「わかったわ」

会うと驚くとはどういうことだろう。それにしても誰かに会う時、いつも香鶴から前置きがある。濫の人間は前置きが必要な変わり者ばかりなのだろうかと思いながら、シリンは香鶴を伴って貴妃汪月凌の邸へ向かった。

汪月凌の邸は、想像より簡素なものだった。敷地こそシリンの邸より広いが、庭木の数や門構えはさして変わりがない。主である月凌が質素を好む人柄なのだろうか。派手好きよりよほど良い、とシリンは敷地に足を踏み入れた。

侍女の取り次ぎで客庁《きやくま》に入っても、最初の印象は覆《くつがえ》らなかった。一つ二つ申し訳程度に調度類が配されたのみの、簡素な客庁だった。

主人である月凌はわずかに二人の侍女を連れ、衝立《ついたて》越しに静かに座っていた。衝立には竹林に虎《とら》が描かれている。女人の房に置かれるには、ずいぶん勇壮な意匠だ。簡素な房の中で、虎だけが妙に目立っている。

「貴妃様、お初にお目にかかります。北の地より参りました、杏妃と申します」

以後お見知りおきを、と膝をついた。

汪月凌はすっと立ち上がって衝立から出てくると、自らシリンの手を取って立たせた。

その時、シリンは初めて汪月凌の顔を見た。

月凌の顔は、左半分が爛《ただ》れていた。病によるものか火傷《やけど》か判然としなかったが、左側の皮膚《ひふ》は赤黒く変色し、表面が乾いてひび割れていた。

月凌は薄く笑ってシリンに何か言ったが、驚きも手伝って聞き取れなかった。言葉が通じていないことに気がついたのか、月凌はシリンの手を引いて卓子に導いた。

侍女が茶を運んできて、月凌とシリンの二人分を並べた。

月凌は香鶴を手招いて、何事か伝えた。とっさに答えを返せず気分を害したのだろうかと不安になる。

「貴妃様は、杏妃様が冬暁宮に入られたことを心より歓迎するとおっしゃっております。杏妃様とお話しされたいそうなので、僭越《せんえつ》ながら私が通辞をつとめます」

シリンはほっと安堵の息を吐いた。正面の月凌を見やると、にこりと微笑んでくれた。

シリンも強張った頬を動かし、微笑みを返す。

「あらためまして、私は汪月凌。汪貴妃と呼ばれることが多いけど、妹の蘭玲《らんれい》も汪貴妃だから紛らわしいんだ。面倒だったら月凌と呼んでくれてかまわないよ」

月凌が話すと、香鶴がその内容をシリンの耳にささやいた。言葉のあまりの気安さに、本当にそんなことを言っているのかと香鶴を見たが、香鶴は「確かです」と頷き返した。

「畏《おそ》れ多いことです、貴妃様」

「いいんだよ、妃としての位なんてそんなに気にしなくて。夏燕宮はともかく、冬暁宮は後宮として機能してないんだから」

それはどういう意味でしょうか、とシリンが尋《たず》ねる前に月凌は悪戯《いたずら》っぽい笑みを浮かべた。

「それで、暁慶様はお元気そうだった？」

「壮健のご様子でしたが……」

「それならよかった。あの方ちっとも冬暁宮に来ないから、どうしているのか風の噂でしか知らないんだ」

夫婦なのにおかしなことだと月凌は笑った。シリンは笑っていいのかわからず、曖昧《あいまい》に頷き返すことしかできなかった。

月凌は香鶴に一旦《いったん》下がるように目配せした。香鶴が従うと、扇《おうぎ》で口元を隠してシリンに直接ささやいた。

「君も言われた？」

笑い含みの声が耳をくすぐる。

「あの……何をでしょうか」

「決まってるじゃないか。〝私は誰のことも抱くつもりはない〟」

シリンは少し考え、やがてその濫語の意味するところに思い当たると、顔を真っ赤に染めた。

月凌は噴き出し、ふふふふふふ、と背を丸めて笑った。

「貴妃様、笑いごとではありません」

月凌は熱い茶をぐっと飲み干し、扇で顔をあおいで呼吸を整えた。

「ああおかしい。あの方、まだそんなこと言ってるんだ」

香鶴に聞かせたい話ではないので、シリンは必死に頭の中で濫語を組み立てた。

「陛下は、後宮の誰のことも抱かないと言われました。そのようなこと、あの……あり得るのでしょうか？」

「事実だろうね」

月凌は何でもないことのように、侍女が茶のおかわりを注ぐのを眺めながら言った。

「少なくとも陛下は、私に触れていない。輿入れしてから四年、一度もね」

シリンはほっとしたような、奈落に突き落とされたような、何とも言えない心地がした。

シリンに落ち度があってあんなことを言ったわけではないらしいが、貴妃に対してすら四年もあの態度なのだとしたら、シリンが妃として扱われる日は来ないだろう。

「初夜の翌日はそれはそれは落ち込んで、私の顔がこのような有様だからだと決めつけて泣いた。私も若かったなあ。でも、季節ごとに陛下から贈り物は必ずあるし、新たに入宮した妃嬪のもとに通われている様子もないし」

悩むのも馬鹿《ばか》らしくなったよ、と月凌はからりと笑った。

「なぜ、陛下はあのようなことをおっしゃるのでしょう」

「さあね。口さがないものは、陛下は龍陽《りゅうよう》を好むのだと言うけれど」

「龍陽？」

その単語には、どれだけ考えても覚えがなかった。首をひねったシリンに、香鶴が飛んできて耳打ちする。

「龍陽とはつまり、男性同士の、その……営みのことでございます」

営み、と繰り返したシリンを月凌は愉快そうに覗き込んだ。

「陛下には重用してる臣が一人いるからね。だからそんな噂が出回るんだ」

別に珍しいことじゃないから気にしない方がいい、と月凌は笑い飛ばした。

「あの……一つお尋ねしてもよろしいでしょうか」

「いいよ。なに？」

「貴妃様は、お辛くはないのですか？」

シリンがためらいがちに口にすると、月凌は激昂《げっこう》することも笑い飛ばすこともなく即答した。

「辛いことなんて一つもないよ」

「陛下を、恨まれたりはしないのですか」

「なぜ？　暁慶様は大層お優しい方だ。変わり者ではあるけどね」

「でも、会いに来てもくださらないのでしょう？」

「それはそうだけど。でも、陛下はこんな私を貴妃として遇してくれている」

こんな、と月凌は顔の爛れた方を指した。

「それどころか、私の顔を見ても蔑《さげす》まれなかった。舌打ちもなさらないし、罵ることもない。私をまるで普通の人間のように扱われる」

香鶴は訳すのをためらったが、月凌は「よい、伝えよ」と命じた。

月凌は「この顔は本当に面倒でね」と苦笑した。

「実家での私はずっとお荷物だった。この顔で生まれたばかりに、父母に疎《うと》まれ幽閉同然の生活を送っていた。会話をするのは年寄りの侍女が一人だけ。私はここで朽ちていくのだと、毎日窓から同じ景色を見て思っていた」

でも、と月凌は笑みを見せた。牡丹《ぼたん》がほころぶかのような笑みだった。

シリンは月凌がとても美しいことに気がついた。顔の半分が爛れていても、その美しさは花に喩《たと》えるのに相応しかった。

「そうはならなかった。暁慶様はこのような顔の女でも入宮を許された。ここで好きなことをして暮らせばいいとおっしゃった。無理に機嫌をとろうとしたり、気に入られようとする必要もない、私は誰も愛さないから、と」

たぶん普通の娘であれば耐えがたい屈辱だろうね、と月凌は窓の外に目をやった。庭では盛りを迎えた茶花《つばき》にうっすらと雪が積もり、花の赤を際立たせていた。

「けれど私はここへ来てようやく安寧を得た。こんな風に綺麗な服を着て、決まった時間に必ず食事が運ばれてきて、冬には房に火が入る。時々未だに信じられない」

だから、と月凌は笑った。

「あの方の妻となれて、私はとても幸運だ」

それも私が双子だから叶ったことだろうが、と月凌は苦笑した。

シリンはなんと答えればいいのかわからなかった。爛れのせいで粗雑に扱われていたことに慣《いきどお》ればいいのか、あなたは慎ましすぎる、今や貴妃なのだからもっと多くを望んでいいのだと言うべきなのか。そもそも自分は今の話を聞いてどう思ったのかもよくわからなかった。

けれど少なくとも、月凌は悪い人間ではなさそうだった。位は自分の方がずっと上なのに、片言の濫語を笑うこともせず、不躾《ぶしつけ》な質問にも本心から答えてくれた。

「ありがとうございます。貴妃様のお話を伺って、少し心が休まりました」

「お礼を言うのはこっちの方だよ。杏妃が冬暁宮に来てくれてとても嬉しい。君も暁慶様と同じで、私の顔を見ても目を逸らしたりしなかった」

そんな、とシリンが言いかけた時、背後からしゃらしゃらと涼やかな音が聞こえてきた。

「姉上、今日はやけに楽しそうですのね」

振り返ると、左右と背後に二人ずつ、侍女を六人も引き連れた女が立っていた。

蘭玲《らんれい》、と月凌は来訪者の顔を見て言った。蘭玲と呼ばれた女は、ずいぶんと仰々しい出で立ちだった。瑪瑙《めのう》や紅玉の嵌《は》め込まれた簪を何本も挿し、翡翠の歩揺《ほよう》の玉飾りが歩く度にぶつかり合って音を立てた。襦裙のいずれも金糸銀糸に彩られ、花文をあしらった濃桃色の披帛《ひはく》は肌の白さを際立たせていた。

衣裳の重みのせいとも思えないが、蘭玲は両脇の侍女の肩に手を置き、足を引きずるような歩き方をした。

香鶴が素早くシリンに耳打ちした。

「今朝お話しした、夏燕宮の貴妃汪蘭玲様です。月凌様の妹御にあたる方ですよ」

汪蘭玲は、柳腰の見事な美女だった。濫の基準で言えば大層美しい部類に入るだろう。しかし、一分の乱れなくきっちりと結い上げられた髪は神経質さを、吊り上がった目元は生来の気の強さをうかがわせた。

「いつ来ても冬暁宮は物寂しくて嫌ですわ。やはり夫を迎えない宮というのは、張り合いがなくて活気も失せるものなんでしょうね」

シリンの存在など黙殺している蘭玲に、月凌はシリンを示した。

「汪貴妃、紹介するよ。こちらは陛下の妃に新たに加えられた杏妃だ」

シリンは椅子から立ち上がり、膝を折って蘭玲に拝礼した。

「あら。気がつきませんでしたわ。これは失礼を」

蘭玲はわざとらしく目を丸くした。

「夏燕宮であなたの姉君にお会いしましたよ。もっとも、土臭くてとてもじゃないけど耐えられなかったから、早々にお帰り願ったのだけれど」

汪蘭玲は口元でせせら笑った。引き連れた侍女たちも忍び笑いを漏らす。

香鶴は訳さなかったが、「姉」や「臭い」という単語にシリンの耳が反応した。蘭玲の口ぶりからして、おそらくは香鶴の口からはとても伝えられないことを話しているのだろう。

「あなたも姉君と同じ臭《にお》いがしますのね。北の地では馬糞《ばふん》を火付けに使うと聞きますから、その臭いも混じっているのかしら」

汪貴妃、と月凌が咎めるような声を出したが、蘭玲は意に介さなかった。

「燕嵐様も暁慶様もお可哀想《かわいそう》に。いくら帝である御身は濫のためにあるとはいえ、このように獣《けもの》臭い女たちを後宮に迎え入れなくてはならないとは。人質は人質らしく、独房にでも籠《こ》めておけばよいものを」

蘭玲は豪奢《ごうしゃ》な扇で鼻を覆《おお》い、ちらりと月凌を見やった。

「なかでも暁慶様は輪をかけてお可哀想ね。獣臭い女に加え、我が姉とはいえ人間とも思えぬ顔をした女も押し付けられて。己の肌がこのような有様だったら、わたくしでしたら鏡を見た瞬間に命を絶ちますわ」

ああおそろしい、と蘭玲は自らのすべらかな頰に手を当てた。その目が、月凌のひび割れた肌を一瞥する。

「このように憐《あわ》れな姉を貴妃に据えているのだから、瑶帝陛下は本当に慈悲深くていらっしゃる」

蘭玲の目が三日月形に細められた。

「それとも、変わったご趣味をお持ちなのかしらね？　なにしろ、臣下とのお噂も止まぬお方でいらっしゃるし。そうであれば、姉上も皇后にお立ちになる機会が残されているかもしれないですわね」

父上はとうの昔に諦めておいでだけれど、と蘭玲は扇の陰《かげ》で笑った。

「汪貴妃」

月凌は立ち上がり、今度ははっきり声に出して蘭玲を諫《いさ》めた。

「やめなさい。私のことはともかく、陛下をそのように申すのは許されない」

「あら、姉上のお耳にも入っているでしょう？　お気に入りの宦官とのこと」

「蘭玲！」

月凌は今度は妹の名そのものを呼んだ。声は大きなものではなかったが、鋭く耳に残った。それでも蘭玲は嘲《あざけ》りの表情を変えず、なおも何か言い募ろうとした。

会話の断片しか聞き取れなかったが、ナフィーサや月凌までが馬鹿にされていることはわかった。自分が侮られるのは構わない。腹は立つがそれだけのことだ。濫の後宮に入れば、草原から来た自分が誹《そし》りを受けるのは避けられないだろうと最初からわかっていた。

けれど目の前でナフィーサのことを悪く言うなら話は別だ。月凌を侮るのだって我慢ならない。妹が姉を悪し様《あざま》に言うなど、気持ちのいいものではない。

シリンは勢いをつけて立ち上がり、蘭玲の前に立ち塞がった。

「あら、なにかしら。久しぶりに実の姉との会話を楽しんでいますのに。親切心で教えてあげますけど、ここでは目上の者の前に許しもなく立つのは不敬なことですのよ。草原のような野蛮《やばん》な地ではどうだか知りませんが」

シリンは腕を振りかぶり、蘭玲の顔面めがけて掌《てのひら》を振り下ろした。

想像だにしなかった行動に、蘭玲は細い悲鳴を上げて思わず目をつむった。

シリンは身をかがめ、さっきから床を這いずっていた亀虫《かめむし》をさっと拾い上げた。

いつまでも衝撃が訪れないので、蘭玲はおそるおそる目を開けた。シリンはその眼前に、足を蠢《うごめ》かせた亀虫をずいと差し出した。

きゃあああ、と絹を裂くような悲鳴が邸中を駆け抜けていった。蘭玲は、どすん、と床に尻もちをついた。蘭玲の侍女たちが、シリンに向かって非難めいた声を上げる。

「貴妃様、危のうございました。この虫けらが不遜《ふそん》にも貴妃様のお顔に止まろうとしておりましたので、とっさに」

シリンは片言の濫語でたどたどしく、しかし口を挟むことを許さぬ勢いでまくしたて、摘まんだ亀虫を窓から爪先でぴんと弾き飛ばした。

「この虫はとんでもない臭気を放ちます。お衣裳に臭いが移ったら一大事でしょう。貴妃様はことさら臭いものがお嫌いなようですし」

ああそれに、とシリンは芝居がかった調子で続けた。

「お衣裳から虫の臭いがしては、魏帝陛下の訪れも遠ざかるやもしれません」

蘭玲は侍女に手伝われてなんとか立ち上がると、「お前、こんな無礼が許されると思わないことよ！」と額に青筋を浮かべた。

「申し開きもございません。しかし貴妃様はお肌を大切にしていらっしゃると、濫語に不慣れな私にもよく伝わってまいりましたので、いてもたってもいられず」

シリンは膝を折り、さらに床に額《ぬか》づいた。

「お怒りはもっともでございます。いかようにも罰してください」

地面に額をつけたシリンを見て、蘭玲はさすがにばつが悪そうな顔をした。

「……もうよい！　わたくしはこのようなことに腹を立てるほど狭量ではございません。姉に免じて、今回はお前を許します！」

次はありませんからね、と蘭玲は両脇を侍女に支えられて去っていった。

足音と共に歩揺のぶつかり合う音が行ってしまうと、シリンは地に伏したまま、ふふ、ふふふふ、と静かに笑う声を背中で聞いた。顔を上げると、月凌が身体を震わせて笑っていた。笑いがおさまらないまま、月凌はシリンに向かって手を差し伸べた。

「ごめん、嫌な思いをさせたね。妹は『お前はいずれ皇后になるんだ』ってずっと言われて育ったせいか、誰に対してもああなんだよ」

シリンは遠慮なく月凌の手を取り立ち上がった。

固まっていた香鶴が呪いを解かれたように動き出し、月凌の言葉を伝えた。

「私はなんでもありません。ですが、魏帝陛下に嫁いだ姉が心配になりました」

「姉君にも苦労をかけるだろうなあ。落ち着いたら様子を見に行ってあげたらいいよ」

そうします、とシリンは頷いた。

「それにしても、あちらの貴妃様は実の姉君に向かってあまりに酷《ひど》い言い様ではありませんか？　濫の方は礼儀を重んじると聞いていたのですが」

「仕方ないんだよ。蘭玲の言葉は全部、子供の頃に両親が口にしたものだから。あの子はただそれを真似ているだけ。私の顔がこうであるばかりに、未来の皇后たれという父上の期待と重圧のすべてを妹が背負うことになってしまった」

そんな、とシリンは言葉を失った。

シリンは初めて、月凌の右の横顔は蘭玲とよく似ていることに気がついた。

「あの子の歩き方がおかしいの、わかった？」

「はい。足を引きずっておいででした」

月凌は声を落としてささやいた。

「あれは、私たちの父がわざとしたことなんだ」

シリンは信じられない思いで月凌を見た。

「古い風習だ。娘の足を布できつく縛ることで、足を萎えさせる。そうすれば娘は一人で出歩くことができないので、不貞を働くこともない。私たちが生まれた頃にはとっくに廃《すた》れていた風習だけど、父は幼い蘭玲の足を縛った。そうすれば自《おの》ずから乙女であることの証明となり、入宮を揺るぎないものにできると考えたらしいね」

ばかばかしい、と月凌は吐き捨てた。穏やかだった横顔に、一瞬憎悪の火が灯《とも》ったような気がした。

「夜になると妹が泣く声がよく聞こえてきた。足が痛い、足が痛いと」

月凌は息を吐くと、薄く笑った。その目には、シリンと同じ年頃の娘が宿すにしては不似合いな、老成した諦念《ていねん》が漂っていた。

「言っただろう？　私は幸運だって。この顔は面倒事もたくさん連れてきたけど、少なくとも足を萎えさせられることはなかった。私の入宮は、父にとっては何かの間違いみたいなものだったからね」

さて、と月凌は侍女を呼んで茶と菓子とを新しいものに替えさせた。

「つまらない話が続いてしまったね。もっと楽しい話をしよう。そうだな、草原では女も馬に乗るって本当？」

「はい。故郷ではいつも乗っていました」

「いいなあ、面白そう。私も乗ってみたいなあ。昔は濫の女だって馬に乗ったというし」

貴妃様、と背後で年配の侍女が咳《せき》払いした。わかってるよ、やらないよと月凌はうるさそうに手を振った。

「貴妃様はいつも何をして過ごされているのですか？」

ありふれた世間話のはずなのに、そう訊《き》いた途端に月凌の目がぎらりと光った。

「私？　私はいつも対局してるんだ。象棋《しゃんちー》って知ってる？　陣取り合戦みたいなものなんだけど。実家に閉じ込められて暇を持て余してる時に侍女から教えられてね」

シリンが知らないと首を振ると、月凌は身を乗り出した。

「それなら教えてあげよう。いいだろう？　ね？」

月凌の迫力に押され、シリンは「ぜひ」と頷いた。

やったあ、と月凌は町娘のような甲高《かんだか》い声を上げた。侍女がまた咳をした。

「嬉しい。本当に嬉しいなあ！　いい加減新しい対局相手が欲しかったところなんだ」

いつも同じ相手では飽きてしまって、という月凌の背後で、侍女たちがくたびれた表情を浮かべていた。その顔で、うんざりするほど相手をさせられているのがよくわかった。

「それじゃあ早速、今から……」

月凌が腰を浮かしかけたところで、香鶴がシリンにささやいた。

「杏妃様、この後も他の妃嬪の方々にご挨拶に伺わなくては。今日のところはここで失礼しましょう」

香鶴の声が聞こえたようで、月凌は「残念だなあ」と肩を落とした。

「仕方ない、杏妃はここへ来たばかりだから。でもどうかまたすぐに来ておくれね」

「では、三日後の夕餉をご一緒するのはいかがでしょう」

「いいよ。必ず三日後に」

月凌は立ち上がり、シリンが房を出るのを見送ってくれた。

シリンはふと思い出して、月凌を振り返った。

「あの、陛下の忠臣で、龍陽の噂があるとかいう宦官の名はなんというのですか？」

月凌は「興味あるのかい？」と首を傾げて笑い、そして言った。

「名は、狼燦と」


妃嬪たちへの挨拶を終える頃には疲れ切っていた。十人ほどの邸を巡ったが、主だった妃嬪のみで、実際にはさらに多くの妃が暮らしているらしい。冬暁宮の妃嬪に、蘭玲ほど強烈な相手がいなかったことは幸運だった。しかし何を話すにしても香鶴を頼らないといけないのは、予想以上に面倒なことだった。シリンがそう感じるのだから、香鶴の負担はそれ以上だろう。一日も早く、後宮での暮らしに不自由ないくらいに濫語を話せるようにならなくては。

でもそれは明日から、今日はもうとにかく休みたいと邸に戻ると、緑申が長持《ながもち》をいくつも奥の間に運び入れているところだった。

「おかえりなさいませ、杏妃様。お留守の間に届け物ですよ」

シリンが房に駆け込むと、運び込まれた荷物が山と積まれていた。

「どなたから!?」

シリンは疲れも忘れて叫んだ。緑申は、シリンの勢いに気圧《けお》されながら答えた。

「名乗らずとも、杏妃様にお見せすればすぐにわかるとおっしゃって」

たしかに、誰からの荷物なのかは聞かずとも明らかだった。

荷物の山は、どう見てもシリンがアルタナから持ってきた婚礼道具の数々だ。そしてこれを寄越すことのできる人間は一人しかいない。

かの人、狼燦だ。

さっきまで狼燦はシリンの中で「やや胡散《うさん》臭い濫からの使者」だったが、今や「暁慶の龍陽相手疑惑ありのかなり胡散臭い宦官」に姿を変えている。

「これを届けてくれた人はどちらへ？」

「さあ……。でも来てくださったばかりですから、近くにはいらっしゃるかと」

最後まで聞くのももどかしく前院《まえにわ》に走り出ると、聞き覚えのある声がした。

「杏妃様、そのように急いでどちらへ行かれます」

その声の主こそ、狼燦その人だった。香鶴のそれよりも流暢《りゅうちょう》で聞き取りやすい草原の言葉が、なんとなく腹立たしい。

「お久しぶり、というほどではありませんね。再びお目にかかれて光栄です」

「挨拶なんかいいわ。聞きたいことがあるの」

シリンは狼燦に詰め寄ろうとしたが、「それはまた日をあらためた方がよろしいかと」と避けられた。

「なぜ？」

シリンの問いに、狼燦は半笑いで文旦《ぶんたん》の木陰を指さした。

そこには人影があった。

「陛下、なぜそのように隠れられるのです。杏妃様はあなたの妃ではありませんか」

前院にいた侍女たちは「陛下」という呼びかけにぎょっと目を見開き、慌ててその場に平伏した。

晩慶は木の陰からのっそりと出てくると、さも居心地悪そうに舌打ちした。

シリンは聞こえなかったことにして夫に礼をし、故郷の言葉で言った。

「このように日も高いうちからお渡りがあるとも思わず、失礼をいたしました」

「杏妃様、素晴らしい。永寧宮にいらっしゃってまだ数日だというのに、そのような皮肉を覚えられるとは。これで言葉も濫のものであれば、まるきり本物の濫人です」

晩慶は面白くなさそうに、草原の言葉で話すシリンと狼燦の二人を見やった。

「お前たち、既知であるのか」

狼燦はその言葉に色めき立った。

「おや、嫉妬《しっと》でございますか陛下。私に？　それとも杏妃様に？　あるいはその両方ということも……」

晩慶は豚の反吐《へど》でも見たような顔をした。意外に表情豊からしい。

「口にもしていないことをいちいち勘ぐるな。私はただ、杏妃はここへ来たばかりなのにと不思議に思ったまでのことだ」

杏妃、と名を呼ばれてシリンはびくりと体を震わせた。暁慶自身が付けた名ではあるが、きっと夜が明ければ忘れているだろうと思っていた。

狼燦はわざとらしくため息を吐いて見せた。

「陛下、私は出立前にきちんと申し上げたはずです。濫の名代《みょうだい》として、北の姫君を迎えに行ってまいりますと。私の話を聞いていなかったのですか？」

「お前が何日もいなくなることなど茶飯事《さはんじ》だろう。またどこぞをふらついて、面倒事に首を突っ込んでいるものとばかり思っていた」

会話の内容は早口で聞き取れないが、暁慶は狼燦の前だと、昨夜寝所で対面した時とは別人のようによく喋《しゃべ》る。これで妃嬪に一切手も出さないとあれば、あらぬ噂が広まるのも無理ないことだろう。

とにかくそんなことはよいのだ、と暁慶は声を張った。

「私はただ気晴らしに象棋の相手をしろと命じただけなのに、どうして真昼間の後宮なんぞに連れて来るのだ」

「真昼間もなにも、陛下は夜だっていらっしゃらないではないですか」

くだらんことを言うな、と暁慶は狼燦を小突いた。

「そうだ、せっかくですから杏妃様に教えて差し上げればよろしいではないですか。これでも私は多忙でしてね。冬暁宮の方々は、陛下のおかげで私よりはお時間もございましょう。杏妃様が腕を上げられれば、陛下はいつでも対局相手に困ることはありませんし、杏妃様の言葉の上達にも役立つでしょう。まさに一挙両得です」

「私が杏妃に？」

　暁慶はどこか慌てた様子で狼燦を睨んだ。

「どうして私が直々に教えてやらねばならない。象棋にしろ言葉にしろ、お前が手ほどきしてやればいいだろう」

「おや、よろしいのですか？　私はどうも後宮での評判が芳《かんば》しくなくてですね。杏妃様の邸に通ったりした日には、なんと言われるかわかりません」

「口さがない者は、何を見ようと騒ぎ立てる。奴らにかかれば石ころは玉、犬は饕餮《とうてつ》だ。お前が今さら多少おとなしくしたところで、連中が黙ると思うか？」

　シリンがきょとんとした顔で二人の会話を眺めていると、狼燦は内容をかいつまんで教えた。

「あなたが私の邸に出入りしたら、どんなことを言われるっていうの？」

　シリンが尋ねると、狼燦はにっと歯を見せた。

「陛下ばかりでなく妃まで篭絡《ろうらく》しようとしているとか、そういう下種《げす》の勘ぐりですよ」

「あら。では噂は事実ではないのですか？」

「杏妃！」

暁慶は顔を赤くして叫んだ。

「誰だ、さっそくこれに妙なことを吹き込んだのは！」

「陛下、お言葉ですが。婚礼の夜のことを思えば、そういった噂を鵜呑《うの》みにもしたくなるものです。噂が事実であれば、あのような仕打ちにも得心がいきますので」

「そうではない！　断じてそのようなことはないからな」

狼燦はついに噴き出した。

「陛下、種明かしが早いですよ。こういうことは、うまくはぐらかしておいた方が後々の楽しみが増えるというものですのに」

「楽しいのはお前だけだわ」

「そんなのはお前が楽しいだけだろう」

シリンと暁慶が狼燦に向けて言い放ったのは同時だった。

「お二人とも、ずいぶん馬が合うようですね」

暁慶とシリンは思わず目を見合わせ、互いに逸らした。気まずさを避けるため、シリンは話を変えた。

「ところで、陛下も象棋をなさるのですか」

「ええ。陛下はことのほかお好きなんです。杏妃様はご存じなのですか？」

「いいえ。でも、先ほど貴妃様にご挨拶をした時に、貴妃様もお好きなのだとおっしゃっていました。今度教えてくださるとも」

「貴妃？　月凌がか？」

暁慶は苦々しい顔をした。

「あいつは本当に象棋狂いだな。他の妃にまで教え込もうとは」

「陛下は昔、月凌様に完敗したんですよ。それが悔しくてあのように言われるのです」

「狼燦！　余計なことを言うな」

狼燦は暁慶の言葉を無視してシリンに耳打ちした。

「月凌様が輿入れなさった翌日、陛下がずっと不機嫌でいらっしゃるので何事かと思い、訊いてみれば『妃に象棋で負けた』と言われたんですよ。本当にね、あの時は後宮に何をしに行ってらっしゃるのかと呆れました」

まあ今もなんですけど、と狼燦はシリンに片目をつむって見せた。

「対局相手が必要なら、貴妃様にお願いすればよろしいのに。きっと喜ばれますよ」

「うるさい、あやつは強すぎるんだ。勝算のない戦いを挑む趣味はない」

「大家《だんなさま》、なんと情けないお言葉でしょう。強敵と戦ってこそ強さは磨かれるのでは？」

「貴妃と打つのは赤子が虎に戦いを挑むようなものだ。それで磨かれる強さなんてあるものか。無為に喰《く》い殺されるだけだ」

シリンは月凌の房にあった虎の描かれた衝立を思い出した。なるほどあれは月凌自身の肖像だったのだ。

「なんだ。私の顔に何か付いているか」

無意識のうちに暁慶の顔をじっと見ていたらしい。シリンはゆっくりと濫の言葉で言った。

「陛下。そういえばまだ礼を申しておりませんでした。昨夜は菓子を賜《たまわ》りまして、ありがとうございます」

「それも皮肉か？」

「いいえ、これは本心です。昨夜はお腹が空いて仕方なかったので」

暁慶はすいとそっぽを向いた。

「書置きに残したとおりだ。お前の腹の虫があまりにうるさかっただけのこと」

そうですか、とシリンはなんだかおかしくなって笑ってしまった。笑うなと暁慶が怒るので、シリンはますます笑いが止まらなくなった。


濫へ来てひと月あまりが経った頃、シリンは自邸でそわそわと客人を待っていた。

「杏妃様、少しは落ち着かれたらいかがですか。約束の時間まではだいぶあります」

先に邸へ来ていた狼燦は、そう言って笑った。

「だって、落ち着いてなんかいられないわ」

シリンは窓を覗き、外の様子をうかがった。まだ待ち人の姿は見えない。

狼燦は帝に、シリンとナフィーサのために濫語の講義を開くことを提案した。提案は承認され、今日がその第一回目である。

つまり、シリンがナフィーサと再会できる日なのだ。

「睡妃《すいひ》様を待つ間、象棋でも致しましょうか。なんでも杏妃様は、度々月凌様のもとを訪ねられているとか。ずいぶん上達されたのでは？」

睡妃――睡蓮《すいれん》というのが、魏帝燕嵐がナフィーサに与えた名である。

「月凌様と親しくなられたのは実に喜ばしいことです。しかしお二人は会話らしい会話もせず、盤面を挟んで向かい合うばかりと聞き及んでおりますが」

狼燦の言うとおりだった。シリンは数日に一度月凌の邸に足を運ぶようになっていたが、言葉はほとんど交わさない。ただ象棋の盤を挟んで向かい合い、時おり駒を動かす音が邸に響くだけである。声を発するのは、月凌が簡単な単語と身振りでより良い手を教えてくれる時だけだ。世間話をするのに毎度香鶴を介するのも煩《わずら》わしく、話そうにも気づまりになってしまうことを何度か繰り返した結果、そのような形に落ち着いた。

「いけない？」

「いけないことはありません。しかしお二人が蝶花《ちょうか》を愛《め》でつつ他愛ないお話でも楽しんでくだされば、杏妃様も自然と濫語が上達されて、私の仕事も減ったものをと思いまして」

「貴妃様に仕事を手伝っていただこうというのが、そもそもの間違いではなくて」

参りましたね、と狼燦が苦笑したその時、おもてで物音がした。

「来たんだわ！」

シリンは跳ねるように外へ向かった。

そこには、二人の侍女を連れた懐かしい顔がいた。

ナフィーサ、と思わず呼びかけそうになったのを飲み込み、シリンはナフィーサに飛びついた。

「元気にしてた？　ああ、すっごく会いたかった。夏燕宮はどう？　困ったことはない？　そうだ、夏燕宮の貴妃様にお会いしたんだけど、物凄《すご》い方だったわ。いじめられたりしていない？　燕嵐様はあなたに……」

もう、とナフィーサはシリンを抱きしめた。

「いっぺんにそんなにいろいろ答えられないわ。私もとっても会いたかった」

シリン、と名前を呼ぼうとして、ナフィーサも口元を押さえた。

「濫での名は杏鈴よ。誰も呼ばないけどね。普段は杏妃で通ってるわ」

「私は睡蓮。睡妃よ」

姉妹なのに名乗り合うなんて変なの、とシリンは噴き出した。離れていたのはたったひと月の間だというのに、ずいぶん久しぶりに会った気がした。粧のせいだろうが、心なしかナフィーサの顔つきまでもが変わって見える。

房の奥から、狼燦が顔を覗かせた。

「再会が済みましたら、そろそろ本題に入りましょうか」

二人で揃って講義を受けた後、シリンはナフィーサを夕餉に誘った。これから講義の日は顔を合わせられるが、それでも別れがたかった。

「会えて本当によかったわ。ここへ来て初めて、息ができたみたいな気分よ」

シリンがそう言うと、ナフィーサは顔を綻ばせた。

「狼燦殿に感謝しなくてはね。こうしてあなたと会えるようにはからってくださったのだから」

「狼燦が？」

「あの方は干陀羅の血を引いているとおっしゃっていたでしょう。だから、同じ異民である私たちにもよくしてくださるんじゃないかしら」

そんなこと、シリンは考えてもみなかった。ただ濫語を早く上達させようという意図なのだと思っていた。ナフィーサはやはり、シリンとは考えることが違う。

「ねえ、夏燕宮での暮らしはどうなの？　燕嵐様はどんな方？」

ナフィーサは困ったように口ごもり、「そっちはどうなの？」と聞き返した。

「それがね、聞いてくれる？　最低なのよ、思い出しても腹が立つ」

シリンは初夜にあったことをぶちまけた。一度話し出すと止まらなかった。これまで溜め込んでいたことが、故郷の言葉でどんどん流れ出していく。やっと話が途切れた時には、「大変な思いをしたのね」とナフィーサはシリンを抱きしめてくれた。

腕の中の温もりに、シリンは急に自分の幼さが恥ずかしくなった。ナフィーサだって、辛いことがたくさんあったに決まっている。それでも不平を言ったりしなかったのに、自分ばかりが愚痴《ぐち》をこぼしてしまった。

「夏燕宮で嫌なことがあったらいつでも話してね。私ばっかりじゃ不公平だわ」

そうね、とナフィーサは頷いた。しかし口を開こうとはしなかった。

草原にいた頃から、ナフィーサは辛いことがあってもそれをおもてに出すことはなかった。ハリヤが不安定になった時も、シドリが死んだ時もそうだ。

力になれないのが歯がゆく、シリンはため息を吐いた。

「私がそばにいられたら、守ってあげられるのに」

そうね、という返事が少し遅れて返ってきた。

半年が過ぎる頃には、ナフィーサはすっかり濫語が上達し、侍女や狼燦とも濫の言葉で話すようになっていた。

「頭のつくりがそもそも違うのかしら」

講義の後、二人で茘枝《れいし》をつまみながら、シリンはそうぼやいた。

「同じように勉強しているはずなのに、こんなに差が出るんだもの」

甘いはずの茘枝が、どこか渋いような気がする。

狼燦はやって来る度に菓子や餅《もち》、果物を携《たずさ》えてきた。今日の土産《みやげ》である茘枝は、南方から取り寄せたという果実だ。

後宮に来たばかりの頃を思えば、シリンだってずいぶん濫語が聞き取れるようになった。上達は早い方だと、狼燦も香鶴も褒めてくれる。それでも自分で話そうとすると言葉がつかえ、なんとなく無口になってしまう。草原にいた頃はシリンばかりが話し、ナフィーサがそれに頷いていたのに、濫ではすっかり逆転してしまった。

「私とあなたは、得意なことが違うだけ。草原にいた頃もそうだったじゃない」

拗《す》ねるシリンの頬を、ナフィーサの指先がつついた。二人でいる時は、つい安心して小さな子供のように甘えた態度をとってしまう。これではナランのことを笑えない。

「でも、私の得意なことって弓と馬でしょ。濫でできることは何もないし」

シリンが卓子に頬杖をつくと、香鶴が話に入ってきた。

「何もないなんておっしゃらないでください。杏妃様は私たちにもお優しいし、月凌様も杏妃様が訪問されると喜ばれます。その上こうして苦手な言葉の勉強にも取り組まれているじゃないですか」

香鶴がそう言うと、シリンではなくナフィーサがぱっと表情を明るくし、「妹のことを褒めてくれて嬉しいわ」と微笑んだ。

香鶴は頬を赤くしたが、ナフィーサを見て「そういえば」と思い出したように言った。

「古来より、異国語の習得に一番効くと言われていることがございますね」

「どんな方法?」

「その国で恋人を作ることですわ。だから睡妃様は上達がお早いのですね」

え? とシリンはナフィーサを見た。その頬が、みるみるうちに赤く染まっていく。

「恋人って……」

「杏妃様、何を驚かれているのですか。燕嵐様のことに決まっていますわ」

ナフィーサの侍女が話にひょいと入ってきた。

「燕嵐様のご寵愛《ちょうあい》ぶりには、見ているこちらも驚くばかりです。三日と空けず通っていらっしゃるのですよ。もしや、ご存じなかったのですか?」

シリンは首を横に振った。

夏燕宮での暮らしについてナフィーサに聞いても、口ごもるか曖昧に笑うだけだった。だからシリンは、ナフィーサも自分と同じような扱いを帝から受けていて、それに耐えているとばかり思っていた。

そうではなくて、ありのままを伝えればシリンがみじめに思うだろうから、ナフィーサは口を閉ざしていたのだろうか？

ナフィーサがシリンをちらと見やった。その目には、すまなそうな色が浮かんでいた。

シリンは思わず目を逸らした。

それに引き換え、と侍女は笑い含みの声を上げた。

「蘭玲様の荒れようといったら。杏妃様にもお見せしたいくらいですわ」

ナフィーサは「よしなさい」と侍女をたしなめた。

「人の心など移ろうものよ。一時のことを笠に着て、人を笑ってはいけないわ。貴妃様のお辛さは、私よりも長く永寧宮にいるあなたたちの方がよくわかっているでしょう」

申し訳ございません、でも、と侍女はなおも言い募った。

「私には陛下の御心がそう簡単に移られるとは思えません。だって、一目ぼれなさったのでしょう？」

「一目ぼれ？」

シリンが尋ねると、ナフィーサは紅もいらないくらい頬を赤くした。

「陛下は皇太子でいらっしゃった頃、見聞を深めるため西方へ出向かれたことがあるのです。その際、草原にも立ち寄られて」

侍女が得意そうに鼻息を漏らした。

「そこで羊を追う少女を見たそうなのです。少女はナフィーサと呼ばれていたそうですよ。

それは睡妃様の草原での御名でしょう？」

「陛下は草原で少女を見かけたとおっしゃっただけで、一目ぼれなんて一言もおっしゃってはいないわ」

「一目ぼれなさったのでないなら、濫帝ともあろう方が、妃一人迎えるのにわざわざ草原の言葉を覚えようとなさったりするものでしょうか？　陛下は睡妃様のお輿入れが決まった時から、時間を見つけては習っておいでで したのよ」

ナフィーサは「もうやめて」と顔を手で覆った。

「おまけに、今度は邸のお庭に蓮池《はすいけ》をつくろうとされているんですのよ。睡蓮と名付けたからには、蓮花を愛でねばならんだろうとの仰《おお》せで。蓮花はもうじき盛りでしょう」

ナフィーサはとうとう扇に顔を隠した。その扇にも、可憐《かれん》な蓮花が描かれていた。

ナフィーサたちを見送り、狼燦が巻物や筆を片すのをシリンは眺めていた。手伝おうとすると「妃のすることではない」と叱《しか》られるので、黙って見ているほかない。

皇帝自ら草原の言葉を学び、妃に蓮池を贈るというのは、相当なことではないだろうか。妃への贈り物というのは、衣裳や装身具、香炉《こうろ》などが多いと聞く。それを飛び越えて、池だ。あるいはすでに考えつく限りの贈り物をして、そこに行きついたのかもしれない。

なぜ、暁慶がシリンを選んだのかも得心がいった。もともと燕嵐はナフィーサを妻にと望んでいたのだ。バヤルから輿入れの申し出があり、燕嵐は娘たちの名を聞いた。そこでアルタナ族長の娘の一人が、草原で見た少女だと気がついたのだろう。あるいは確信はなかったにしても、そうである可能性に賭けたのだ。そう考えれば、すべてが腑《ふ》に落ちる。

一方シリンはといえば、輿入れの翌日に狼燦を交えて話して以来、暁慶には一度も会っていない。

遠い。

濫へ来てもそばにいると信じていたナフィーサが、ひどく遠い存在に感じられた。

シリンは吐息の音を聞き、自分がため息を吐いたことに気がついた。

ナフィーサが幸福に暮らしていることは、なによりも喜ぶべきことだ。それなのに、どうしてため息なんて吐かないといけないのだろう。

ちょうど片付けが終わったようで、狼燦が顔を上げた。

「あまりお気を落とされませんよう」

狼燦は草原の言葉で言った。

「暁慶様は、燕嵐様のように直截《ちょくせつ》な方ではないのです。ですが、杏妃様のことは気にかけておいでですよ」

思ってもみない言葉だった。哀れみから、狼燦はこんなことを言うのだろうか。これまでナフィーサが寵愛されていることを知らなかったのは、シリンがみじめな思いをしないように狼燦や香鶴がわざわざ黙っていたからなのだろうか？

シリンは肩をすくめ、濫語で答えた。

「会いに来もしないで、気にかけるもなにもないものだわ」

狼燦は笑い、「陛下にお伝えしましょう」と言い残し帰っていった。

それからも、暁慶はシリンの邸はもちろん、冬暁宮の誰のもとにも来なかった。

シリンは以前よりも熱心に狼燦の講義に聞き入り、香鶴にはなるべく濫語で話すように頼んだ。濫語の習得に心血を注げば、余計なことを考えずに済むだろうと思ったからだ。後ろ向きな理由ではあるが、濫語が上達して悪いことはない。

月凌を訪ねる際にも、少しずつ話をするように心がけた。一手打つ度に、一つ言葉を返す。月凌もシリンの意図を汲《く》み、同じように言葉を返した。そのようにして、ほつ、ほつと雨粒が地面を叩くように言葉を交わした。駒を打つ音ばかりが響いていたのが、二人の声が混じり、やがて駒の音よりも話し声が、笑い声がまさるようになった。

狼燦はシリンの変貌《へんぼう》を喜び、講義以外でも個人的にやって来ては濫語を教えた。その度に土産を携えてくるので、シリンは頰に肉が付いたことを気にしなくてはならなくなった。

ある日、個人授業を終えると、狼燦は静かに微笑んだ。

「もう、よろしいでしょう」

なにが、とシリンは尋ねた。口から出る言葉は、すでに意識しなくとも濫のそれだった。

「杏妃様はやり遂げられました。もはや私の手ほどきは必要ありません」

「……講義はおしまいということ?」

「左様です。陛下は構わないとおっしゃいましたが、私が長きにわたり出入りしては、杏妃様のお立場を悪くしましょう」

「やましいことはないんだから、言いたい人には言わせておけばいいのよ」

狼燦は自らの髪を摘まみ、陽《ひ》に透かした。

「私には干陀羅の血が流れていると申し上げましたでしょう。異民同士が親しくすれば、あらぬ疑いを向けるものも必ず出てまいります」

言葉を失ったシリンに、狼燦は薄く微笑んでみせた。

「それに、杏妃様が名残惜しいのは、私や講義ではなく菓子でしょう?」

返事をする間もなく狼燦は立ち上がった。

「それでは、杏妃様。またお目にかかる日まで。あなたは実によい生徒でした」

恭しく礼をすると踵《きびす》を返し、狼燦は邸を辞した。

その後、狼燦の講義が開かれることはなく、シリンの邸へ来ることもなくなった。

時おり、小さな包みが使いの者の手によって届けられた。

包みからはいつも、甘い匂いがしていた。

第三章

憂鬱《ゆううつ》な黄梅雨《きづゆ》もようやく終わりかけたある晩、冬暁宮《とうぎようきゆう》はちょっとした騒ぎになった。

瑶帝《ようてい》の訪れがあったからである。

帝《みかど》の住処《すみか》のある殿舎から冬暁宮に繋《つな》がる扉の番をしていた宦官《かんがん》は、どうせ誰も来ないと居眠りを決め込んでいた。人の気配に目を覚ますと、そこにぬうっと立っていたのが瑶帝その人だったので、宦官の心臓はもう少しで止まるところだった。慌《あわ》ててその場に平伏すると、暁慶《ぎようけい》は面倒くさそうに「いいから早く鐘を撞《つ》け」と尻を蹴《け》とばした。

宦官は言われるまま、後宮へ帝の訪れを知らせる鐘を三度打ち鳴らした。

一度目の鐘の音を聞いた冬暁宮の侍女《じじよ》たちは、何かの間違いではないかと顔を見合わせた。怠《なま》け者の門番が、寝ぼけて鐘を撞きでもしたのだろうかと眉をひそめた。しかし二度、三度と鐘が鳴ると、女たちは慌ただしく動き出した。

侍女も宦官も、瑶帝がどの妃の邸《やしき》を訪れるのか、固唾《かたず》を呑《の》んで見守っていた。普通、帝がお出ましになる際は前もってどの妃を訪ねるのか報《しら》せがある。しかし瑶帝は後宮に姿を見せること自体が稀《まれ》なため、その報せもない。

そんな中、瑶帝が向かったのが北の草原から来た妃の邸であったため、皆声を殺して興奮気味にささやき合った。

「瑶帝陛下までも、草原の娘がお好みなのか」

「これまでちっともお通いがなかったのは、濫《らん》の女がお好きでなかったせいだ。例の宦官といい、陛下は異民好みなのだ」

たった一度訪れただけなのに、暇を持て余していた冬暁宮の人間たちはすっかりそう決め込んでしまった。

シリンは香鶴《こうかく》と緑申《りょくしん》を引き連れて、帝に礼をした。

「お早いお帰り、大変嬉《うれ》しく思います」

緑申にそう言えと教えられた言葉をそのまま口にしたが、心中では帝が何をしに来たのか図りかねていた。

「お食事はお済みでしょうか。まだでしたら用意させます」

「では、頼む」

香鶴と緑申はその言葉に房《へや》を下がり、瞬《また》く間に戻ってきたかと思うと素早く食事の用意を整えた。香鶴は何の合図なのか、シリンに向かってこっそり拳《こぶし》を握って見せた。

夫より先に食事に手をつけてはいけないと習っていたので、シリンはおとなしく暁慶が箸《はし》を持つのを待っていたが、暁慶はいつまで経《た》っても食べ始めようとしなかった。ただ黙って粥《かゆ》からもうもうと上がる湯気を眺めているばかりなので、シリンは痺《しび》れを切らした。

「陛下。冷めてしまってはせっかくの料理が台無しです。ひとまずいただきませんか?」

「あ? ああ、そうだな」

シリンに言われて初めて、食事の支度が整っているのに気づいたような反応だった。

二人はほとんど無言であらかたのものを食べ終えた。濫語が話せるようになっても、話題がなければ意味がない。

果物の盛られた器《うつわ》を残して卓子《つくえ》の上が片付けられると、暁慶はようやく口を開いた。

「あやつはよい師であったようだな」

「師、ですか?」

「狼燦《ろうさん》だ」

シリンはしばらく考え、つまり狼燦が教えたことでシリンの濫語が上達したと言っているのだと気がついた。

「恐れ多いことです」

ああ、とあってもなくてもいいような返事をしただけで、暁慶はまた黙り込んでしまった。狼燦を前にした時の半分でも話してくれたらいいのだが、どうやら無理な相談のようだ。シリンは自分から口火を切った。

「陛下。なにかわけがあって今夜はお渡りになられたのでしょう。そのことについて話されてもよい頃合いかと思いますが」

そうだな、と暁慶はどこかほっとしたように話し出した。

「芙蓉節《ふようせつ》を知っているか」

「存じません」

「仮にも妃の一人なら、宮中行事くらい把握《はあく》したらどうだ」

無茶をおっしゃる、とシリンは葡萄《ぶどう》の房から一粒もぎとり、皮ごと口に入れた。

「濫へ来てから、言葉や風習を覚えるのに必死でした。草原と濫では何もかもが違いますから。真っ先に知っておくべきことでしたら、陛下が教えてくださってもよいのでは？」

シリンは赤い舌を暁慶に見せつけるように出すと、はりついた葡萄の皮を剝がした。

「いえ、それは無理なことでしたね。陛下は冬暁宮へは寄り付かれませんから」

暁慶は舌打ちした。

「帝相手に嫌味か？　お前の面の厚さは敬服に値《あたい》するな。輿《こし》入れの夜は不安そうな顔をしていたのに」

「初めての夜は誰しもそうでしょう。私がここでの生活に慣れたことをお喜びください」

それで、とシリンは葡萄の汁が汚した手と口を手巾《しゅきん》で拭《ぬぐ》った。

「芙蓉節とはなんです？」

暁慶は深いため息を吐き、暗い顔で語り始めた。

芙蓉節は毎年芙蓉――睡蓮《すいれん》の香る盛夏に催《もよお》される。濫の象徴たる双蛇《そうじゃ》が国造りを終えたのが、その季節だと伝えられることに由来する。大々的な宴《うたげ》が催され、皇帝や高官はもちろん、妃嬪《ひひん》たちも列席する。列席者はめいめい自慢の臣下を連れ、彼らに詩や武芸の腕を競わせる。武や知を誇る貴人が自ら出ることもある。

兄である燕嵐《えんらん》もその物好きの一人だ、と暁慶は忌々《いまいま》しげに付け加えた。

「陛下御自らお出になれば、さぞかし盛り上がることでしょうね」

「そのとおりだ。毎年兄上が出ると女たちは色めき立つし、男どもは野太い声を上げる。ただでさえ臣下や民から慕われているのに、これ以上愛されてどうするというのか」

「そして陛下は、毎年肩身が狭くいらっしゃるというわけですね」

なぜわかる、という目を暁慶がしたので「お顔に書いてあります」とシリンは答えた。

「陛下も出られたらよいのではないですか?」

馬鹿《ばか》を言うな、と暁慶は顔をしかめた。

「自慢ではないが、私が兄上に勝てる演目など一つもないぞ。我が兄は文武に優れ、その上容姿人柄も万民に尊《とうと》ばれる。あれこそ帝になるべく生まれた男だ。私などいつも兄上の添え物だ」

シリンも後宮で暁慶の兄帝燕嵐の話はよく耳にした。侍女たちが燕嵐の話をする時は皆一様に夢見るような目になり、最後には「睡妃《すいひ》様はお幸せな方」という言葉で締めくくられるのが常だった。

「狼燦をお出しになればよいのでは？　あれはいかにも詩なんか上手そうですし、女たちも喜びましょう」

「あいつは出ない。『申し訳ございません陛下。私は教養を深めるべき時期に色事にばかりかまけていたもので、雅《みやび》なことはからきしなんですよ』、だそうだ」

「色事」

「あれは美人と見るとすぐに尻を追いかける悪癖がある」

「でも、あの方は宦官……ですよね？」

暁慶は、あー、と低い声を出して頭をかいた。

「宦官でも、そういう欲がなくなるわけではない。よくは知らんが、宦官には宦官のやり方があるらしい。宦官が妃嬪や女官と密かに通じることも珍しくはないからな」

そう言って、暁慶ははっと目を見開いた。

「お前、あやつが邸に出入りするうち、妙なことをささやかれたりしていないだろうな」

「妙なこととは？」

「決まっている。あなたの美しさは格別だ、濫にこんな方はおられないとかそういうことだ」

「ご心配なさらずとも、陛下。私と姉が並んでおりましたら、大抵そういった賛辞を受けるのは姉の方です」

双子なのにそんなものか、と暁慶はどこか不満げな顔をした。

「では、やはり我らは双子の余り者同士というわけだな」

暁慶は口元を歪《ゆが》めて笑った。余り者、という響きが頭に残る。失礼な物言いのはずなのに、暁慶の口調には親しみのようなものが滲《にじ》んでいた。

「気を悪くしたか？」

いいえ、とシリンは空になった湯呑《ゆのみ》に茶を注いでやった。手つきの粗雑さに、多少茶の滴《しずく》が跳ねたが気にすることではない。

「とにかく陛下のご事情はよくわかりました。故郷のアルタナには弓の名手が大勢おりますから、さっそく使いをやって伽泉《かせん》へ呼び寄せましょう」

「頼む。私の肩身が狭いことくらい別にどうということはないが、あまり兄上と差が付きすぎると面倒なのだ」

面倒とは？　とシリンは尋《たず》ねた。

「宮中には魏帝《ぎてい》派と瑶帝派、そして中立派が混在している。この派閥《はばつ》をなくそうというのはそもそも不可能だ。人というのは、集《つど》えば必ず二つ以上の勢力に分かれて争いたがる。これはもう性《さが》なので仕方ない。であれば、それぞれの力が拮抗《きっこう》するようにしてやらねばならない」

「そこで魏帝陛下があまりに輝かしいと、魏帝派の声が大きくなって困ると」

そういうことだ、と暁慶はため息交じりに頷《うなず》いた。

「父上も面倒なことをしてくれたものだ。帝が一人でも争いは耐えんというのに、二人もいてみろ。まとまるものもまとまらん。朝議の有様など酷《ひど》いものだ」

「よくわかりました。陛下のお役に立てるなら、私が濫へ嫁いだことにも多少は意味が生まれるというものです」

「お前はすっかり、濫の人間のように皮肉がうまくなったな」

「お褒めにあずかり光栄です」

だが、と暁慶は行儀悪く茶器を揺すった。中の茶がちゃぽちゃぽと音を立てる。

「草原の民が弓に長《た》けるというのは有名な話だが、私はこの目で見たことがない。いったいどれほどのものなのだ?」

「はるか上空を飛ぶ鳥を射抜くこともできますが……」

シリンは少しの間考え込み、やがて立ち上がった。

「何をするつもりだ?」

「実際にご覧になっていただくのが一番かと」

シリンは奥の間に戻ると長持《ながもち》をひっくり返し、婚礼道具の中から弓矢を取り出した。もちろん本物は後宮に持ち込めないので、祭祀《さいし》用の模造品だ。長さは本物の半分もなく、矢の切っ先は潰《つぶ》されている。

「そんなものを持ち出してどうする気だ」

シリンは答えずに笑った。暁慶についてくるよう手招きし、前院《まえにわ》に出た。

夜闇《よやみ》の中、室内から漏れる灯《あかり》がほんのりと庭木を浮かび上がらせている。

シリンは玩具のような弓に矢をつがえ、片隅《かたすみ》の文旦《ぶんたん》の木に向けた。その先では黄色い果実が枝をたわませている。

「ご覧ください」

そう言い終わるか終わらないかのうちに、シリンは矢を放った。

とすん、と小さな音がかすかに聞こえた。

暁慶は自ら庭に出て木の下に屈み込んだ。そこには、小さな矢とよく太った文旦の実が落ちていた。

「見せてみろ」

暁慶は室内の灯でシリンの差し出した弓矢を検《あらた》めたが、弦《つる》の張り方も甘く、まともに扱える代物《しろもの》には見えなかった。

「矢も刺さっていないのに、なぜ文旦の実は落ちた?」

「今にも枝から落ちそうな実がありましたから、枝と実の接したところを狙いました」

シリンはごく当たり前のことのように言ったが、果実に当てることすらこの弓と暗さでは至難の業《わざ》だ。

「どうでしょう陛下。アルタナの弓は、芙蓉節でお見せしても恥ずかしくないものでしょうか?」

暁慶は言葉を探すように視線を泳がせたが、結局「頼む」と一言だけ口にして踵《きびす》を返した。

「お帰りでしょうか」

ああ、と暁慶は後ろ手に手を振った。

「帰って、詩の一つでも考える」

暁慶が行ってしまうと、シリンはさっそく狼燦へ使いを出した。

芙蓉節の日取りが迫ると、侍女や宦官たちは宴の準備に忙《せわ》しなく動きまわり、後宮は慌ただしい空気に包まれた。

しかしシリンには特にすることもない。いつもどおりナフィーサや月凌《げつりょう》の邸を訪ねたり、自邸で濫の歴史について学んだりと、変わらない時間を過ごしていた。月凌は相変わらず象棋《しゃんちー》に熱中しているし、蘭玲《らんれい》は顔を合わせる度に嫌味を飛ばすし、暁慶は冬暁宮に来ない。

変わったことといえば、ナフィーサの邸に蓮池《はすいけ》が完成したことくらいのものだ。つくられたばかりの池は清水を湛《たた》え、蓮花が今を盛りと咲き誇っている。

蓮池を前にしたシリンは、すごい、と思わず声を漏らした。

「この池を見れば、あなたがどれだけ愛されているのか一目でわかるわね」

ナフィーサは恥ずかしそうに顔を伏せた。

蓮池はそのままシリンとナフィーサの境遇の差を示すものでもあったが、日に輝く水や蓮の葉を眺めていると、いつまでもいじけているのもばからしいような心地がしてくるのだった。

シリンは池のほとりにしゃがみ込み、水の中に手を差し入れた。夏の太陽にぬくめられた水は、ほのかに温かい。ナフィーサの足元に水をかけると、「やめて」ところころ笑った。

「明日はいよいよ芙蓉節ね。燕嵐様は剣舞をされるそうだけど、暁慶様は？」

「さあ、わからないわ。詩を考えるとおっしゃっていたから、披露されるのかもしれないけれど」

でも、とシリンは悪戯《いたずら》っぽく笑った。

「陛下たちよりも、よっぽど面白いものが見れるかもしれないわよ」

まあ、とナフィーサは呆《あき》れたように眉を下げた。

「何を企《たくら》んでいるの？」

「内緒よ。きっと面白がってくれると思う。楽しみにしていて」

「近頃はお行儀よくしていると思ったのに、あなたったら」

「ここでいい子にしていると、体がなまって仕方ないの。動かない上に食べ物はおいしくて、このままじゃ丸々太った羊になっちゃう」

「シリンは羊になってもかわいいと思うわ」

そう言ったナフィーサの顔を見ると、わずかに頬《ほお》がほっそりしたような気がした。

「ねえ、少し痩《や》せた？」

「ええ。でもほんの少しよ」

「どうしたの、体の具合でも悪いの？　それとも貴妃様にいじめられて、ご飯が喉《のど》を通らないとか」

違うわ、とナフィーサは微笑《ほほえ》んだ。

「体はどこも悪くないの。それに、貴妃様はお言葉は激しいけれど、噂《うわさ》されてるような恐ろしいことはなさらないわ。誇り高い方でいらっしゃるから」

蘭玲を評する言葉には頷けなかったが、「じゃあ、どうして痩せたりしたの」と尋ねるに留めた。

ナフィーサは「実はね」と腹を撫《な》でた。

「まさか」

ナフィーサは照れたように目を伏せ、頷いた。シリンは思わず立ち上がった。

「ええ！　燕嵐様はもうご存じなの？」

「昨晩お話ししたわ。知っているのは、燕嵐様と侍医、それからあなただけよ」

「おめでとう。こういう時、なんて言ったらいいのか……本当におめでとう」

喜びよりも先に胸にやって来たのは、自分が一番に知らされたのではないことへの寂しさだった。

――やはりもう、私たちは「二人でひとつ」ではないのだ。

シリンはその気持ちを押し殺して言った。

「すごいわ。もうすぐ母親になるのね」

「気が早いんだから。まだずっと先のことよ」

夏の太陽が、ナフィーサの豊かな髪を黒々と輝かせている。髪だけではない、ナフィーサは全身が照り輝くようだった。アルタナにいた頃のナフィーサは、臥《ふ》せりがちなハリヤをいつも気にしていたし、シドリが死んでからはどこか寂しそうだった。付きまとう影から解放されたことがなかった。

今、ナフィーサは満ちている。燕嵐の愛がナフィーサを満たしている。

けれど、その表情がふと曇《くも》った。

「どうしたの？」

ナフィーサは細い指を膝《ひざ》の上で祈るように組み合わせた。

「……シドリは、許してくれるかしら」

言葉は、蓮池の水面にぽかりと浮かんだ。

「濫に来る途中、あなたが『帝がすごく嫌な奴だったらどうする』って訊《き》いたことを覚えてる？　あの時は私、『どんな方でもお仕えするだけ』と答えたわ。でも今は、そんな風には思えない。お父様の命で、草原のため仕方なくここへ来たはずだったのに。お母様はあんなに悲しまれたのに」

ナフィーサの目のふちに、うっすらと涙が溜まる。

「シドリはあんな形で死んでしまったのに、それなのに私、幸せなのよ」

シリンは黙ってナフィーサに身を寄せた。その体温は、昔と少しも変わらなかった。

「シドリがあなたの幸せを許さないはずがないわ。わかってるでしょう？」

ナフィーサは顔を伏せ、やがて静かに頷いた。

シリンの言葉に嘘《うそ》はない。

シドリの魂《たましい》がここにあれば、ナフィーサの言葉を笑い飛ばし、いつも幸福であるようにと願っただろう。兄はそういう人だった。

でも、そう言ってしまえば、ナフィーサの中からシドリが出て行ってしまう気がした。

燕嵐以外の存在が座る場所が、そこから消えてしまうように思えた。

シリンはナフィーサに抱きついた。

早く子が生まれてくるといい。そう思った。子はきっと、ナフィーサに似てとびきりかわいいだろう。そのかわいさを前にすれば、この寂しさも、ナフィーサの苦しみも、いずれどこかへ行ってしまうだろうと思えた。

シリンが自邸に戻る頃には、空は茜色《あかね》に染まり、宦官が日没を知らせる銅鑼《どら》の支度をそろそろ始めようかという頃合いになっていた。

「どこへ行っていた」

邸でシリンを迎えたのは香鶴や緑申ではなく、暁慶だった。

「姉のところです。前もってお知らせくだされば、お待ちしておりましたのに」

暁慶は頼りない足取りで奥の間に引っ込むと、牀《しょう》の上に倒れた。

「芙蓉節の前夜だというのに、なんとも景気の悪いお顔ですね」

シリンの皮肉にも反応がなく、暁慶は疲れた顔で伸びている。

「弓の名手はもう着いているか？」

「ええ、ずっと前に到着しております。腕前は私が保証しましょう。陛下は安心してお休みください」

そうか、とだけ答えると、緑申の淹《い》れた茶にも手をつけずに寝息を立て始めた。

勝手な人だ、とシリンは思う。

指一本触れてこないくせにシリンの寝床を占領する男を、けれど叩き出す気にもならず、そのまま寝かせておいた。もぞもぞと暁慶の隣に潜り込むと、できるだけ間隔を空けて目を閉じた。

私、幸せなのよ。

ナフィーサの声を思い出すと、隣で寝ている気配が妙に腹立たしくなり、こっそり脛《すね》を蹴飛ばしてみた。暁慶は起きず、寝息も乱れなかった。よほど疲れているのだろう。

その晩の眠りは、なかなかやってこなかった。

翌日、芙蓉節に相応《ふさわ》しくよく晴れた美しい朝が訪れた。

シリンは身支度のためにいつもより早い時刻に香鶴に起こされたが、とっくに暁慶の姿は消えていた。

お召し物はどれがよいでしょう、夏らしく青磁《せいじ》色がいいでしょうか、それとも杏妃《きょうひ》様のお顔立ちにも馴染《なじ》みやすい金碧珠《きんぺきしゅ》がいいでしょうか、と香鶴はいつまでも迷っていた。結局最後に緑中の鶴の一声で選ばれたのは、鮮やかな緋《ひ》色だった。その色は目鼻立ちのくっきりしたシリンによく似合い、夏の日差しによく映えた。

宦官たちに先導されて宴の会場である永寧宮《えいねいきゅう》の中院《なかにわ》に着くと、取り囲むように観覧台がしつらえられていた。中央には周囲より高くせり出し、御簾《みす》の下りた席がある。あれが皇帝と妃嬪のための席なのだと、言われずとも知れた。

階《きざはし》を昇って観覧台についても、人の姿はまばらだった。ナフィーサや月凌の姿もまだ見えない。

「あの、本当によろしいのですか?」

席に着くと、香鶴が期待を滲ませた目で尋ねた。

「ええ、かまわないわ。あなたももっと近くで宴が見たいでしょう。ここは緑中に任せて行ってらっしゃい」

ありがとうございます、と香鶴は顔を綻《ほころ》ばせて下がった。他の妃嬪の侍女が羨《うらや》ましそうに香鶴の背を見送る。若い侍女たちは皆、宴の最後に披露される剣舞を心待ちにしているのだ。見目麗《うるわ》しい公子たちが多く集められる上、今年は魏帝燕嵐自ら舞うのだからなおのことだ。

やがてナフィーサや月凌、蘭玲も姿を見せ、席は徐々に埋まっていった。妃嬪たちはいつも以上に着飾り、観覧台は天女の住処と見まごう景色だった。蘭玲の衣裳が最も華々しいものであったことは言うまでもないが、普段は簡素な身なりの月凌でさえ金の簪《かんざし》や耳飾りを身に着け、額《ひたい》には花鈿《かでん》も見えた。

最後に二つの玉座の片方を暁慶が埋めると、ほどなく銅鑼が打ち鳴らされ、宴の開始が告げられた。玉座の一つは空席のままだった。

「魏帝陛下はいらっしゃらないの？」

「陛下はご自分が舞われますからね。支度をしておいでなのでしょう」

どうやらナフィーサの夫の顔を見るのは、剣舞まで待たなくてはならないらしい。考えてみれば、姉の夫の顔を一度も見たことがないというのも妙な話だ。

初めに詩が披露された。季節の美しさを称《たた》えるものや、双蛇の古事に関するものが多い。シリンは濫語が話せるようになったとはいえ、詩を解するほどの語学力はまだない。いずれも名手らしく皆手を叩いていたが、正直退屈だった。

暁慶の詩も最後に詠《よ》まれたが、シリンにはそれが上手《うま》いのか下手《へた》なのかわからなかった。周囲の反応を見るに、特別優れてもいなければ失笑を買うほどの出来でもないようだ。皆、詩の巧拙よりも暁慶が自ら出てきて詠んだのが珍しく、どういう風の吹き回しかと噂し合っているようだった。

続いて胡琴《こきん》だ。女たちが操る胡は、アルタナでナフィーサが好んで弾いた楽器に似ていた。ナフィーサが鍛錬したらきっとうまくなるだろう。

心地よい音楽が奏でられる中、酒や料理が振る舞われると場の空気が緩んだ。皆気持ちよく酔っ払い、うつらうつらと舟を漕《こ》いだり、演目に夢中になり自席を離れて御簾ににじり寄ったりし始めた。

そんな中、シリンはそっと席を立った。

「どこへ行く？　もうじき弓が始まる」

　暁慶が目ざとく声をかけてきた。

「厠《かわや》です。こういう時は気づいていても黙っていてほしいものですね」

　そう答えると、シリンは何食わぬ顔で宴の席を離れた。去り際にナフィーサと目が合う。ナフィーサの目は期待で輝いていた。小さく手を振り、観覧台を出た。

　中院を抜けると、手筈《てはず》どおり狼燦が待っていた。

「お久しぶりです、杏妃様。どうぞこちらへ」

　狼燦が導くまま、シリンは庭のはずれの四阿《あずまや》に入った。そこには狼燦の手配した侍女たちが待ち構えていた。「すぐに戻ります」と狼燦がその場を離れると、シリンは女たちに手伝われて着替えた。

　侍女が恭《うやうや》しく差し出した弓矢と矢筒を背に負うと、シリンは黒い鎧《よろい》姿の精悍《せいかん》な武人に様変わりした。侍女たちは口々に「よくお似合いです」とはしゃいだ声を上げた。実際、骨が太く中性的な雰囲気を持つシリンには、さっきまで着ていた緋色の装束に負けず劣らず似合った。

　折よく狼燦が馬を引いて戻ってきた。馬は栗《くり》色の毛並みをなびかせ、黄金のたてがみは陽光をはじき返している。

　シリンは思わずため息を吐いた。

「綺麗《きれい》ね。いい馬だわ」

ぶるる、と馬はシリンの言葉を解するように鼻を鳴らした。シリンが馬の頬に手を伸ばすと、栗毛の馬は素直に顔をすり付けてきた。

「草原の馬よりも大きいでしょう。大丈夫ですか？」

「平気よ。ねえ？」

シリンは馬に笑いかけると、狼燦の差し伸べた手を押しのけ、ふわりと騎乗した。

高くなった視界に、久しぶりの昂揚を覚える。馬はよく躾《しつ》けられており、初めて乗ったシリンをすんなりと受け入れた。草原での愛馬ヨクサルに初めて乗った時は即座に振り落とされたことを思えば、少し体が大きいくらいのことは問題にならない。

「ご武運を」

狼燦は白い面を差し出した。

それは濫の建国を支えた英雄・汪斉越《おうせいえつ》の面だった。敵軍の本陣に座す将を自陣から一矢のもとに射たという伝説から、武芸の守り神として崇《あが》められる。斉越の奮戦や忠臣ぶりは説話となり語り継がれ、泗水《しすい》の人のみならず濫人であれば皆が知っている。

シリンは斉越の面を被り、顔を隠した。

「どう？　濫の公子に見える？」

「どこからどう見ても」

シリンは面の下でにっと笑った。

「では、参りましょうか」

中院に戻る道すがら、そうだ、とシリンは思い出した。

「狼燦、菓子を贈ってくれてありがとう」

しかし狼燦は「菓子？」と不思議そうな顔をした。

「あなたでしょう？　邸に来なくなった後も、菓子を届けてくれたじゃない」

狼燦は首を捻《ひね》ったが、何か思い当たることがあったようで、やがて笑い出した。

「なによ、どういうこと？」

狼燦は笑いを嚙《か》み殺しながら「すみません。私ではないのですが、贈り主に心当たりはあります」と、なんとか呼吸を整えて言った。

ちょうどその時、中院に着いた。すでに馬が頭を並べ、奥には的が据えられている。シリンも列の最後に加わった。

「暁慶様にお尋ねになってみてください。陛下なら、本当の贈り主をご存じですよ」

その語尾をかき消すように、「威漢《いかん》都督名代《みょうだい》！」と前に進み出た馬の騎手が叫んだ。

「では、私はこれにて」

「うん。恩に着る」

狼燦が姿を消すと同時に、鹿毛《かげ》の馬が蒼天《そうてん》に蹄《ひづめ》を響かせ中院を駆けた。その光景は、シリンの腹を内側から焼いた。菓子の贈り主のことも、頭から消えてしまう。

シリンの目には、馬と矢、そして的だけが残る。

放たれた矢は、中央の円から三寸ほど離れた場所を射抜いた。

ああー、おおー、と落胆《らくたん》と感嘆の声が入り混じる。

先鋒《せんぽう》の騎手が下がると、列の中の一人が進み出て名乗りを上げ、順番に矢を放っていった。

あっという間にシリンともう一人を残すのみになったが、未だ的の中心を射抜いたものはいない。

残ったもう一人が進み出る。堂々たる体軀《たいく》の若武者だ。彼は弓を持った右手を突き上げ、声高《こわだか》に叫んだ。

「魏帝陛下名代！」

名乗りだけで、わあっと観客が沸き立つ。

彼は歓声に応《こた》えるように馬を走らせた。黒い馬体が光り、矢が放たれる。

怒号のような歓声が耳をつんざいた。若武者の矢が、的の中心から一寸も離れていない場所を射たのだ。

やんやの拍手の鳴りやまぬ中、シリンは馬を進めた。観客は皆最後の一人であるシリンが残っていることも忘れ、魏帝名代を誉めそやしている。

シリンは構わずに位置に着いた。他の参加者たちを真似、中央まで来て右手を上げる。

「瑶帝陛下名代」

しん、と周囲がようやく静まる。

新たな歓声が上がったが、それは魏帝名代に向けられたものより勢いがなかった。夫はこれまでつくづく武官に恵まれなかったようだ、とシリンは唇を舐《な》めた。

「面をつけたまま射ようというのか？」

「いいぞ、向こう見ず！　どこの公子だ！」

歓声に野次が混じる。

シリンは面の中で笑った。

行こう、と馬の腹を蹴る。馬はシリンに応えて素直に走り出し、加速した。

素晴らしいのは見目だけではない、とシリンは心中で馬を称えた。

まるで手綱《たづな》からシリンの想いが馬に伝わるようだ。こんな感覚は、これまでヨクサルの馬上以外では味わったことがない。

手綱から手を放した時にも、不安は寸分もなかった。馬はシリンの手足となった。

腕が矢をつがえる。体に染みついた動きをなぞる。弦を引き絞る感覚に、腕の筋が喜びの声を上げる。

肩も腕も目も、すべてがこのためにある。

辺りが静けさに包まれ、無音の世界が訪れる。そこには観客のざわめきはおろか、蹄の音も、弦を引く音さえもない。ただ的だけがそこにある。的とシリンとを残して、世界は消え失せる。

今、とシリンの頭蓋《ずがい》に雷が駆け抜けた。

それは草原で獲物《えもの》を狩っていた時とまったく同じ感覚だった。馬も弓も違う、国も違う。おまけに集まった貴人たちの視線を一身に集めているというのに、矢を放つべき時を告げる感覚は何も変わらなかった。

わあっと周囲が沸き立ち、シリンの世界に音が返ってくる。

「お見事！」

シリンの放った矢は、まっすぐに正鵠《せいこく》を射ていた。

思わず、暁慶がいるはずの観覧台を振り返る。はるか頭上の御簾越しでも、暁慶がこちらをじっと見下ろしているのがわかった。手を振ってやりたい衝動をこらえ、今日一番の喝采《かっさい》を浴びながら中院を下がった。

四阿で待っていた侍女にまた着替えを手伝ってもらい、元の緋色の衣裳に袖《そで》を通した。何食わぬ顔で観覧台に戻ると、妃嬪や侍女たちは皆シリンが席を外していたことなど気づいてもいないようだった。

暁慶だけが顔を真っ赤にしてシリンを見ていた。シリンは気づかないふりを貫き、自席に腰を下ろした。

「杏妃、今の弓を見てなかったのか？　すごい腕前だったのに」

月凌がいつになく興奮した様子で声をかけてきた。

「そうなのですか？　見逃してしまい残念です」

他の妃嬪たちも頬を紅潮させ、口々にかしましくさえずった。

「杏妃様、あれを見逃すなど、もったいのうございます。わたくし感動いたしました」

「そうですわ。いつも夏燕宮《かえんきゆう》の皆さんばかり誇らしげで悔しい想いをしておりましたが、今年は私たちも胸を張れますわ」

「本当に。陛下、先ほどの方はいったいどなたです？」

暁慶は苦虫を嚙み潰したような顔をして酒をちびちびとすすった。暁慶に答える気がないのを見て取ると、妃嬪たちはあの家の公子かしら、それとも将軍のご子息かしら、と勝手に想像を膨らませ始めた。

妃嬪たちがおしゃべりに夢中になる中、瑶帝名代が褒めそやされるのが気に入らないのか、蘭玲だけが不機嫌だった。侍女がおろおろと酒や果物を勧めている。

対照的に、ナフィーサはにこにこと笑みを浮かべていた。

「睡妃様もご覧になりましたでしょう。わたくし、長年芙蓉節を見てまいりましたが、あのような腕前の者を見たのは初めてです」

年配の侍女がそう話しかけると、「そうね」とナフィーサはシリンの方を振り返った。

「私の故郷にも弓の名手がたくさんいるけれど、今の方は彼らにも劣らないわ」

シリンは思わず噴き出しそうになった。

視界の隅で暁慶が手招いているのが見えたので、シリンは素直に応じて酌《しゃく》をした。

「草原の弓はいかがでしたでしょうか」

暁慶は盃《さかずき》を揺らした。

「……実に見事な腕前だったな。そしてお前はずいぶん長い厠であった」

「お褒めにあずかり光栄です」

「褒めてなどいない！」

暁慶は声をひそめた。

「お前は私の妃だぞ。どこの世界に武官と弓を競う妃がいるというんだ。私はただ、お前の故郷から弓に長けた者を一人寄越してもらえと言っただけだ」

「わざわざ草原から呼ばずとも、弓に長けた者ならここにおります。自慢ではありませんが、私はアルタナでも屈指の腕前でした」

「屁理屈を言うな」

申し訳ございません、とシリンは袖で顔を覆《おお》った。

「濫へ来て日が浅く、こちらの風習が未だよく呑み込めておらずに浅慮を致しました。ようやく陛下のお役に立てる時が来たかと思いましたのに」

シリンはさめざめと泣くふりをした。

「見え透いた泣き真似をやめろ。お前はただ馬に乗ったり矢を射ったりしたかっただけだろう」

シリンはすっと泣き真似をやめると、まったく濡れていない顔を上げた。

「私の魂胆《こんたん》をこうもあっさり見抜くとは。さすがでございます、陛下」

はあ、と暁慶は深いため息を吐いた。

「正体を見破られなかったからいいようなものの、もしお前だと知れていれば肩身が狭いどころの話ではなかったぞ」

「誰もわからなかったのだから、よいではありませんか」

それより濫の馬も良いものですね、とシリンは笑った。

「今日乗った馬は相当の名馬です。アルタナでの愛馬に優るとも劣りません」

暁慶は手で顔を覆い、諦《あきら》めたように「杏妃は馬が好きなのだな」とつぶやいた。

「馬はよいものですから。アルタナの人間にとっては手足です。歩けるようになればすぐに馬に乗る訓練を始めます。私が初めて愛馬に乗ったのは――」

馬の話はもうよい、と暁慶はうるさそうに手を振った。

「それより、いよいよ兄上が舞われるぞ。宮中の女たちが一番楽しみにしている演目だ。

お前も見てきたらどうだ」

弓と馬に夢中になって忘れていたが、ナフィーサの夫をこの目で見る数少ない機会だ。シリンも他の女たちと同じように御簾に寄った。ナフィーサが手招いてくれたので、ありがたく隣に腰を下ろす。

揃《そろ》いの黒い衣と黒い面に身を包んだ男たちが、鼓《つづみ》の音に合わせて舞い始めた。女の舞とは異なる、全身の筋を使った力強いものだ。手にした剣をもう一本の腕のように自在に操り、剣先で空気を裂く。

女たちは、ほうと息を吐いた。

思いのほか迫力があり、シリンもいつしか見入っていた。

やがて、男たちの中央で舞う男に目が吸い寄せられた。

その男の衣裳の背にだけ、双蛇の刺繍《ししゅう》がほどこされている。それが示すことは一つ、彼こそ魏帝燕嵐であるということだ。

燕嵐が体を動かすたびに、束ねた黒髪が生き物のようにうねった。面で顔は見えないが、肉体が恵まれたものであることは服の上からでもわかる。際立って所作が美しく、他の遣い手から抜きん出ている。剣舞など初めて目にしたシリンの目にもそれは明らかだった。

隣を見ると、ナフィーサは食い入るように燕嵐を見ていた。口元には笑みが浮かび、目は潤んでいる。シリンは見てはいけないものを見てしまったような気がして、暁慶のもとへと下がった。

「あの方が兄君では、陛下も立つ瀬がありませんね」

「私の苦労が少しはわかったか？」

たしかに、燕嵐の舞姿は力強く華がある。その足さばきも剣戟《けんげき》も、余人が鍛錬や努力で身に着けられるものではないだろう。燕嵐はただ舞うだけで、持つものと持たざる者の分《ぶん》水嶺《すいれい》を残酷なまでに示していた。

「あれが、真実天帝に愛された男というものだ」

とても私と双頭とは見えぬ、と暁慶は鼻を鳴らした。

琴がかき鳴らされると、男たちは一斉に面を取り投げ捨てた。その素顔が白日の下に晒《さら》されると、女たちはきゃあっと甲高《かんだか》い声を上げた。

「見ろ。双子とはいうものの、私とは相貌《そうぼう》さえ似ていない」

燕嵐の顔を見ておこうと、シリンはナフィーサの隣に戻って中院を見下ろした。

その途端、雷に打たれたように動けなくなった。

シリンの両目は、いよいよ激しく舞う燕嵐の横顔に釘付けになった。

あの男。

御簾越しではあるが、草原の民であるシリンの目が見間違えるはずもなかった。

あれは、運命が歪んだ日に見た濫人の顔。

忘れ得ぬ男の顔。

「あれが燕嵐様よ。見えるでしょう？」

うん、見えてるわ、とシリンは上ずった声で答えた。

どうかした？　とナフィーサに尋ねられても何も答えられなかった。ただ食い入るように燕嵐を凝視した。

魏帝燕嵐。

その男は、シリンにとって種違いの兄であり、ナフィーサの許婚《いいなずけ》であったシドリを斬《き》り殺した濫人と同じ顔をしていた。


芙蓉節が幕を閉じた夜から、シリンは熱を出して寝込んだ。宴から二日経って熱は引いたが、シリンはいまだ牀の中にいた。

何かの間違いではないか。

仰向けに天井を見上げながら、何度目になるかわからない問いを繰り返した。

あれは、久しぶりに馬で駆けた興奮が見せた幻《まぼろし》ではなかったか。

しかし幾度記憶を反芻《はんすう》してみても、やはり燕嵐の顔はあの日シドリに向かって剣を振り下ろした男と重なった。

ナフィーサの侍女は、燕嵐が以前に草原に立ち寄ったことがあると言っていた。その時にナフィーサを見かけたのだから、アルタナの近くにいたことになる。燕嵐が西方に出向いたのが何年前のことなのか、聞いておかなかったことを後悔した。

シドリを殺した男はどんな身なりをしていただろう?

剣を振り下ろした後は何をしていた?

思い出そうとしても、シリンの脳裏に焼き付いているのは、刃を振った男の顔と、落ちるように地に倒れるシドリの姿だけだった。

どうしたらいいのだろう。

何度自問しても、答えは出なかった。

もし本当にシドリを殺したのが燕嵐なのだとしたら、ナフィーサはかつての許婚の仇《かたき》に嫁ぎ、その男の子を宿したことになる。

ナフィーサに伝えるべきだろうか。

それは駄目、とシリンはすぐにかぶりを振った。確かなことでもないのに、ナフィーサに言っても混乱させるだけだ。

では、事実を確かめればいいのだろうか。燕嵐がアルタナ付近へ出向いたのはいつなのか調べることができたとして、それは燕嵐がシドリを殺したことの証《あかし》になるだろうか?

より疑いが黒に近づきはしても、断言することはできないだろう。

そして仮に、燕嵐がたしかにシドリを殺したのだと確信できる何かを見つけたとして、その時はどうしたらいい？

ナフィーサが知れば、あの優しくやわらかな心をひどく傷つけるだろう。その傷は癒《い》えるものではなく、燕嵐の妃である限りナフィーサは一生苦しみ続ける。

そして私はどうするだろう、とシリンは自問する。

燕嵐を兄の仇として憎み、復讐《ふくしゅう》を果たそうとするだろうか。

しかしそれでは父バヤルの望みは叶わない。バヤルは濫との友好を望んだからこそ、シリンとナフィーサを永寧宮へ送り出したのだ。シリンが復讐を目論《もくろ》めば、友好など夢の彼方《かなた》へ消える。濫はアルタナへ攻め入るかもしれない。もちろんシリン自身も捕らえられ処刑される。おそらくナフィーサも無事では済まないだろう。悪くすれば揃って処刑、よくても廃妃となり幽閉だろう。仇討ちのために命を落とすのは仕方ないが、ナフィーサやアルタナを巻き込むことはできない。

結局、黙っているしかないのか。胸中に疑心を飼いながら、何も知らないふりをして、後宮で変わらぬ日々を過ごすしか術《すべ》はないのか。

そんなことが許されるのだろうか？

シドリは誰にでも優しかった。シリンに弓と狩りを教えてくれたのもシドリだった。すごいぞ、シリンはきっと俺より上手くなる。そうやって褒めてくれるのが嬉しくて、シリンは練習に励んだ。今のシリンの弓の腕があるのは、シドリのおかげだ。

シドリがナフィーサと婚約した時は嬉しかった。二人のことが大好きだったし、自分と半分ずつ血の繋がった二人が結婚すれば、もっと強い繋がりを持てる気がしたからだ。

シリン、と自分を呼ぶシドリの声を思い出そうとした。けれどその優しい声音《こわね》を、もう思い出せなかった。歳月は、すでにシドリの記憶をおぼろげなものにし始めていた。

「杏妃様、お休みのところ申し訳ございません」

自分を呼ぶ声に、シリンは我に返った。横たえていた体を起こすと、鈍く頭が痛んだ。

窓の外はすでに暗い。牀の中で夜を迎えてしまったらしかった。

「陛下がお見えです。急ぎ支度しお迎えください」

シリンは緩慢な動きで起き上がり、香鶴に促《うなが》されるまま着替え、暁慶を迎えた。

「お待たせして申し訳ありません」

別にいい、と暁慶はさっきまでシリンが転がっていた牀に腰かけた。

「どうした。体調が優れぬか」

「そんなことはありません」

つまらん嘘をつくな、と暁慶は立ち上がった。

「体が悪いなら寝ていろ。またあらためる」

「大丈夫ですから」

暁慶はちっと舌打ちした。つかつかとシリンに近づいてきたかと思うと、シリンを担《かつ》ぎ上げて運び、牀に転がした。

「寝ろ」

シリンは天井を見上げ、ぱちぱちと目をしばたたいた。

「意外と力がおありなんですね」

「ああ。持ち上げてみたら、思ったより重くて難儀した」

シリンは頰を緩めた。

「陛下、こんな格好でお許しいただければ、ご用をお聞きしたいです」

「珍しいこともあるものだ。私が来るといつも、早く帰ってほしそうな顔をしているというのに」

「具合が悪いと、なんとなく不安になるものです。相手が誰でも、誰もいないよりはずっといいものですよ」

「侍女でもそばに置いたらいいだろうが」

「彼女たちには仕事がありますから」

「私にはないとでも？」

暁慶は音を立てて椅子《いす》に腰かけ、足を組んだ。

「今日はお前に、何か望みがないか聞きに来た。お前が芙蓉節でやったことは無茶苦茶だが、結果として私を助けたことに違いはない。よって褒美を取らせる。なんでもよい、申せ」

「なんでもいいのですか？」

「よい。私は一応この濫の天子ゆえ、大抵のことは叶えられる」

「……すぐには思いつきませんね」

「なんだ。お前のことだから、房いっぱいの菓子や包子《ぱおず》でもねだるかと思ったが」

菓子、という言葉にシリンは思い出した。

「陛下。私のもとに時おり菓子が届くのですが、贈り主をご存じですか？　てっきり狼燦だと思っていましたが違うらしいのです。陛下に訊けばわかると申していたのですが」

暁慶は煎《せん》じ薬でも無理矢理飲まされたように顔をしかめた。

「いや、あれは狼燦からだ」

「でも、狼燦は自分ではないと……」

シリンはその時、暁慶の懐《ふところ》に包みが顔を覗《のぞ》かせているのを見つけた。包紙は、シリンのもとに届いた菓子を包んでいたのと同じものに見えた。

鼻をひくつかせると、かすかに甘い匂いがする。

シリンはどんな顔をすればいいのかわからず、ただ暁慶を見上げた。

「変な顔をするな」

暁慶は観念したのか、懐から菓子の包みを取り出し、シリンの手に握らせた。

「……ありがとうございます」

「あやつから、お前は食べ物の名前ならすぐ覚えると聞いた。だから狼燦に持たせていたのだが、もう講義はしないと言うから……」

「狼燦が持ってきたものも、陛下からだったのですか？」

暁慶は露骨に「墓穴を掘った」という顔をした。

「そんなことはいい。とにかく、褒美だ。何にするか思いついたら言え」

今は早く体をなおせ、と暁慶は立ち上がった。

帰ってしまうのかと思ったが、香鶴と緑申を伴って戻ってきた。二人はシリンに薬湯を飲ませ、よく絞った手巾で体を拭いた。その間、暁慶は手持無沙汰《ぶさた》に二人が立ち働く様を眺めていた。

「なにか召し上がりますか？」

シリンが首を横に振ると、香鶴と緑申はなんだか妙に嬉しそうな顔をして下がった。

二人が去っても、暁慶は動かなかった。椅子に座ってシリンの顔を眺めていた。

そんなに見られると居心地が悪い、そう思いながらもいつしか眠りに落ちていった。

夜半過ぎに目を覚ました。頼りない灯が、調度の輪郭《りんかく》だけを浮かび上がらせている。寒気や頭痛はすでにおさまっていた。

寝返りを打つと、暁慶が隣で眠っていた。

はっとして飛び起きたが、衣に乱れはない。本当にただ眠っているだけらしい。

シリンはおそるおそる、暁慶に手を伸ばした。ぼんやりと闇に浮かび上がったその白い頰を、ゆっくりと撫でる。

暁慶は目を覚まさない。

シリンは再び横になって目を閉じた。

枕元に置いた菓子の、ほのかに甘い香りがした。


翌日の夕刻、シリンは鏡の前に座った。目の下の隈《くま》ばかりが目立つ、疲れた顔の女がそこにいた。シリンは自分を鼓舞《こぶ》するように、両の頰を叩いた。

日没前、供を連れずにそっと外へ出た。夏燕宮のナフィーサの邸へ向かうためだ。目立たぬよう、シリンは人の少ない場所を縫《ぬ》うように進んだ。遠回りにはなるが、誰かに見咎《みとが》められるよりはずっといい。

人目を避けるうち、普段であれば足を踏み入れることのない後宮のはずれ、冬暁宮と夏燕宮のちょうど狭間《はざま》にさしかかっていた。背の高い草が生い茂り、放置されて久しく藻《も》だらけになった池や、朽ちた邸が残された寒々しい場所だった。敷地の広さからして、往時はおそらく位の高い妃嬪が住まう立派な邸だったろう。それがこんなに荒れ果ててしまうなんて、なんとももったいない話だ。なぜ、誰も手入れをしないのだろう。

そんなことを考え、苔《こけ》むした門を見上げながら歩いていると、うっかり藪《やぶ》に踏み入ってしまった。藪では羽虫が渦を巻いており、正面から虫の渦に突っ込む格好になった。

「もう、急いでるのに」

さすがに立ち止まるしかなく、顔についた羽虫を袖で払った。顔に貼りついた虫は忌々しいことになかなか取れず、シリンは掌《てのひら》で頬をこすった。

その時、下草を踏む音が耳に入った。思わずしゃがみ込み、草むらに身を隠した。こんな寂れたところにやって来る者が、まさか自分の他にあるとは思わなかった。

そっと様子をうかがうと、池の向こうに見慣れた顔があるのが見えた。

狼燦だった。

その横顔はいつになく真剣なもので、どこか怒っているようにさえ見える。

狼燦は朽ちた邸の前に立つと、小声で何事かつぶやいた。声はシリンの耳まで届かず、何を言っているのかはわからない。しかし独り言のはずなのに、誰かに話しかけているような雰囲気があった。

どんな用事で来たのか知らないが、早く立ち去ってくれないと、日暮れまでに夏燕宮に着かなくなってしまう。だんだんと闇を濃くする草陰《くさかげ》で焦るシリンの存在など露《つゆ》知らず、狼燦は懐から何か取り出し、地面に並べた。

目を凝《こ》らすと、紙銭《しせん》と干《ほ》し杏《あんず》だとわかった。

狼燦が紙銭に火を付けると、細い煙が夕空へと上がっていった。

もしかしてこれは見てはいけない場面ではないのか、と藪の中で身を硬くする。

紙銭を燃やすのは、弔《とむら》いのためである。黄泉《よみ》にいる誰かに銭を送るため、濫ではああして燃やして届けるのだと聞いた。

朽ちた邸のかつての主を、狼燦は悼《いた》んでいるのだろうか。

シリンははっとした。

狼燦は美女に目がない、といつだか暁慶は言っていた。それに、宦官と妃嬪が通じるのは珍しいことではないとも。

もしかして、あの邸の主だった妃は狼燦と恋仲だったのだろうか。

紙銭が燃え尽きると、狼燦はシリンに気づくことなく立ち去った。

なんとなく気になって、紙銭の燃え跡と、干し杏のもとへと歩み寄ってみる。

当然のことだが、そこには邸の主が誰であったのか示すものも、狼燦との関係を語るものもない。

目ざとい蟻《あり》がすでに一匹、干し杏に齧《かじ》り付いているばかりだった。

無駄と知りつつ、シリンはその蟻をはたき落とした。

シリンは本来の目的を思い出し、夏燕宮へと急いだ。

「いらっしゃい、シリン」

ナフィーサはいつものとおり、やわらかな笑みで迎えてくれた。けれど今は、その顔を直視できなかった。

「夕餉《ゆうげ》はもう済ませた？　まだなら一緒に──」

シリンはナフィーサの言葉を遮《さえぎ》り、「お願いがあるの」と言った。

ただならぬ気配に気づいたのか、ナフィーサは「どうしたの」と眉を下げた。

「よく見たらひどい顔色だわ。具合が悪いなら、きちんと養生しなければ駄目よ。今日は帰った方がいいわ」

「体は大丈夫よ。暗いから顔色が悪く見えるだけだわ、きっと」

シリンは無理に笑って見せた。それならいいのだけど、とナフィーサはまだ心配そうな顔をしている。

「それで、お願いってなにかしら？」

シリンはぐっと唾《つば》を飲み込んだ。

「あのね。私と一晩入れ替わってほしいの」

その夜を、シリンは夏燕宮の牀の上で迎えた。

褥《しとね》に耳をつけると、自分の心臓の音がうるさいくらいによく聞こえた。

先刻、日没を告げる銅鑼が鳴り響いた。これで、見回りの者を除いて誰も邸の外へ出られない。もちろんシリンも、今さら冬暁宮へは戻ることはできない。

体調が優れないので燕嵐が来るまでそっとしておいてほしいと、シリンはナフィーサの房に引きこもった。代わりに、ナフィーサには冬暁宮に向かってもらっている。

もし、入れ替わりが見破られたらどうなるのだろう。自分はともかく、ナフィーサに何かあったらと思うと、ますます動悸《どうき》が激しくなった。

やっぱりこんなことはすべきじゃなかったもしれない。

けれど後悔しても遅い。事はすでに動き出している。それに、決めたのはシリンだ。

扉を遠慮がちに叩く音がして、シリンははっと飛び起きた。

「睡妃様、お加減はいかがでしょうか。夕餉はどうなさいますか」

「悪いのだけど、食べられそうにないわ。心配なさるといけないから、陛下には黙っておいてね」

シリンが精一杯ナフィーサらしい口調で言うと、「かしこまりました」と素直に侍女は引き下がった。

ほっとひそかに息を吐いた。

これで後は、燕嵐がやって来るのを待てばいいだけだ。燕嵐は三日と空けずに通ってくるという話だから、きっと今夜も来るはずだ。いや、来てもらわねばならない。

シリンはぎゅっと胸の前で手を握り合わせた。

待つ時間は永遠にも似て長かった。心臓が疲れ果てて止まってしまうのではないかと思い始めた頃、睡妃様、とか細い侍女の声がした。

「陛下がお見えです」

シリンは慌てて立ち上がり、衣服を整えた。

「どうぞ、お通しして」

言葉が終わらないうちに、扉は勢いよく開いた。

「睡蓮！」

大股《おおまた》に入ってきた男は、やはり暁慶と似ていなかった。顔形もそうだが、表情や纏《まと》う雰囲気は正反対と言ってもいい。

「遅くなってすまないな！　息災にしていただろうか」

燕嵐は人懐っこい笑みを浮かべ、両腕を広げてずんずん近づいてきた。

ナフィーサとシリンの顔で異なるのは、瞳の色だけだ。

房の中はわずかな灯に照らされただけで仄暗《ほのぐら》い。この暗さなら瞳の色の違いまではわからないだろうが、シリンは気後れして目を伏せた。

「息災か、などと。二日前の晩にお会いしたばかりではありませんか」

声の震えを押し殺しながら答えると、燕嵐ははたと立ち止まった。

「陛下？」

燕嵐がずいと顔を近づけてきて、その鼻先が間近に迫った。

心臓が破れそうなくらいに早鐘を打つ。

こらえきれなくなって、視線を上げた。

燕嵐とまともに目が合う。

ふ、と燕嵐の口元がほどけたかと思うと、大口を開けて笑い始めた。

「これは、どうしたことだ！」

高笑いを続ける燕嵐を前に、シリンはただ彼の笑いが収まるのを待つしかなかった。

「我が妃はどこへ消えた？」

燕嵐はまるで子供の悪戯に加わるような笑みを浮かべ、そう尋ねた。

シリンは言葉を失った。

「君の噂はかねがね。しかし直接顔を合わせるのは初めてだな！」

して、と燕嵐は笑みをその頬から消した。

「弟の妃よ、なぜ今夜ここへ来た？　返答次第によっては、君を罰しなくてはならない」

その目が酷薄《こくはく》な光を放った。暁慶が燕嵐を評した「帝になるべく生まれた男」という言葉が脳裏によみがえる。

シリンは自分を鼓舞し、なんとか口を開いた。

「罰は覚悟の上です。どうしても、お尋ねしたいことがございました」

「聞こう。ここまでやって来るとは、余程の覚悟があってのことだろうからな」

「寛大なお心に感謝いたします。陛下は、草原に出向かれたことがあると聞いておりますが」

「そうだな。まだ皇太子だった頃の話だ」

シリンは深く息を吸った。

「では、その時――」

シリンの言葉は、扉を叩く音に遮られた。

燕嵐とシリンは揃って扉を見た。

「どうした」

扉に向かって燕嵐が問うと、声が答えた。

「陛下、お休みのところ申し訳ございません。火急にお耳に入れたき儀がございます。急ぎお戻りを」

「わかった、すぐに行こう」

燕嵐は深く息を吐き、シリンに向き直った。

「わざわざ出向いてくれたのにすまない。今夜、ここで見たことは不問に処す。事が露見する前に冬暁宮に戻るがいい。よいな？」

「陛下、お待ちください。どうか、一つだけ」

「聞きたいことがあれば、こんな危険を冒さずとも睡妃に言付けるがいい。いつでも答えよう」

それでは駄目なのだと叫びたかったが、燕嵐はすでに背を向けていた。燕嵐が開いた扉の向こうに、狼燦の顔が一瞬見えた。狼燦に罪はないが、なぜ今夜、この時に限ってと歯嚙みせずにはいられなかった。まるで、さっき意図せず盗み見したことに仕返しされたような気分だった。

二人が行ってしまうと、シリンは夜明けまでの時間を牀の上で無為に過ごした。一睡もできぬまま、ただ情けなさだけが骨身に染みた。

日が昇り、重い足取りで冬暁宮の自室へ戻ると、迎えたナフィーサがぱっと顔を綻ばせた。

「おかえりなさい。あの方にはお会いできた？」

シリンは無理に笑顔を浮かべてみせた。

「……うん。話に聞いていたとおりの方だったわ」

そうでしょう、とナフィーサはどこか照れたように笑った。

シリンはナフィーサに、夏燕宮にシリンがいても燕嵐が見破れるかどうか試してみたい、ナフィーサを愛しているならきっとわかるはずと言って入れ替わってもらっていた。

燕嵐と向かい合ったのは短い時間だったが、偽《いつわ》りの目的は果たせたと言える。燕嵐はすぐに見抜いた。その上、シリンを理由も聞かずに見逃してくれた。それはシリンを信用したのではなく、ナフィーサが入れ替わりを了承したのなら、シリンは悪意をもって夏燕宮に忍び込んだのではないと判断したのだろう。

燕嵐は、ナフィーサのことを心から信じている。

「燕嵐様は、すぐに自分の妃ではないとお気づきになったわ。あなたがとても愛されてるってわかって……嬉しかった」

シリンはたまらなくなり、ナフィーサに抱きついた。ナフィーサ特有の、どこか甘い匂いが胸に広がる。こぼれてくる涙をナフィーサに見られたくなくてそうしたのに、その匂いはさらに涙腺《るいせん》を刺激した。

「ごめんなさい。変なことに巻き込んで」

嘘を吐くんじゃなかった。

ナフィーサに言えないことが増えるたびに、ナフィーサが遠くなる。

「謝ることないわよ。緊張したけれど面白かったわ。暁慶様が、想像していたのと少し違う方だとわかったし」

「あの方、いらっしゃったの？」

顔を上げると、ええ、とナフィーサは笑った。

「そばで書物を読まれているだけだったけれど。あまり言葉を交わして入れ替わりに気づかれてはいけないから、ずっと黙っていたのよ。そうしたらね」

ナフィーサはおかしくてたまらないというように笑い声を漏らした。

「『どうした、今夜は妙におとなしい。まだ具合が悪いのか』とおっしゃるから、『少し頭痛がいたします』とお答えしたの。そうしたら、牀の周りをうろうろなさって、帰り支度を始められたの。『お帰りでしょうか』と尋ねたら『朝には薬を届けさせる』って、去っていかれたわ。あれは、あなたに無理をさせたくないからお帰りになったってことでしょう？　心配していたけれど、暁慶様はちゃんとあなたを想っておいでだわ」

なんと答えればいいのかわからず、シリンはただナフィーサの肩に顔を埋めた。抱え込んだ秘密が、体の内側から毒のように染み出してシリンを苦しめる。

このまま全部打ち明けられたら、どんなにいいだろう。草原にいた頃のようにすべてを二人で分かち合えたら、どれだけ楽になるだろう。

「……そうだったら、いいわね」

でも、それは許されない。それを自分に許すことは、どうしてもできない。

ナフィーサを見送って一人になると、シリンは牀に倒れ込んだ。

ナフィーサはシリンが泣いていることに気づいていただろうけど、頭や背を撫でるだけで何も言わなかった。泣いている理由を訊かれたくないと、ちゃんとわかっていてくれたのだろう。

でも、とシリンは思う。

訊かれたくないのと同じくらい、訊いてほしかった。どうして泣いているのと、抱きしめてほしかった。訊かれたから仕方なく答えただけと言い訳して、全部話してしまいたかった。楽になりたかった。

杏妃様、と香鶴が房の外で呼ぶ声がした。

「暁慶様から、お薬の届け物です。必ずお飲みになるようにとの言伝《ことづて》付きですよ」

「……そこに置いておいて。後でちゃんと飲むから！」

シリンは薬を取りに出ると、どこも痛くないのにそれを飲み干した。

あまりの苦さに涙が滲んだ。

枕元に置いたままになっていた菓子の包みを開き、口に放り込んだ。苦みに甘さが混じって、菓子の味が台無しだった。

数日後、またしても届け物だと言って宦官が訪ねて来た。「また薬だったら追い返して」とシリンに言われた香鶴が苦笑しながら取り次ぎに出たが、すぐに戻ってきたかと思うと「杏妃様、おはやく！」とシリンの手を引いた。

シリンは目をこすりながら前院へ出て行った。最近は明け方になるまで眠れず、いつも頭がぼんやりしているし、食事もあまり喉を通らない。そのせいかずっと体調が優れなかった。

「杏妃様！　ご覧ください！」

興奮した香鶴の声が、寝不足で痛む頭に響く。

「香鶴、あまり大きな声を出さないで……」

言いかけて、シリンは目を丸くした。

一頭の美しい馬が、宦官に手綱を握られてそこにいた。

「陛下からの贈り物でございます！」

シリンは頭痛も忘れて馬に駆け寄った。

夏の色濃い朝日に輝くたてがみに手を伸ばし、触れる。黄金色のそれは、間違いなく芙蓉節でシリンが騎乗した馬のものだった。シリンは思わず微笑んだ。

「また会えたわね、お前」

馬は目を細めた。シリンはその顔に頬を寄せ、鼻先を優しく撫でてやった。混乱し考えることに疲れた頭に、動物の温もりは心地よかった。

「本当に私がもらっていいの？」

「はい。陛下が杏妃様のために買い上げられました」

そうなの、とシリンは目を潤ませた。

「それなら、陛下に伝えて。濫に来て、今日が最良の日だと」

恐れながら、と宦官は両袖を顔の前で合わせた。

「私からよりも、直接伝えられるのがよろしいかと。陛下は今夜、お渡りになります」

きゃあ、と香鶴は後宮付きの侍女というより、年相応の娘に似合いの声を上げた。


「遠乗りに行く」

夜半過ぎにやって来た暁慶は、シリンの顔を見るなりそう言った。

「遠乗り？　どこかへ出かけられるのですか？」

違う、と暁慶は首を振った。

「お前も行くのだ」

「私も？」

聞き違いかと思ったが、暁慶は頷いた。

「七日後の早朝に迎えが来る。それまでに支度をしておけ」

「一度後宮に入れば、骨となるまで出られないと聞いておりますが」

「もちろん本来は許されない。でもまあお前は、勝手に芙蓉節にも出ているしな。今さら規律を一つ二つ破っても変わらんだろう」

帝がそんな風でいいのかと思ったが、馬に乗れる機会をみすみす失いたくないのでシリンは黙っていた。

「いただいた馬に乗ってもよろしいのですか?」

「よい。そうでなければ、何のためにやったのかわからん」

そう言って暁慶は咳払《せきばら》いをした。

「お前は望みが思いつかないと言ったが、あの馬の主が買い手を探しているようだったのでな。ちょうどいいと思って買った」

「ありがとうございます。これまで人からいただいたものの中で、一等嬉しい贈り物です」

「礼には及ばない」

馬は私が勝手にお前にやるのだから、欲しいものが思いついたらまた言えばいい、と暁慶はぼそぼそ言った。

「これ以上によいものなど、きっと思いつきません」

シリンが笑って見せると、暁慶は顔を逸《そ》らした。

会話が途切れても、暁慶は帰る素振りを見せなかった。持参した巻物を解きながら、

「馬の名は決めたか?」と尋ねた。

「いいえ。私、濫風の名前がまだよくわからないのです。陛下が付けてはくれませんか?」

「駄目だ」

なぜです、とシリンは暁慶の隣に座り、巻物を覗き込んだ。そこにはシリンのまったく知らない、少なくとも濫語ではない文字が連なっていた。

「これは何語ですか？　何が書かれているのです？」

「干陀羅《かんだら》の言葉だ。かの国での治水について書かれている」

「読めるのですか？」

「お前は忘れているかもしれんが、一応私は帝なのでな。それくらいの教養はある」

「草原の言葉はわからないのに？」

うるさいな、と暁慶はシリンを払い除《の》けた。

「それで、なぜ私の馬に名前をくださらないのですか？」

「帝が名を賜《たまわ》ることには相応の意味がある。易々《やすやす》と与えることはできん」

「私にはくださったではありませんか」

暁慶は書物から顔を上げた。

「お前は妃と馬が同列だというのか？　いいから自分で考えろ、お前の馬だろう」

わかりました、とシリンは暁慶の姿をじっくりと眺めた。

「……何をしている？」

「決めました。あの馬は今日から茜雲《せんうん》です」

暁慶が自分の衣裳に目を落とすと、革帯に紅の糸で雲の文様が縫い取られていた。

「お前、安直すぎないか？」

「いいえ。陛下が私の名を付けた時にならったまでのことです」

「あれは、別に適当に付けたわけではなく……」

言いかけて、まあいい、と暁慶は言葉を途切れさせた。

「私はまだこれを読む。お前は先に休め」

「陛下がいらっしゃるのに、先に休むようなことはできません」

今さらそんなことを気にするな、と暁慶はシリンの背を牀の方へ押しやった。

「まだ顔色が悪い。遠乗りに行きたいのなら、よく寝て食事をまともに摂れ」

暁慶は懐から包みを取り出し、シリンに押し付けた。思わず受け取って包みを開くと、潰れた包子が顔を覗かせた。

「陛下はいつも懐に菓子や包子を忍ばせているのですか？」

「そんなわけがあるか。いいから食え」

食事をあまり摂っていないことなど話しただろうか。不思議に思ったが、それほどひどい顔をしていたということだろう。素直に従って、包子にかぶりついた。暁慶はシリンが包子を残さずに飲み込むのを見届けると、また巻物に目を落とした。

シリンは夜着に着替え、牀に潜り込んだ。先に休めとは言われたものの、人の気配と灯が気になってなかなか寝付けなかった。

シリンは黙って暁慶の背を眺めていた。時おり紙が床を滑る音だけが聞こえてくる。どれくらいの間そうしていたのだろう、やがて暁慶は灯を吹き消した。

房には月影だけが残った。

自邸に帰るのかと思ったが、足音は遠ざからず、反対にシリンの方へと近づいてきた。窓から差し込む月明かりが、暁慶の影を壁に映し出す。その影が牀に屈み込んだと思うと、長い髪がシリンの頬に触れた。

シリンは思わず目を閉じた。

暁慶の気配が牀に上ると、シリンの隣に体を横たえた。

シリンは体を強張《こわば》らせた。

しかしどれだけ待っても、暁慶の手がシリンに触れることはなかった。

やがてかすかな寝息が聞こえて来た。

シリンは深く、胎《はら》の底から息を吐きだした。

みじめだった。抱いてくれなくてもいいから、抱きしめてほしかった。

いつの間にか、隣で眠る男に触れられたいと思っている自分を認めたくなかった。暁慶は妃嬪の誰にも触れない、後宮に来た日にはっきりそう言っていたじゃないか、と何度も自分に言い聞かせた。

だけど、もしかしたら自分だけは違うかもしれない。

そんな浅ましい想いが、胸の奥から這《は》い出てくるのを止められなかった。

濫の人間なんかに執着を持ちたくなかった。政略のために嫁がされ、役目を全うするためだけの婚姻《こんいん》であってほしかった。いっそのこと暁慶が、初夜のように冷たい男のままだったらよかった。そうしたら、こんな想いはしなくて済んだ。

きっと今夜も、ナフィーサは燕嵐と穏やかな時間を過ごしているだろう。ナフィーサは燕嵐に触れられ、存分に愛され、子まで成した。自分にはそのどれもがない。それなのに、シドリのことについてこれから先もずっと一人で口を閉ざしていないといけないのか。

閉じたまぶたの裏側に、シドリが死んだ時の光景がよみがえる。芙蓉節から何度思い返したかわからない。

暁慶様、と寝息を立てる男を揺り起こしたかった。聞いてくださいと胸元にすがりたかった。燕嵐とナフィーサ、シドリのことを全部打ち明けてしまいたかった。それが叶わないなら、一晩だけでもすべて忘れさせてほしかった。

けれど眠る男は、何も叶えてはくれない。

約束どおり、七日の後に迎えが来た。

「杏妃様、おはようございます」

またお前なのね、と言うと狼燦は「陛下が一番信頼する僕《しもべ》ですから」と慇懃《いんぎん》に礼をした。

狼燦の顔を見ると、朽ちた邸の前で紙銭を焼く姿と、夏燕宮での苦い思いの両方がよみがえる。どちらも本人を前にして口に出せるものではなく、シリンは押し黙った。

市井《しせい》の者が着るような簡素な服を身に着け、頼りない灯がともるだけの外へと出る。まだ夜も明けぬ後宮は静まり返り、昼間と同じ場所とは思えない。

狼燦に導かれ、かつてナフィーサと共にくぐり抜けた骨門の前に立った。あの時はそびえ立つほど大きく見えたのに、なんのことはない、白いだけでごく普通の門構えだった。

狼燦が門番役の宦官に声をかけ、銀子《ぎんす》を握らせると、拍子抜けするほど簡単に門を通された。

「何が骨となるまで出られないよ。金がないと出られないの間違いじゃない」

「おっしゃるとおり。しかし時に金は命より強いのです」

狼燦はこともなげに言った。

シリンは濫について学ぶうちに、宦官たちの事情を知った。

彼らの多くは、出自が貧しい。運よく双子にでも生まれない限り、貧家の者は宦官になることくらいしか出世の道がない。だから彼らは想像を絶する痛みに耐え、陽物《ようぶつ》を失ってでも宦官の道を選ぶ。あるいは、幼児のうちに親の手で施術を受けさせられる。

中には宦官となるための施術代を借金し、自らの陽物を質に入れることでその金を賄《まかな》う者さえいる。しかし金を返せず陽物を取り戻せないまま死ねば、畜生に生まれ変わるといわれている。

だから彼らには金が必要なのだ、どうしても。

狼燦は、なぜ宦官になったのだろう。やはり元は貧しい家に生まれたのだろうか。

ふとそう思ったが、おいそれと訊けることでもない。考えてみれば、シリンは狼燦の出自も来歴も、ほとんど何も知らなかった。わかっているのはただ、干陀羅の血を引くことと、暁慶の忠僕であるということだけだ。

シリンは黙って先を急いだ。何度も道を曲がり、方角がまったくわからなくなった頃に、永寧宮の外へと通じる門が見えてきた。

そこで待っていたのは門兵ではなく暁慶だった。

「来たな」

未だ日の昇らぬ闇の中で、暁慶の口元が笑ったのがわかった。

門の外には馬が二頭繋がれている。茜雲と、茜雲より一回り大きな青毛の馬だ。

「私たちは後から参ります」

私たち、ということは狼燦以外にも護衛が随行《ずいこう》するのだろう。それもそうか、とシリンは一人納得した。暁慶は濫の帝なのだ。供も付けずに野に出るわけがない。なんとなく暁慶と二人で出かけるような気がしていた自分を、シリンは恥じた。

「陛下、女性が馬に乗るのに手も貸さないのは無粋では？」

狼燦はそう言って笑ったが、暁慶は鼻を鳴らした。

「こやつの場合、手を貸す方が無粋だろう」

シリンは暁慶の言葉に応えるように、茜雲に飛び乗った。まだ二度目の騎乗だというのに、長年の主人を待っていたかのように従順だった。いい子ね、とその背を撫でる。

シリンは待ちきれず、前方をまっすぐに見た。茜雲はその意思を汲《く》み、ゆっくり前へと進み出した。

「こら、待て」

暁慶も慌てて騎乗し、シリンを追った。

暁慶が馬を並べようとすると、シリンは加速した。暁慶が追いつくと、逃げるようにまた脚《あし》を速める。そんなことを繰り返し、暁慶が「おい」と拗《す》ねた声を出すと、シリンは思わず笑い声を上げた。幼い頃に初めてヨクサルを走らせた時のような、無邪気な心地よさが胸に吹き込む。

馬が、風が、広い世界が、シリンに一時すべてを忘れさせた。

まっすぐにどこまでも駆けていきたかった。このままアルタナへ走り去ることができたらいいのにと思った。茜雲を駆り、帰りついた故郷には何事もなかったかのようにナフィーサがいて、父がいて母がいてナランとヨクサルがいる。そしてシドリもそこにいたらどんなにいいだろう。父母とハリヤが馬乳酒《ばにゅうしゅ》を片手に、ナフィーサとシドリの婚礼の日取りを相談していたあの日へ帰れたら、どんなにいいだろう。

けれどその世界に暁慶はいない。

シドリが生きていれば、ナフィーサはシドリと結ばれる。ナフィーサが嫁いでしまえばシリンは双子と偽ることはできず、濫へ嫁ぐこともない。その世界のシリンは、暁慶と出会うこともなく生きていく。

二つの世界はどうあっても繋がらない。

シリンの笑い声はやがて、喉の奥から漏れるうめき声へと変わった。

暁慶を後方に見たまま、シリンは街道を駆けた。

蹄の音だけが耳に響き、風が頬を焼く。

待て、速い、と暁慶の声がした気がするが、シリンは茜雲をもっともっと疾《はや》く駆けさせた。茜雲はまるでシリン自身の足であるかのように、望むだけ速く走ってみせた。

シリンは思うさま息を吸い、吐いた。永寧宮の淀《よど》んだ空気が体から出て行き、臓腑《ぞうふ》が洗い清められるような心地がした。

「おい、いい加減止まれ！　その先の湖で待て、わかったな」

湖、と聞いた途端に波音が耳に届いた。急に目の前が開け、木立に隠れていた湖が姿を現す。

シリンは湖畔《こはん》でようやく茜雲の手綱を引いた。

朝焼けに照らされた湖は太陽を映し、波立つ湖面を金色に染めていた。湖畔に群生する葦《あし》も地面も小さな四阿も、皆同じ色に輝いている。

「美しいな」

息を弾ませて追いついてきた暁慶がそう言った。

シリンは無言で頷くと、再び茜雲を走らせた。

暁慶は追ってこなかった。駆けていくシリンの背を、馬上から見送った。

湖岸に沿って駆けるシリンの首元を、晩夏の風が通り抜けていく。簪を引き抜くと、長い髪が風になびき、豊かに波打った。黄金色の朝日が、その輪郭を金色に縁どる。

暁慶は人知れず息を呑んだ。

湖を一周すると、シリンは暁慶のもとに帰ってきた。

「満足したか」

シリンが返事をする前に、暁慶は懐から饅頭《まんとう》を取り出してシリンに渡した。今朝作らせたものなのか、まだほのかに温かかった。

「やっぱり、いつも食べ物をお持ちなんじゃないですか」

笑うな、と暁慶は自分の分も取り出してかぶりついた。

「うまいな」

はい、とシリンも同じものをかじった。朝の湖畔はどこまでも静かだった。

それから城下へと向かい、伽泉の街を初めて自分の足で歩いた。

街は生活の匂いを強く漂わせ、人々の目には生命力がみなぎっていた。どちらも永寧宮にはないものだ。

おそらく、今の自分にもないだろう。

市井の生活は遠い対岸のもののように思えた。いつの間にか、シリンは永寧宮の人間になっていたのだ。

「暁慶様は、よくこうやって街に下りるのですか？」

「子供の頃はよく来た。最近はあまり頻繁《ひんぱん》には来られないが、時々は息抜きにな。それに、長いこと民の姿を見ないでいると、自分がなぜ存在しているのか忘れそうになる」

「自分がなぜ存在しているのか、ですか？」

「帝は国と民あってのものだ。国と民の在《あ》り様を忘れて、帝としての務めなどどうして果たせようか」

暁慶はそう言って雑踏に視線をやった。その目には、シリンが初めて目にする、慈愛のようなものが浮かんでいた。

「暁慶様は、濫と民を愛しているのですね」

暁慶からの返事はなく、ただ顔をしかめてみせただけだった。

夕暮れになるとどこからともなく狼燦が現れて、適当な宿を見繕《みつくろ》った。狼燦たちは宿の一階におさまり、シリンと暁慶は二階の一室に追い立てられるように押し込まれた。

当然のように牀は一つしかなかった。夫婦にあてがう房なのだから当たり前だが、悪態の一つもつきたくなる。

宿での暁慶は無口だった。話しかけても生返事がかえってくるばかりなので、シリンは早々に床につこうとした。しかし牀に上ろうとすると、袖を引かれた。

「……お前に、言わねばならないことがある」

その表情に何か嫌なものを覚え、シリンは暁慶の前に腰を下ろした。

「アルタナの長《おさ》が代わった」

シリンは自分が怪訝《けげん》な顔をしたのがわかった。アルタナの長は世襲で、跡継ぎであるナランが成長するまで代替わりはないはずだ。

「どういうことですか?」

「先代の長、バヤル殿が死んだ」

シリンは数度、まばたきした。冗談だ、と暁慶が言うのを待った。しかしいつまで経っても暁慶はそう言ってくれなかった。

「父が、死んだ?」

そうだ、と無情にも暁慶ははっきりと答えた。

「父はまだ死ぬような歳《とし》ではありません。父は、父はとても強い人で」

「病だと聞いている。妻が一人、その後を追ったとも」

「妻？」

「お前たちの母ではないようだ。第二夫人と聞いている」

シリンは下唇を噛んだ。

父に妻は二人しかない。第二夫人とはつまり、シリンの母アルマのことだ。後を追った？　母がナランを置いてそんなことをするはずはない。けれど暁慶に問いただすこともできない。そんなことをすれば、シリンとナフィーサが双子でないと露見しかねない。

代替わり、父母の死、病。次々に現れる事実が飲み下せないまま喉元につかえた。

「本当なのですか？　何かの間違いでは」

「たしかだ。私とて何度も確かめた。そうでなければ、お前に言えるはずがない」

シリンは息を吸い、吐いた。そうしなければ、呼吸の仕方を忘れてしまいそうだった。

「……アルタナは、どうなるのです」

「族長の子が後継に立ったと聞いている。まだ成人してまもない若者だそうだ」

弟ナランの顔が即座に浮かんだ。それは長を継いだ凜々《りり》しい横顔などではなく、出立の日に行っては嫌だと泣いたあどけない弟の顔だった。

「駄目です、あの子はまだ幼すぎる」

父が急死したのなら、族長としての手ほどきも十分に受けられていないだろう。ナランはやっと十三になったばかりだ。あの小さいナランが、ヨクサルに蹴とばされて泣いていたナランが、一人でアルタナを率いることなどできるわけがない。

どくどくと鼓動の音が耳を塞いだ。心臓が熱くてたまらない。熱くて熱くて、胸の中に収めておけないくらいだ。シリンは思わず首元をかきむしった。

「杏妃」

呼び声に、はっとして顔を上げた。

「落ち着け。お前が取り乱しても、祖霊が惑うだけだ。睡妃にも今頃、兄上から話しているだろう。濫式にはなるが、いずれ弔いを――」

暁慶の言葉が途切れた。

「泣くな。お前が泣くと、苦しい」

その言葉で、シリンは自分が涙を流していることに気がついた。

暁慶の手がおそるおそる伸びてきて、頬に触れる。その指がシリンの涙を拭った。

指先が熱い。

遠慮がちな手つきに、シリンは嫁いできた夜にも同じことがあったと思い出した。

けれどあの日はまだ、指先に宿った温かさを知らなかった。

一生、知らないままでいられたらよかった。

「泣くなというのに」

シリンは暁慶の手を握りしめ、いっそう激しく泣いた。


シリンとナフィーサは帝の許しを得て、それぞれの邸に壇を設けた。朝と夕に米や餅《もち》、酒や干し肉を供えて弔いの代わりとした。

草原を出る時、これが今生《こんじょう》の別れになるとわかっていた。わかっていたけれど、父や母の死はもっと遠い場所にあると思っていた。たとえ二度と会えないのだとしても、相手がどこかで生きているだけでどれほど救いになるのかを思い知った。

シリンは一人、房で筆をとった。

芙蓉節での褒美として、アルタナへ――ナランへ文《ふみ》を届けることを願い出たのだ。もちろんナランは字など読めないが、濫語と草原の言葉両方に通じる人間に文を託せば、書かれた内容について伝えてくれるはずだ。

あいにく狼燦は伽泉を離れていたが、代わってその役目を買ってでてくれた人がいた。かつて使者としてアルタナを訪れ、シリンに最初に濫語を教えた宦官の老師だ。

「あの旅で、巷《ちまた》で言われるほど長城の外も悪くはないと思いましてな。もう一度行けるものなら行きたいものだと、ちょうど思っていたところです」

老師はそう言って文を携《たずさ》え、隊商の通辞役を兼ねて旅立っていった。

文には「これからは族長として強くあること、何かあったら村の老人たちを頼ること、私たちは濫で不自由なく暮らしているので心配ないこと、なにがあろうと父の遺志を尊《たっと》ぶこと」を書いた。

不安だった。

父は濫との融和《ゆうわ》を願ったが、ナランは最後までシリンたちが嫁ぐことに反対していた。ましてや燕嵐のこともある。ナランが燕嵐の顔を直接見ることはないだろうが、不安は拭い去れなかった。

どうかバヤルの遺志を引き継ぎ、濫と現在の関係を保ってほしい。その願いを一字一字に込め、文を老師に託した。

第四章

シリンは再び車に揺られていた。

頬《ほお》に当たる風はいまだ冷たいが、かすかに花の甘い香りが混じり始めている。

魏江《ぎこう》の氷もすでに割れたと聞いた。シリンたちが目的地に到着する頃には、すっかり溶けて消えているだろうということだった。

街道を行く車から顔を出し、シリンはぼやく。

「茜雲《せんうん》を連れているのに、騎乗できないなんてね」

御者をつとめる宦官《かんがん》は苦笑し、シリンの隣に侍《はべ》った香鶴《こうかく》と緑申《りょくしん》がとりなした。

「退屈でしょうが、ご辛抱ください」

「長旅ですから、いつかお乗りになれることもあるやもしれませんよ」

そうだといいんだけど、とシリンは伸びをした。

このやり取りも、伽泉《かせん》を出てから何度目になるかわからない。

「お前も難儀なことね。私一人乗せれば済むものを、車なんて牽《ひ》かされて」

車を牽く馬の一頭である茜雲が、主人の言葉に同意するように鼻を鳴らした。

シリンを乗せた車は北へと向かっている。

シリンだけではない。前にも後ろにも車と馬が連なり、長い列を成していた。

列の中ほどには、朱塗りの一際豪奢《ごうしゃ》な車が見える。車輪にさえも細かな彫刻がほどこされたその特別な車に乗れる者は、広大な領土を誇る濫《らん》の国にも二人しか存在しない。

行幸である。

二帝とその妃を乗せた車列は、泗水州《しすい》冠斉《かんぜい》へと向かっている。


まだ炉《ろ》が手放せぬ寒さの中にあった頃、永寧宮《えいねいきゅう》がにわかに騒がしくなった。

泗水州都督汪斉盟《おうせいめい》の参内《さんだい》があり、ほどなくして二帝の行幸が決まったのである。

夜半過ぎ、シリンは邸《やしき》で暁慶《ぎょうけい》と向かい合いながら、二度目となる言葉を口にした。

「骨となるまで、後宮からは出られないのではなかったのですか？」

「何事にも例外はある」

暁慶は取り澄ました顔で酒を口にした。

「宗廟《そうびょう》にて十王の儀を執り行う。行き先は泗水の冠斉、魏江に浮かぶ宗廟だ」

十王の儀とは、と説明しかけた暁慶をシリンは制した。

「双蛇神《そうじゃ》をはじめとした十柱の神々に、皇帝と皇后《こうごう》より天地の泰平を知らせ感謝する儀式。

年中行事ではなく、国が富み平らかな時のみ執り行うことができる——合っていますか？」

　暁慶は首肯《しゆこう》した。

「知っていたのだな」

「芙蓉節《ふようせつ》の時とは違います。濫へ来てもう一年が経《た》ったのですよ」

　よろしい、と暁慶は老師のような顔をして頷《うなず》いた。

「それでなぜ、皇后でもない私が泗水へ赴《おもむ》くことになるのですか」

「十王の儀に伴い、冠斉復興への感謝も奉納する。お前たちが嫁いだのはもともと魏江を鎮めるためだから、ここらで双蛇に目通りさせた方がよいと礼部尚書が仰《おお》せだ」

「姉も連れていくのですか？　身籠《みご》もっているというのに」

「宗廟が開かれることは滅多にない。生まれてくる御子への加護と、双子産もついでに願っておけと」

「それも礼部の指示ですか？」

　そんな顔をするな、と暁慶はため息を吐いた。

「十分配慮させる。連れていかねば、春官どもが不吉がどうの禍《わざわ》いがどうのとやかましい。睡妃《すいひ》の子を、生まれてくる前からまずい立場に置くわけにもいかぬだろう」

「それは、そうかもしれませんが」

「案ずるな。兄上が睡妃を危険な目に遭《あ》わせるわけがない」

燕嵐《えんらん》の話題が出ると、シリンはいまだにひるんでしまう。

けれど、離宮へ行くとなれば、燕嵐に接触できる機会が生まれるかもしれない。まさか離宮の護衛の数が、永寧宮より多いということはないだろう。

でも、とシリンは立ち止まる。

真実を確かめることが、本当によいことなのだろうか。

時が経つにつれて、シリンには迷いが生まれていた。

自分一人の胸にしまっておくのが一番ではないのか。そうすれば誰も傷つきはしない。シドリを殺したのが燕嵐なのだとしても、燕嵐がナフィーサを愛し、これ以上ないほど大切にしているのは事実だ。

けれどそう考える度に、優しかった兄の顔が浮かぶ。一人死んでいったシドリは、それをシリンに許してくれるのだろうか。

シドリ兄様、とシリンは何度も記憶の中の兄に呼びかけた。

教えてほしい。私は、どうしたらいい？

「そう悪いことばかりではない。冠斉まで行けば、草原を望むこともできるだろう」

シリンは我に返った。眼前から兄のおぼろげな像がかき消える。

「ですが、なぜ急に十王の儀を執り行うことになったのですか？　永寧宮を空けられるとあれば、準備だけでも大変なことでしょう。それに、皇后位は空位ではありませんか。その役目はどなたが務められるのですか?」

暁慶は渋面《じゅうめん》をつくった。

「貴妃たちの故郷はどこか、知っているか?」

シリンは首を横に振った。

「泗水だ。先日、二人の父である泗水都督が直々に参内し、魏江の宗廟にて十王の儀を執り行うことを願い出た。冠斉の民を労《ねぎら》い、その復興を他州に示したいとな。泗水は代々汪家の土地なのだ。汪と聞いて、貴妃たちの他に思い出す名はないか?」

シリンは首を傾《かし》げた。

「お前が芙蓉節で被った面、覚えていないのか」

「汪斉越《せいえつ》?」

暁慶は頷いた。

「英雄汪斉越は、建国後に泗水に封《ほう》じられた。汪一族は斉越の末裔《まつえい》だ」

暁慶の眉間《みけん》の皺《しわ》が深くなる。

「汪家は建国以来ずっと、重臣の位を占めてきた。現都督にしても、父君が亡くなられて都督を引き継ぐまでは中央で丞相《じょうしょう》の任にあたっていた」

「名門中の名門というわけですね」

「そうだ。都督は当然、娘を入宮さえさせれば皇后に推されて然《しか》るべしと思っていたのだろう。ところが娘たちが入宮してすでに五年、未だ子はなく、冊立《さくりつ》の目途《めど》も立たない。そこへきて輿《こし》入れしたばかりの異民の妃が子を宿したとあれば、焦りもしようというものだ」

名門に生まれるというのも楽ではないらしい。シリンも政略によって嫁いだが、汪家の二人や他の妃は、嫁いだだけでは役目を終えたことにならないのだろう。それは果てのない戦いのように思えた。ナフィーサが蘭玲《らんれい》を庇《かば》ったのは、それを理解していたからだろうか。

「つまり都督殿は、貴妃様方に儀式で皇后の役目を務めさせることで、実質的には皇后であると世に示したいということですか？」

そういうことだ、と暁慶は疲れた様子で頷いた。

「古狸《ふるだぬき》の考えそうなことだ」

「陛下や燕嵐様は、どなたかを皇后に迎えるつもりはないのですか？」

「ない。いま後宮にいる位の高い妃はすべて双子だ。双子の片割れだけを皇后に上げることは許されない。それは、双蛇神を二つに裂くに等しい。かといって双子の両方を召し上げるとなれば、外戚に力を持たせすぎる。兄上も同意見だ」

だから無闇《むやみ》に双子ばかりを入宮させるものではないのに、礼部の爺《じじい》どもにはそれがわからん、と暁慶は盃《さかずき》を空けた。

なんというか、とシリンはまた酒を注ごうとする暁慶から酒器を取り上げた。

「濫というのは、やはり実に面倒な国に思えます」

暁慶の手が、酒器を求めて宙を泳ぐ。シリンはその手をぴしゃりと叩いた。

「否定できんな。永寧宮に長く居ると、人は魔に変わるのだ。魔と化した人間は、権のために策を弄《ろう》することしかしなくなる」

酒が回っているのか、暁慶は珍しく饒舌《じょうぜつ》だった。だから、と言葉を継ぐ。

「旅程は辛かろうが、睡妃も泗水の翠眉宮《すいびきゅう》で子を産んだ方がかえっていいかもしれない。ここで子が産まれると、ろくなことにならん」

暁慶は酒を諦《あきら》め、卓子《つくえ》に突っ伏した。

「ろくなこととは？」

どういう意味ですかと尋《たず》ねようとしたが、静かな寝息が聞こえてきた。

シリンはため息を吐き、暁慶を牀《しょう》へと引きずっていった。

間近でその寝顔を見る。

濫人にしては長いまつげが、胸が上下するのに合わせて揺れていた。

暁慶の健やかな寝息が象徴するように、穏やかな日々が続いている。

しかしそれはまやかしの平穏だ。一度生まれた疑心は水に落ちた一滴の墨《すみ》のように、消えてなくなるということがない。

冠斉の向こうは草原だ。

帰りたいと願ったその場所を見るのが、今は恐ろしかった。

泗水州冠斉の翠眉宮は、花の盛りであった。

玉蘭《ぎょくらん》に連翹《れんぎょう》、桃花に牡丹《ぼたん》。目にも鮮やかな色彩と、むせかえるような香りが一行を迎えた。庭では小さな滝が水音を立て、池に落ちた花弁が複雑な文様を描き出している。花の盛りには少々早い気がしたが、翠眉宮には温泉が湧き、その地熱で春の花もまだ肌寒いうちに咲くのだという。

「泗水は美しいところですね」

ナフィーサがつぶやくと、先を行く蘭玲が得意そうに鼻を鳴らした。

「草原には、こんな場所はないでしょう」

数年ぶりの帰郷を果たしたからか、今日の蘭玲は上機嫌である。侍女《じじょ》に微笑《ほほえ》みかけさえしていた。いつもこうだったらいいのにと思ったが、口に出せることではない。

対照的に月凌《げつりょう》は落ち着かなそうだった。故郷にいい思い出がないせいだろうか。

シリンがそばに寄ると「あまりに華美に過ぎると思わないか？　私の生家も似たようなものなのだが、派手すぎて落ち着かない」とぼやいた。

「ずっと住まうわけではないのですから、よいではないですか。私たちの家は、永寧宮の中です」

それはそうだけど、と月凌は疲れた様子で言った。旅の疲れよりも、花の香にあてられたようだった。

「杏妃《きょうひ》。突然だけど、先に謝っておくとするよ」

「どうされたのですか。月凌様に謝っていただくような覚えはないのですが」

「先に、と言っただろう。今夜は父の邸に赴いて祝宴ということになるだろうけど、たぶん嫌な想いをすると思うから」

月凌は顔を歪《ゆが》めるようにして笑った。

「父はすでに伽泉にはいないのに、誰より永寧宮というものを体現した人だからね」

宴《うたげ》の後には一局打とう、と言い残すと、月凌はシリンとは別棟へと向かっていってしまった。言葉の意味を問いただす隙《すき》もなかった。杏妃様と睡妃様はこちらへ、と導かれるまま、シリンとナフィーサは離宮の奥へと足を踏み入れた。

夜には、月凌が言ったとおり泗水州都督汪斉盟の邸で宴席が設けられた。

シリンはナフィーサの体を案じたが、ナフィーサは「平気よ」と笑うばかりだった。

卓には贅《ぜい》を尽くした料理が所狭しと並べられ、美女たちが広間を舞い踊った。常であれば種々の珍味がシリンの心を捉《とら》えて離さないはずだが、権をひけらかすような雰囲気に、あまり箸《はし》が進まなかった。

燕嵐や暁慶もこういった趣向が好きだとは思えないけれど、と彼らの表情をうかがった。

燕嵐は口元に笑みを湛《たた》えているが、暁慶はつまらなそうな顔を隠そうともしていない。月凌は普段の元気をすっかりなくしているように見える。蘭玲だけが父親と積極的に言葉を交わし、華やいだ様子を見せていた。

どうやら主催者である汪斉盟が、この場を最も楽しんでいるようである。彼はまだ宴も半ばというのに脂《あぶら》ぎった顔を赤らめ、邸中に響き渡るような声で笑い、酌《しゃく》を受けていた。

「しかし目出度《めでた》いことですなあ！　冠斉も賑わいを取り戻し、草原の脅威《きょうい》も除かれた。そして陛下にいよいよ御子がお生まれになるとは！　祝い事に事欠きませんな」

燕嵐は鷹揚《おうよう》に笑って応《こた》えた。

「冠斉の街を見て安堵《あんど》した。失ったものは戻らないが、見事に復興している。都督殿の采《さい》配《はい》と、民の頑健さには恐れ入る」

「とんでもない！　陛下方のお力添えと、双蛇神の加護あってのことです」

謙虚な言葉とは裏腹に、斉盟は派手な笑い声を立てた。

暁慶は何も言わず、黙って盃を口に運んだ。

「陛下がお越しくださったことで、民も安んじましょう。この上最初の御子がこの地でお生まれになるとなれば、あまりにも名誉なことでございます」

燕嵐は微笑みで応え、暁慶と何事か話し始めた。

燕嵐の注意が逸《そ》れたのを見てとると、斉盟はシリンたちの方へ視線を走らせ、大げさに

うもいくまい」

「口惜しいのは、身籠ったのが蘭玲でなかったことだけですな。蘭玲に子が生まれれば、泗水の民もさぞや喜び、濫もますますもって安泰であったであろうに。異民との子ではそうもいくまい」

肩を落とした。

のう？　と斉盟は隣で静かに箸を進めていた妻の顔を覗《のぞ》き見た。

「ええ」と妻は硬い表情で箸を置き、口元を拭《ぬぐ》った。

「本当にそうですこと。まさか後から入宮なさった方が先に身籠るとは。獲物《えもの》を掠《かす》め取られた鷺《さぎ》のような気分でございます」

妻はちらりとナフィーサを見やった。それ以上何も口にすることはなかったが、視線には敵意と侮蔑《ぶべつ》がありありと滲《にじ》んでいた。

「なに、あれ。気にすることないわよ」

ええ、とナフィーサは微笑んだ。

「あの方たちからしてみれば、私の存在は愉快なものではないでしょう。ため息一つで済ませてくれるのなら、なんでもないことだわ」

ナフィーサは涼しい顔で料理に箸を付けたが、シリンは面白くなかった。歓迎の宴席だというのに、シリンとナフィーサは歓迎される数の内に入っていないらしい。

視線を感じて顔を上げると、上座で月凌がすまなそうに眉を下げていた。

大丈夫です、とシリンは口の動きで伝えた。

月凌が気にすることではない。斉盟とその妻は月凌を幽閉していた張本人だ。親とはいえ、なぜそんな人間相手に月凌が気を揉む必要があるだろう。真に気に病むべき男はしかし、月凌のそんな様子にも気づかず、盃を空けるとまた口を開いた。

「蘭玲、どうだ。わしに早よう孫の顔を見せてくれんか」

さすれば陛下のお心も安んじよう、と斉盟は笑い声を上げた。そばに侍った女たちは美しい笑みを返してみせたが、他に笑うのは斉盟の部下たちばかりだった。

おそるおそる蘭玲を盗み見ると、先ほどまでの華やいだ様子は失せ、ただ黙って盃を手にしていた。見れば、盃に満たされた酒の水面が小刻みに揺れている。

シリンははっとした。

蘭玲の耳は赤く染まり、口元はきつく結ばれていた。

娘の様子に気づかないのか、斉盟はさらに話を続ける。

「我が娘ながら、蘭玲はまこと美しい。永寧宮に送り出した時も美しかったが、今ではまるで天女と見まごうばかりではないか。我が娘の前では、満月や牡丹も霞《かす》むだろう」

この男は、いったい何を見ているのだろう。シリンは奥歯を噛《か》みしめた。

「加えて、我が娘の美しいところは容貌《ようぼう》だけではないですからな。足にいたるまで、妃に相応《ふさわ》しく育て申した。蘭玲であれば、間違っても羊を追ったり、馬に乗って野を駆けるようなことはございますまい」

シリンの頭にかっと血が上った。今まで我慢に我慢を重ねて喉《のど》に詰まっていたものが、とうとう外へと転がり出る。

「自分の娘を褒めるのに、容姿しか言うことがないの」

声は思いのほか大きく、宴席に響いた。

暁慶がため息を吐くのが見えたが、一度口にした言葉を取り消すことはできない。

斉盟が不快そうに眉をひそめた。

「これはこれは。大輪の花を前にして、まずその艶《あで》やかさを讃《たた》えることに異論ある者はおらんでしょう。それとも異国から来た妃殿下には、花を美しいと褒める前に言うべきことがあると?」

シリンが口を開こうとしたその時、隣ですっと立ち上がる気配があった。驚いて見上げると、ナフィーサが静かに立っていた。

燕嵐や暁慶、宴に列席した全員が何事かとナフィーサに注目する。

「妹が無礼を申しました。恐れながら、代わって返答をお許しください」

「睡妃。宴に水を差すような真似はよしなさい」

蘭玲の言葉にいつもの勢いはなく、その目には、陛下や父母のいる前でいったい何を言うつもりかという恐れが見えた。

ナフィーサは一礼して「どうかお許しを」となおも言い募った。

斉盟は、ナフィーサの膨らんだ腹を忌々《いまいま》しそうに一瞥した。しかし帝《みかど》の手前無視することもできず、発言を促《うなが》した。感謝致します、とナフィーサは口を開いた。

「貴妃様はたしかにお美しい。しかしそのお美しさは、ご容貌だけではありません」

ナフィーサは言葉を切ると、斉盟ではなく蘭玲の方を向いた。

「貴妃様の最もお美しいところは、心根のお強さです。重責を背に負いながら、誰にその荷を預けることもない。私のような、異国から参った身にも感じられることです。どうか都督殿にもお察しいただきたく」

しん、と宴席は静まり返った。

斉盟一人が首をひねり、「はて、妙なことを言うものだ」と妻に話しかけていた。

シリンはいつ怒声が飛んでくるものかと、蘭玲を見やった。

しかし蘭玲は呆《ほう》けたように口を半開きにし、ナフィーサの顔を見上げていた。

「差し出がましいことを申しました」

ナフィーサがそう言って座ると、今度は弾かれたように蘭玲が立ち上がった。

「どうした、我が娘よ」

「父上、わたくしは気分が優れません。房《へや》に下がらせていただきたく思います」

蘭玲は燕嵐と暁慶に拝礼すると、斉盟の返事を待たずに宴席を去った。

斉盟は目を丸くし、「いやはや、娘が失礼を」とごまかすように笑った。

シリンは思わず立ち上がり、蘭玲の後を追った。言いたいことや、言うべきことが思いついたわけではない。ただ、体が動いたからそうしただけだった。

外に出るとすぐに、回廊の突き当たりに蘭玲が立ち尽くしているのが見えた。夜の闇の中でも、その目に光るものがあるのがわかった。見てはいけないものを見てしまった気がして、シリンは柱の後ろに隠れようとしたが、遅かった。その前に蘭玲とはっきり目が合ってしまった。

「あなた、何しに来たの。逃げたわたくしを笑いに来たっていうわけ」

「……違います」

シリンは物陰《ものかげ》から出て、蘭玲のそばに寄った。それが正しいことかわからなかったけれど、懐《ふところ》の手巾《しゅきん》を差し出した。

払い退《の》けられるかと思ったが、意外にも素直に受け取られた。蘭玲が涙を拭うと目の周りの紅が剝げたが、その美貌を損なうには瑣末《さまつ》すぎることだった。

「そうよね。あなたがそんなことをするはずがない。あなたたち姉妹はいつも正しい」

間違いを犯すのはいつも私、と蘭玲は手巾を握り込んだ。

「……同じなのよ」

「なにが、同じなのですか？」

「睡妃がわたくしを評した言葉。あれは昔、燕嵐様がまだ皇太子でいらした頃にかけてくださった言葉と同じ」

嫌になる、と蘭玲は鼻をすすった。

シリンは返す言葉が見つからず、突き返された手巾をただ黙って受け取った。

「汚して悪かったわ。明日、あなたの部屋に新しいものを届けさせます」

そう言って蘭玲は背を向けて歩き始めたが、しばらくして立ち止まった。

「今わたくしが言ったこと、全部明日には忘れなさい」

振り返った顔は笑っていた。

「あなた方はわたくしと違ってお優しいから、そうしてくれるでしょう?」

蘭玲は今度こそ回廊を遠ざかっていった。ゆっくりとぎこちない足取りで、しかし誰の手も借りず、いつものように歩揺《ほよう》を鳴らしながら歩いていった。

その背を見送りながら、シリンは気がついた。

蘭玲が浮かべた笑みは、いつか月凌が見せた諦念《ていねん》の笑みによく似ていた。


翌朝、シリンは扉を叩く音で目を覚ました。

目を開けても、辺りはまだ闇に包まれていた。太陽の気配はまだ遠く、夜明けには今少し時間がかかりそうだった。

見知らぬ天井を見つめ、昨夜はそのまま斉盟邸に泊まったことを思い出した。

「香鶴？　いくらなんでも早すぎるわよ……」

寝ぼけながら侍女の名前を呼ぶと、香鶴のものよりいくぶん低い声が答えた。

「杏妃、私だよ」

シリンは驚いて牀から飛び起き、扉を開けた。

「どうなさったのですか？」

シリンは声を潜めて尋ねながら、声の主——月凌を房に入れた。

「昨日の晩、房に来なかっただろう。おかげで私は侍女を捕まえて打つことになったんだからね。私の侍女が象棋《しゃんちー》と聞くとどんな顔をするか、知っているだろう？」

申し訳ございません、とシリンは頭を下げた。昨夜は蘭玲と別れた後、なんだかぼうっとしてしまい、早々に床《とこ》についてしまった。

「だから、今日は違う遊びに付き合ってもらおうと思ってね」

シリンは薄明かりに照らされた月凌の姿を見て、違和感に気がついた。

「月凌様、そのお召し物はどうなされたのですか」

月凌が纏《まと》っているのは、侍女どころか町娘が身に着けるような代物《しろもの》だった。普段の月凌も簡素な衣裳が多いとはいえ、布地の質からしてまったく違う。

「『遊び』に必要なんだ。さ、杏妃も着替えて」

月凌は胸に抱えていた服をシリンに押しつけ、後ろを向いた。渡された衣服も、やはり粗末なものである。

わけがわからないまま着替え終わると、月凌に手を引かれて房を出た。月凌の房へ向かうのかと思ったが、足取りは中院《なかにわ》を抜け、誰もいない厨《くりや》の中へと入った。火の気配もまだない厨は、ひんやりとした空気に包まれている。

「どこへ行かれるのですか？」

月凌は振り返らずに笑った。

「察しが悪いな！　こんな服を着てすることは一つだろう。街へ繰り出すんだよ！」

月凌はとうとう走り出し、厨の勝手口を出て庭を横切り、城壁に沿って生えた大樹の前で止まった。息を弾ませながらにんまりと笑い、樹を指さす。

「これに登って、壁を越えるんだ」

シリンは一瞬呆気《あっけ》にとられたが、すぐににっと笑い返した。

「月凌様。初めてではありませんね？」

「ご名答。子供の頃にもここから逃げた。あの時はすぐ捕まったけど、今度はそうはいくものか」

シリンは笑い、樹の幹に手をかけた。固いその感触は、後宮でやわらかく綺麗《きれい》なものにばかり触れてきた手には、ひどく懐かしかった。

シリンが先に登りきり、月凌に手を貸した。

無事に壁を越えて離宮の外へ飛び降りた時、思わず二人で顔を見合わせて笑った。

「行こう！　街を案内できたらよかったんだけど、あいにく私も初めて歩くんだ」

月凌が大股《おおまた》に歩くので、シリンはほとんど小走りになった。

誰もいない小路をしばらく行くと、水音が聞こえてきた。魏江のせせらぎだ。どちらからともなく、歩調が早まる。

東の空から陽が上り始める頃、二人は魏江の前に立った。目の前に現れた大河は朝日に水面をきらめかせ、白い光を絶えず放っていた。まぶしい、まぶしいと、何もおかしいことなどないのに二人で笑った。

河にはすでに漁船が繰り出している。舟上に人の姿をみとめると、月凌は懐から斉越の面を二つ取り出し、一つを自分が付け、一つをシリンに差し出した。

「私たちは二人とも、顔を出してたら変装の意味がないからね」

「面を付けている方が目立ちませんか？」

「ここ冠斉は斉越の膝《ひざ》元だ。それに、芙蓉節での弓の名手の話が広がってから、斉越の再来だって騒がれてるみたいでね。面がそこら中で売ってるから、目立ちやしないさ」

伝説の武人の再来などと言われると、面映《おもは》ゆい気がした。またお世話になります、とシリンは面を被った。

「私、初めて見たよ。魏江も、冠斉の街も」

月凌は感慨深げに言った。もしかすると、十王の儀が執り行われなければ、月凌は一生故郷の街を見ることがなかったのだろうか。月凌にその機会が与えられたのなら、それだけでも行幸があってよかったのかもしれない。

「あれが宗廟だね」

月凌が指さしたのは、中洲《なかす》に建つ立派な廟だった。河に張り出した舞台も朱《あか》い屋根も、すべてが朝日に照らされ白く輝いている。

てっぺんに鎮座する双蛇に、輿入れの時にも見た廟だと思い出した。

「草原から来たばかりの頃、ここを通りました」

「それなら、私よりも杏妃の方が先に宗廟を見ていたんだな」

仮にも私の故郷だっていうのに、と月凌は笑った。

「不思議です。あの時は、ただ恐ろしかった。大河も双蛇も長城も、濫という国のすべてが怖かったのに」

今はどう？　と月凌はまぶしさに目をすがめた。

舟が二人の前を通り過ぎていく。舟上では、獲《と》ったばかりの草魚が何匹も跳ねていた。

舟上の漁師が二人の視線に気づき、大きく手を振る。

「今は……怖くないものも、増えました」

シリンと月凌は、漁師に向かって手を振り返した。

舟が行ってしまうと、シリンは「さて」と月凌に向き直った。

「河ばかり見ていてはもったいないです。どこか行きたいところはございませんか？」

「そうだね、市《いち》には行ってみたいな。ちゃんとお金も持ってきたんだ」

月凌は懐から財嚢《ざいのう》を出して見せた。中にはみっしりと金子《きんす》が詰まっている。

「月凌様、そんなものを見せたら市の者は卒倒してしまいます」

シリンは厳重に財嚢を仕舞わせた。質素を好んではいても、やはり月凌も名家の出身には違いない。

「杏妃は、草原を見たいんじゃないか？」

「……いえ。止めておきます」

見たい。見たいけれど、今は恐ろしさがまさる。故郷のこと、シドリのことを考えるのが怖い。考えることから逃げている自分がいる。

「そうか。じゃあ、市へ行こう。きっと後宮では食べられないものもたくさん売ってるさ」

月凌はそう言ってシリンの手を取った。

「輿入れの道中でもいろいろ食べました。そうだ、私、筍《たけのこ》入りの包子《ぱおず》が食べたいです。嫁いできた時は冬だったから、まだ筍はなくて」

「よし、まずは朝餉《あさげ》代わりにそれを探そう。なんなら市ごと全部買い占めようか」

「そんなことをしたら、邸から逃げたのがすぐにばれてしまいますよ」

そうだった、じゃあこっそり楽しむとしよう、と月凌は子供のように笑った。

市は早朝にもかかわらず、すでに賑わいを見せていた。

「包子の屋台はどの辺りだろう」

見回すと、目に入るよりも先にいい匂いがしてきた。思わず生唾《なまつば》が湧く。

「向こうのようですね」

鼻を頼りに進むと、思ったとおり食べ物の店が軒《のき》を連ねていた。朝の冷たい空気の中、屋台からはもうもうと湯気が上がり、暴力的な匂いを撒《ま》き散らしている。

シリンは空腹を思い出し、目当ての筍の包子を見つける前に羊の串焼きを買ってしまった。その間に、月凌が包子の店を見つけ出してくれた。

「豚肉と筍だそうだ」

シリンは歓声を上げ、一つ受け取った。月凌には羊串を一本渡し、早速かぶりついた。

熱々の肉汁が口中にほとばしる。肉の中に時おり顔を出す筍の歯触りがたまらない。

一年待った味は、たしかに美味だった。けれど何かが足りない。緑申の作る包子の方が、もっと美味《おい》しいような気がした。

私たちの家は、永寧宮の中にある。

昨日月凌に向けた言葉が、自分に返ってきたようだった。美味しいな、とはしゃぐ月凌には言い出せなくて「本当に」とシリンは笑った。ごまかすように、大口を開けて串焼きと包子を頬張った。

食べ終えると、二人は連れ立って市を巡った。二人連れで揃《そろ》いの面を付けているとさすがに目立つのか、時おり雑踏から「汪斉越！」とからかうような声が上がった。月凌が笑って手を振り返すと、口笛が飛んだ。

あまり目立っては、とシリンがささやいても「このくらい目立ったうちには入らないだろう」と月凌は笑った。

「目立つというなら、あれくらいやらなくちゃ」

月凌が示した辻《つじ》では、芸人たちが火吹きの曲芸を見せていた。観衆がやんやと拍手し、小銭を投げる。私も行って投げようかなと月凌が言うので、必死に止めた。小銭が降り注ぐ中に金子が落ちてきたら、騒ぎになってしまう。

市を見て回るうちに、月凌は書物を扱う店の前で足を止めた。どうやら象棋の書を見つけたらしい。

「杏妃、すまないが私はここからしばらく動けそうにない。その辺を一回りしたら、またここに戻ってきてくれ」

声音《こわね》はすまなそうだが、その間も月凌の目は忙《せわ》しなく書物の字を追っている。こうなったら梃子《てこ》でも動かないだろう。

シリンは小銭を分けてもらい、仕方なく一人で店を見て回った。

漬物に反物、簪《かんざし》に調度、農具に家畜。およそ考えつく限りすべてのものが売り買いされている。さっきの食べ物の屋台のところに戻ろうかと思ったところで、シリンはふと、店の前に繋がれた驢馬《ろば》の前で足を止めた。

驢馬の鞍《くら》や手綱《たづな》にほどこされた刺繍《ししゅう》が目を引いたのだ。その色彩や紋様は、明らかに濫のものではなかった。シリンはしゃがみ込み、まじまじと刺繍を見つめた。

草原の、太陽紋だった。

シリンはその図柄を久しぶりに目にした。濫に嫁いだばかりの頃は、寂しくなる度に婚礼衣装の荷を解き、耳飾りや衣裳に縫い込まれた紋様を懐かしくなぞったものだった。最近ではめっきりそんなこともなくなったが、やはり目にすれば懐かしさが胸にあふれる。

シリンは驢馬に向かって「素敵な刺繍ね」と話しかけた。黒く潤んだ目がシリンの方を向く。手を差し伸べると、驢馬の湿った口が手の甲を食《は》んだ。こそばゆさに、シリンは小さく笑った。

「こういうの、好きかい？」

背中にかけられた声に、シリンは体を跳ねさせた。

振り返った時、もう少しで声を上げるところだった。

そこに立っていた女の、彫りが深く目や鼻の大きな容貌は、濫人ではあり得なかった。

草原の民だ。

「驚かせたかい？　悪かったね」

女が口にしたのは、たどたどしい濫語だった。斉越面で顔を隠したシリンのことを、濫人だと思っているのだろう。

「あたしは見てのとおり北から来たんだけど、向こうで店を出してんだ。驢馬のじゃなくて、人間用の首飾りなんかも置いてるよ。よかったらお嬢さん、見においで」

ありがとう、とシリンも濫語で答えた。

「ぜひ見せてほしいわ」

きっと、見ない方がいい。懐かしい品々を見ても苦しくなるだけだ。

けれど女の腕に幾重にも巻きついた腕飾りや、耳で揺れる太陽紋、焼けた肌の放つ乾いた匂いに、シリンは抗《あらが》うことができなかった。

女について歩いていくと、目に見えて草原の品を扱う店が増えた。店主の顔を見れば、濫人も草原の民もいる。そんな都合のいいことはあるはずがないと思いながらも、知った顔を探してしまう。そしてやはり、見知った顔は見あたらなかった。落胆《らくたん》しながらも、シリンはどこかでほっとしていた。

店に並んだ品々の中には、見慣れないものもあった。香辛料の袋詰めを並べた店の前を通った時には鼻の奥がひりひりする香りがしたし、玻璃《はり》の簪や腕輪ばかりを並べた店の前には女たちが群がり、商品を陽《ひ》に透かしてうっとりと眺めていた。おそらく干陀羅《かんだら》やそのさらに西、あるいは南方の国々から来たのだろう。

普段ならシリンも南方の果物の甘い香りに心奪われただろうが、今は女の背を追うことに必死だった。

女の店はすぐにわかった。

あそこだよ、と女が言うよりも先に、シリンは駆け出した。店先に並べられた木彫りや銀の装身具の数々、刺繡をほどこした布地、羊の毛糸とその毛織物。男たちの被る帽子や、さっきの驢馬がつけていたような刺繡や房飾りもある。

女の夫だろうか、店の番をしていた男が顔を上げた。

「いらっしゃい、面の嬢ちゃん」

男は濫語が喋《しゃべ》れないのだろうか、濫の出で立ちのシリンにも草原の言葉を投げかけた。

シリンは唇を強く嚙んだ。そうしないと、泣き出してしまいそうだったからだ。どれだけ同じ言葉で挨拶《あいさつ》を返したかったかわからないが、言葉がわからないふりをして、小さく首を傾げるに留めた。

「嬢ちゃん、待っとくれよ。そんなに急ぐほど気に入ってくれたのかい？」

「ごめんなさい。昔、ここにあるのと同じようなものを持っていたことがあって、懐かしくって」

「同じようなもの？　へえ、行商人の親戚でもいたのかい？　今は珍しくもないけど、昔はこんなに自由に行き来できなかっただろう」

そんな感じよ、とシリンは曖昧《あいまい》に笑い、商品を手に取った。

太陽紋の耳飾りに、狼《おおかみ》紋の首飾り、鳥紋の帯飾り。どれもこれも、シリンが婚礼衣装として持ち込んだものとよく似ている。作りは粗《あら》いが、木や糸で刻まれた紋はたしかに同じものだ。

「前に持ってたってのは、どんな模様だったんだい？」

女はシリンの隣で商品を見渡した。探すのを手伝ってくれるつもりらしい。

「たぶん、これ……」

シリンは太陽紋を指さした。

どれか一つ選ぶのなら、やはり太陽紋になる。太陽は、草原の民すべてにとって最も貴《とうと》い神だ。

「これかい。これはね、日輪の紋様なんだよ」

女は手近にあった首飾りをシリンの掌《てのひら》に載せた。円形の銀に太陽紋が刻まれ、周りにはいくつも赤い房飾りがついている。

シリンが紋様をよく見ようと体の向きを変えた瞬間、誰かがぶつかってきた。

思わず首飾りを取り落とし、尻もちをつく。

ぶつかった誰かは立ち止まることなく走り去り、もうその背は遠くなり始めていた。よくよく見れば、まだ子供だ。子供は通りを駆け抜け、やがて人波の中へ消えてしまった。

シリンは立ち上がって取り落とした首飾りを拾い、店の主人に声をかけた。

「すみません。これをください」

「あらあ。いいんだよ別に、気を使って買わなくても。落としたくらいなんでもないんだからさ。今のはぶつかってきた小僧が悪いんだ。それより、怪我はないかい？」

「大丈夫です。それに、落とさなくても買うつもりだったので」

「そうかい？　じゃああありがたく売らせてもらうよ。色はそれでいいのかい？」

違う色もあるんですか、とシリンが尋ねると、女店主は夫に指図して奥から色違いの首飾りを持ってこさせた。

差し出されたのは、房飾りが緑色のものだった。その明るい緑は、ナフィーサの目の色を思わせた。そうだ、とシリンは思いつく。

「これ、二つともください」

女店主は上機嫌になり「今日はもう店じまいしてもいいくらいだ、まいどありがとうね」と歯を見せた。

シリンは立ち去りがたく、女店主に話しかけた。

「おかみさんは、草原のどちらから来たのですか？」

女はわずかに怪訝《けげん》そうな顔をした。それはそうだろう。濫人で草原の氏族の名がわかる者などそうはいない。

シリンは意を決し、おもむろに面を取った。

女は驚いた目をしたが、すぐに顔を綻《ほころ》ばせた。

「なんだ、お客さん草原の人だったのかい。それなら早く言っとくれよ」

店主の言葉が草原のものに切り替わり、嬉《うれ》しげな色を帯びた。

「どこの出だい？　あたしはムジカだ」

アルタナです、とシリンは震える声で答えた。

「アルタナ！　そうかい、ご近所じゃないか」

「あの、私はいま濫に住んでいて、長いこと帰れていないんです。アルタナは今、どうなっていますか。族長が代わったと聞きました」

「そうねえ。まあ、大変だという話は聞くけれど。でも、代替わりの時はいつもそうじゃない。心配することないわよ、少しすれば落ち着くでしょ」

シリンはほっと息を吐いた。とりあえず、ムジカにまで伝わるような変事はないらしい。

「前族長は、なぜ亡くなられたんでしょうか」

「娘を濫国に送り出してから、病を得たと聞いたよ。アルタナ族長の娘が濫に嫁いだおかげであたしたちはこうして商売できてるけど、やっぱり親としては辛いものがあったのかねえ」

「……そうですか」

「それより、故郷に帰れないなんて辛いだろう。あたしはそろそろ草原に戻るからさ、よかったらアルタナに寄ってあんたのことを言付けようか」

名前は？　と問われ、シリンは言葉に窮《きゅう》した。シリンの名は草原ではありふれたものだが、濫に嫁いで妃となった娘が市にいると知られるわけにはいかない。

「そこまでしていただくわけにはいきません。話を聞かせてくれて、どうもありがとう」

シリンは面を被りなおし、後ろ髪を引かれる思いで店を離れた。女の声が背中を追ってきたが、聞こえないふりをした。

シリンは買ったばかりの首飾りを握りしめ、草原の匂いを振り切るようにもと来た道を辿《たど》った。月凌と別れた店に戻ると、ちょうど巻物を何本も脇に抱えた月凌が出てきたところだった。

「見てくれ、大漁だ。とりあえずあるだけ買ったんだよ」

月凌は上機嫌に書物を見せてきたが、シリンは頷くことしかできなかった。

「杏妃？」

月凌がシリンの顔を覗き込む。

「すみません、なんでもないんです」

月凌はシリンが握った首飾りを見て、だいたいの事情を察したようだった。

「ごめん。市には草原からの商人も多いと聞いたから、少しは気が晴れるかと思ったんだけど。このところずっと元気がなかっただろう?」

連れてこなかった方がよかっただろうか、と月凌はおそるおそる尋ねた。

「いいえ」

胸が詰まって、シリンはただ首を横に振った。

「来られて、よかったです」

なんとかそれだけ吐き出した。月凌は抱えていた巻物を地面に下ろすと、シリンの手を握り、頭を自分の肩に埋めさせた。どうしてか、母に抱きすくめられた時の匂いを思い出した。

母はもう、長城の向こうにもいないというのに。

シリンはすがるように月凌の衣をつかんだ。

ひゅう、と口笛が聞こえた。

見ると、往来で抱き合う二人はずいぶん目立つ上に、通行の妨《さまた》げになっているようだった。陽も高くなり、市を行き交う人の数もますます多くなっている。急に恥ずかしくなり、月凌の袖《そで》を引いて路地に入った。

「そろそろ帰りましょうか。私たちがいないことが知れると、騒ぎになるかもしれません」

そうだね、と月凌が頷きかけた時、背後に気配を感じて振り返った。

男が二人立っていた。商人風の身なりだが、彼らはどこか街から浮いている。シリンは身構えたが、月凌は落胆したように言った。

「なんだ。ついてきてたの？」

シリンが男たちと月凌との顔を見比べると、「こいつらは狼燦《ろうさん》の部下の宦官だ。後をつけてきていたんだろう」とつまらなそうな顔をした。

シリンはなんとなく、握っていた首飾りを懐に隠した。取り上げられることはないだろうが、宦官たちの目に触れれば狼燦の耳に入るだろうし、いずれは暁慶の知るところとなるだろう。

「せっかくうまく抜け出せたと思ったのに」

宦官は「お楽しみに水を差してしまい申し訳ないですが」とにこりともせず言った。

「護衛もなしに街を歩かれるなど、まったく何を考えておいでか」

「じゃあ、素直に街に行きたいって言ったら許してくれた？」

「そんなわけないでしょう」

宦官はため息を吐くと、今度はシリンに向きなおった。

「杏妃様も、貴妃様の無茶に付き合うことはありません。狼燦様も案じておりましたよ」

じゃあ自分で来ればいいのに、と月凌がぼやくと、宦官は頭を振った。

「狼燦様は儀式の準備に奔走《ほんそう》しておいでですので。さあ、帰りますよ」

「わかったって。ちょうどそのつもりだったしさ」

月凌は大量の書物を宦官の一人に押し付けた。

「それと、杏妃は私が勝手に連れ出しただけだ。叱《しか》るなら私だけにしておいてくれ」

歩き出して、シリンはふと北を振り返った。

そびえ立つ長城が視界を阻《はば》む。その向こうに広がっているはずの草原は見えなかった。

背後についた宦官が、何かあるのかと訝《いぶか》しみ、シリンと同じように後ろを見た。

「なんでもないのよ」

シリンはぎゅっと拳《こぶし》を握った。爪が掌に突き刺さる。草原にいた頃は、常に爪はすり減り、伸びる暇などありはしなかった。

もはや自分は、草原の民ではない。

濫の女になったのだ。

シリンは前を向き、再び歩き出した。もう振り返ることはなかった。


「どこへ行っていたの。心配したわ」

離宮でナフィーサに迎えられ、シリンは首をすくめた。

「ごめんなさい。月凌様に街へ連れて行ってもらっていたの。内緒よ」

怒られるかと思ったが、「それなら私も行ってみたかったのに」とナフィーサは拗《す》ねた顔をした。

「悪かったわ。でも、宝物をお腹《なか》にしまってる人のことは連れて行けないもの」

シリンが言うと、わかっているわ、とナフィーサは膨らんだ腹をさすった。

「そうだ、お土産《みやげ》があるの」

懐をまさぐり、太陽紋の首飾りを取り出すと、ナフィーサは小さな歓声を上げた。

「市にムジカの人がいたの。そこで買ったのよ。緑と赤。この緑はナフィーサの目の色と同じでしょう？」

シリンは緑色の方を渡そうとしたが、ナフィーサは赤がいいと言った。

「赤はシリンらしい色でしょう。緑が私なら、お互いの色を持つ方が素敵じゃない？」

たしかにそうだ、とシリンは緑の方を取って首からかけ、服の中に隠した。

「草原のものを置いた店は一つじゃなかったの。いろんな氏族が店を出してたわ」

そうなの、とナフィーサは目を細めた。

「草原と濫とが自由に行き来できるようになったのなら、私たちが濫へ来たことも無駄ではなかったのかもしれないわね」

「……そうね」

シリンはナフィーサに赤い首飾りをかけてやった。

「生まれて来る子が、汗馬《かんば》のごとく強く、肥羊《ひよう》のごとく富んだ者になるよう」

草原での安産祈禱《きとう》の決まり文句だ。

ナフィーサは子を抱きしめるかのように、両手で腹を包み込んだ。

第五章

十王の儀は、新月の晩から夜明けにかけて行われる。

シリンたちは翠眉宮《すいびきゅう》でその日を待った。

十王とは、双蛇神《そうじゃしん》と八柱の獣神《じゅうしん》を指す。双蛇神には皇帝が、その他の獣神には童子たちが扮する。皇后は濫《らん》の民、地に生きる人の象徴となる。今回その務めを果たすのは、二人の貴妃だ。

新月が近づくと、獣神役の童子たちが翠眉宮にやって来た。童子は八歳から十三歳までの皇族や貴族の子弟から選ばれる。名門の出である彼らは、親元を離れたことなどないのだろう、皆一様に不安そうな顔をしていた。

その中に、ナランと歳頃《としごろ》が近く背格好もよく似た少年が一人いた。しかし、シリンがアルタナを離れてもう一年だ。今ではきっとナランはあの少年よりも背も伸び、大人びた顔つきになっていることだろう。

シリンは童子たちから目を逸《そ》らし、房《へや》に引っ込んだ。

いよいよ新月を迎えた晩、シリンは日暮れと共に床《とこ》につき、夜更《よふ》けに目覚めた。

香鶴《こうかく》と緑申《りょくしん》に揺り起こされ、牀《しょう》を抜け出す。冷水に身を震わせながら体を洗い、口の中も塩水ですすいだ。そのわずかな塩味にさえ、生唾《なまつば》が湧いた。身を清めるため、昼間に粥《かゆ》をすすってから何も食べていないのだ。

シリンは白い喪服のような襦裙《じゅくん》に着替え、薄赤い被帛《ひはく》を纏《まと》った。目元には濃く紅を引き、額《ひたい》の中央に花鈿《かでん》を付ける。頭には金冠を頂いた。真っ白に塗りたくられた肌と白い襦裙のせいで、鏡に映る己はまるで幽鬼のようにも見える。夜の帳《とばり》が下りた中、揺れる灯《あかり》だけが頼りのせいだろうか。

侍女《じじょ》たちは無言で一礼し、房を下がった。

宗廟《そうびょう》は聖地のため、儀式に関わる最小限の人間しか立ち入ることが許されない。二帝と貴妃二人、シリンとナフィーサ、童子八人だけが廟へと足を踏み入れられる。

前院《まえにわ》へ下りて行くと、ナフィーサと月凌《げつりょう》、蘭玲《らんれい》がすでに待っていた。

蘭玲は自分より遅れてきたシリンをじろりと睨《にら》んだ。しかし儀式が終わるまでは言葉を発することも許されていないので、何も言わなかった。

最後に二帝が到着すると、一行は動き出した。

花々の香る夜闇《よやみ》の中を、松明《たいまつ》の灯が一列になって移動していく。民はまだ深い眠りの中にあり、通りは時おり犬の吠《ほ》え声が響くだけだった。言葉も楽もなく、滑るように冠斉《かんぜい》の街を移動する炎の列は、この世のものではないかのようだ。

シリンたちは列の中ほどで輿《こし》に揺られていた。見る者もないのに飾り立てられた、朱塗りの輿である。上下に揺さぶられ、これは車よりさらにひどい乗り物だと思った。しかし輿を担《かつ》ぐ宦官《かんがん》たちの労苦を思えば、そんなことは口に出せない。

せせらぎの音が聞こえてくると、揺れが止んだ。輿が地面に下ろされる。

目の前に広がる魏江《ぎこう》の川面は黒く、その流れも目には見えなかった。灯のともされた宗廟だけが、闇の中にぽっかりと浮かび上がっている。

燕嵐《えんらん》と暁慶《ぎょうけい》は、いつの間にか双蛇の面で顔を覆《おお》っていた。彼らはすでに人の王ではなく、神の化身となったのだ。

二帝と貴妃たちの後ろを、シリンはナフィーサと並んで歩いた。獣神を模した面を付け、それぞれの神を象徴する神具を捧げ持った童子たちがそれに続く。

正装した護衛たちが、魏江の河縁《かわべり》に一列に並んだ。松明に照らされた中には、狼燦《ろうさん》の顔もある。武装した横顔からは、いつものふざけた雰囲気は消え失せていた。夜闇のなせる業《わざ》なのか、まるで別人のようだ。

彼らを岸に残し、シリンたちは一艘《そう》の舟に乗り込んだ。舟底を踏み締めた感触が、闇を踏むようで心許《もと》ない。

一行を乗せると、舟はゆっくりと黒い水面の上を滑り出した。

宗廟の灯を目指し、舟は進んでいく。闇に浮かび上がる宗廟は、昼間よりもずっと巨大に見えた。童子たちが、不安げに辺りを見回す。しかし首を動かしたところで、廟の他に見えるものなど、星影か河縁に居並んだ松明の炎しかない。

舟が中洲《なかす》につけると、燕嵐と暁慶が真っ先に下りた。

蘭玲が月凌に差し出された手を渋々借りるのを見て、シリンもナフィーサを腕につかまらせた。ぬかるんだ地面に足を取られでもしたらいけない。ナフィーサは礼を口にする代わりに、シリンの腕にぎゅっとしがみついた。

全員が下船し終えると、舟はまた向こう岸へと戻っていってしまった。

暗闇の中、取り残されたような気分になるが、呆《ほう》けている暇はない。

ほのかに東の空が白み始めている。夜明けが近い。太陽が昇る前に、宗廟の中での儀式を終えねばならない。

二帝の手で、いよいよ宗廟の扉が開かれた。普段は固く閉ざされているというその両扉は、軋《きし》みながら内側へと開いた。

宗廟は円形になっており、壁に沿って燈《ひ》が幾重にもともされている。廟の内部は明るく照らされ、闇に慣れた目にはまぶしいほどだった。

奥には巨大な神像が安置され、さらに奥には中州の舞台へ繋《つな》がる扉も見える。

神像は左右に四体ずつと、正面に一体。一際大きくそびえ立つような正面の一体が、二神が一体となった双蛇神である。壁際の八体が残りの獣神たちだ。

十王は再生や豊穣など、この世の事象すべてをそれぞれ司《つかさど》る。祖神たる双蛇に、武を司る猿神、太陽の化身たる鳳凰《ほうおう》、富貴の象徴の羊神などが続く。像を見ただけでは何の獣《けもの》なのか判然としないものも多い。文献に名だけが残る、伝説上の瑞獣《ずいじゅう》らしい。

獣神に扮した童子たちは、神像と同じく四人ずつ左右に分かれた。

甲高《かんだか》い笛の一音が静寂を裂くと、やがて楽が始まった。笛子や花鼓《はなつづみ》の神具を手にした童子は曲を奏で、剣や槍を手にした者は床を突いて打ち鳴らし、弓を手にした者は弦《つる》を弾いた。

二帝はまっすぐに最奥の双蛇神像へと向かっていく。シリンたち四人の妃も後につき、神像一つ一つに向かって膝《ひざ》を折りながら奥へと進んだ。

帝《みかど》が双蛇神像の前で立ち止まると、一際高い笛の音が再び廟の中に鳴り響き、楽はぴたりと止んだ。

燕嵐と暁慶が、揃《そろ》って廟の天井を見上げる。

つられて上を見ると、天井は色彩で埋め尽くされていた。濫の創世神話が、絵物語となって渦巻いている。中央では双蛇神の双頭が顔を見合わせていた。彼らからこの世のあらゆる生き物が産み出され、天井全体に広がっている。

童子たちが顔の前で両袖《そで》を合わせ、祝詞《のりと》を唱え始めた。濫の古い言葉らしく、意味はわからない。唱えている童子たち自身にも、きっとわからないだろう。

長い祝詞が途切れると、八人の童子たちは二帝に向かって一斉に叩頭《こうとう》した。それに応《こた》えて、燕嵐と暁慶が童子たちの頭に神酒を振りかけてまわった。童子たちは身じろぎ一つせず、前髪から神酒を滴《したた》らせた。

月凌と蘭玲が横目で合図したので、シリンは廟の最奥、双蛇神像の後ろにある扉へと向かった。ナフィーサもまた、シリンと左右対称に動いて扉の前までやって来る。

二人で頷《うなず》き合い、河に張り出した舞台への扉を左右に開いた。

薄暗い宗廟に、光が差し込む。きらめく光の粒が、薄闇に慣れた目に痛い。

外の世界は日の出を迎えていた。まだ山際にいる日輪が、すべてを照らし出そうとその両腕を濫の大地へと伸ばしている。

いつもなら渡しの舟や漁船で賑わっているはずの河面は静まり返っていた。今は遠くに水鳥がわずかに数羽浮かんでいるだけだ。

中洲に張り出した舞台には、祭壇が設けられている。壇には数多くの鼎《かなえ》が並び、酒、米、餅《もち》、牛、羊、鹿、羹《あつもの》——濫の恵みすべてが、双蛇の化身たる大河への供物とするため揃えられている。もっと古い時代には、牛や鹿は生きたまま中洲まで引いてきて、舞台の上で殺して河に沈めたのだという。

燕嵐と暁慶が進み出、舞台の上へと出た。シリンや童子たちも後に続く。

二帝は朱壇の前に立った。四人の妃は、左右に座して控える。童子たちはその御前でめいめい楽を奏でたり、舞を披露したりし始めた。踊る童子の足元で、板張りの舞台がとんからとんからと音を立てる。

二帝は面を外し、魏江へ投げた。その横顔を、曙光《しょこう》が照らし出す。神から人の王へと戻ったのだ。

二人は祭壇から酒器を取り上げて捧げ持つと、河に向けて神酒を注ぎ入れた。楽に合わせて朗々と詞を唱え、供物の盛られた鼎に次々と手を伸ばし、河面へ見せるように掲げては魏江へ沈めていく。

その時、一人の童子が朱壇に近づいた。猿面を被り、神具の剣を手にした童子だった。舞のため重い剣を振った弾みにふらつき、そのような場違いなところへ躍《おど》り出てしまったかに見えた。今日のような重要な儀式でこんな失態を犯せば、叱責《しっせき》を免《まぬが》れないだろう。可哀想《かわいそう》にと思ったのも束の間、童子は下がることなくさらに前へと進み出た。

なにかが変だとシリンが腰を浮かしたその時、白刃《はくじん》がきらめいた。

その輝きの先に、燕嵐の背があった。

シリンがまばたき一つすると、燕嵐の白い衣の背に、赤色が一筋走った。

悲鳴が空をつんざく。

誰の声ともつかなかった。ナフィーサの声にも、蘭玲の声にも、濫の大地の叫びにも聞こえた。

ゆっくりと、燕嵐の体が地に倒れる。

猿面の童子が踵《きびす》を返し、宗廟に向かって走り出すのが視界の隅《すみ》に見えた。

「捕らえろ！」

暁慶の声に、我に返る。他の誰でもない、自分に向かって叫んだのだとわかった。

シリンは地面を蹴《け》った。金冠が頭上から落ち、音を立てて舞台の上を転がる。

呆然《ぼうぜん》と立ち尽くす童子から、神具の弓矢を奪った。

考える前に、腕が矢をつがえる。

猿面の童子が背を向けて走っていく。

暁慶が燕嵐の名を呼んでいる。幾度も、幾度もその名を叫ぶ。

頭の芯が熱を持った。

腕の筋が収斂《しゅうれん》し、弓柄《ゆづか》に巻かれた皮が掌に沈むと、矢はまっすぐに放たれた。

命中を見届ける前から、シリンには確信があった。

生涯で最高の一矢だと誇れる、そう思った。

短い叫びが耳に届いた。

童子は足をもつれさせ、その場にうつ伏せに倒れた。矢はあやまたず、猿面の童子の胸を貫いていた。

シリンは下手人《げしゅにん》のもとへ走り、まだ幼く細い首をつかんで舞台に押し付けた。髪から滴る神酒がつんと香る。

月凌が廟の外へと人を呼びに向かい、ナフィーサと蘭玲は燕嵐のもとへ走った。

暁慶は二人の妃に燕嵐を任せ、怯《おび》える童子たちを廟の中へ下がらせると、シリンの方へ向かってきた。

二人は一瞬目を見交わした。シリンは童子から手を放し、身柄を暁慶に委《ゆだ》ねた。

暁慶が童子を蹴り起こす。童子は耳障《ざわ》りな声を上げた。

まだ生きている。

暁慶が荒々しく童子の猿面を剝ぎ取る。

白日の下に晒《さら》された素顔に、シリンは目を見開いた。

「嘘《うそ》」

面の下から現れたのは、浅黒い肌だった。それに、彫りの深い顔に嵌《は》め込まれた灰色の目。

濫人ではあり得ない特徴で構成された幼いその顔が、シリンを捉《とら》えた。

「……姉様……」

吐き出された声は、懐かしい響きでシリンの耳を撫《な》でた。

ナラン、とシリンの唇が震えた。

そこに転がっている子供は、シリンと同じ母から産まれたただ一人の弟だった。

「どうして……?」

「あいつは仇《かたき》で……だから俺、我慢できなくて……」

口元が、歪《ゆが》むように持ち上げられた。

「……ごめん、姉様」

ナランはそれだけ言うと、ふっと目を閉じた。

シリンは息を呑《の》み、胸に耳を当てた。鼓動《こどう》は聞こえてこなかった。

「ナラン」

弟の唇から、一筋の血が垂れ落ちた。

「ナラン!」

揺すぶっても、返事がない。

暁慶に肩をつかまれ、ナランから引き剝がされる。

「放してください! 弟が、このままでは」

「無駄だ。……もう死んでいる」

ひ、と喉奥《のど》から声が漏れた。

死んでいる? ナランが、なぜ?

理由は火を見るより明らかだ。

ナランの胸には矢が突き刺さっている。その矢を放ったのはシリンだ。

シリンが殺したのだ。

「一つ訊《き》く」

暁慶の声が遠く聞こえる。宗廟の方が、にわかに騒がしくなった。

「これは、草原の謀《はかりごと》か？　それともお前の弟一人の無謀か？」

シリンは大きく首を振った。声がうまく出なかったが、渇いて張り付く喉をこじ開け、なんとか絞り出す。

「誓って、草原の謀《はか》ったことではございません」

シリンは額を地面につけた。それ以上言葉を続けることができなかった。

多くの足音と共に、狼燦の声が聞こえた。

「陛下、これは一体」

「話は後だ。早く兄上をお連れしろ」

は、と狼燦の足音が遠ざかっていく。

「お前も睡妃《すいひ》も、この件については何も知らなかった。そうだな？」

シリンは平伏したまままさらに頭を沈めた。

「……裁定を待て」

シリンは石壁を見ていた。

なぜ、こんなことになったのだろう。

答えなど出るはずのない問いを、黴《かび》の生えた壁に向かって幾度も繰り返している。

時おり、ナフィーサのすすり泣く声が耳に届いた。

シリンが縄打たれた後、ナフィーサも捕らえられた。姉は身籠《みご》っている、許してくれと訴えたが、聞き入れられなかった。

二人は揃って翠眉宮の地下牢に繋がれた。

燕嵐が無事なのかもわからない。牢番に尋《たず》ねても、首を横に振るばかりで答えてもらえなかった。

シリンは自分の手を見下ろした。

矢を放った時の高揚が腕によみがえり、すぐに怖気《おぞけ》に変わった。自分の手が、腕が、ひどくおぞましいものに変わってしまった気がした。

ナランは皇帝を害した。濫においても最大の罪である。

濫で罪を犯せば、その一族も処断を免れない。座して待てば、ナフィーサを腹の子もろとも死なせることになるかもしれない。それどころか、故郷の者にまで累《るい》が及ぶことになりかねない。

どうしたらいい。

考えなくてはならないのに、なぜ、どうしてという思いばかりがあふれて、頭がうまく回らない。

なぜナランが冠斉にいて、十王役の童子に紛れ込んでいたのだろう。童子たちは皆名家の子弟で、身元のしっかりした者ばかりだったはずだ。それに、儀式の数日前から離宮に集められて支度をした。容貌《ようぼう》からしてすぐに草原の民と知れるナランのような者が、紛れ込むことなどできないはずだった。

ナランは、燕嵐がシドリを殺したと確信していたのだろうか。確信して、もとより殺すつもりで乗り込んできたのだろうか？　仮にそうだとして、どうやってそれを知って、どうやってあの場に居合わせたのだ？

儀式に紛れ込むためには、どうしたって内通者が必要だろう。けれど草原に生まれ、草原に生きていたはずのナランがどうやって、濫の誰かと通じたりできる？

そう考えた時、シリンはぞっとした。

内通者に、これ以上ない適任者がいる。

シリン自身だ。シリンとナフィーサが、内通者なのだ。

皇帝に最も近く、草原出身、実の姉。条件が揃いすぎている。いくら否定したところで、余人の目にそう映るのは避けようがないだろう。

おまけにシリンは、ナランに文《ふみ》を書き送った。もちろん、燕嵐を殺す算段などそこには書かれていない。けれどナランが濫で皇帝を害した以上、疑われるのは必至だ。逃げなくては。

ここにいれば、潔白を訴えたところで誰も信じない。

どうする、とシリンが頭を抱えた時、石の回廊に沓《くつ》音が響いた。

「……杏妃《きょうひ》様」

頼りない灯に照らし出されたのは、狼燦の顔だった。もしかして、助けに来てくれたのだろうか。甘い期待がシリンの胸に兆《きざ》した。

「このようなことになってしまい、本当に残念です」

けれど濃い影を落とした狼燦の顔は、シリンを冷たく見下ろしていた。

シリンは、一瞬でも期待したことを恥じた。狼燦は暁慶の──濫の皇帝の僕《しもべ》なのだ。皇帝を害した疑いのある女を、どうして助けてくれることがあるだろう。

「お二人の房を検《あらた》めさせていただきまして、こちらを見つけました」

狼燦が掲げたのは、シリンが市《いち》で買い求めた太陽紋の首飾りだった。

「それが、なんだというの」

毅然《きぜん》とした態度でいたいのに、声が掠《かす》れる。

「お二人がいまだ草原に心を残し、下手人と繋がっていた証《あかし》ではありませんか?」

シリンは唇を噛《か》み、狼燦を睨《にら》んだ。

「その首飾りは、月凌様と市へ出かけた際に買ったものだわ。ナランとは何の関係もない。それとも、故郷を偲《しの》ぶことさえ罪だというの？」

「では、月凌様に確認してみましょうか」

シリンは言葉に詰まる。月凌はシリンが首飾りを買った場面を見ていない。

「……貴妃様とは離れて、一人でいる時に買ったのよ」

狼燦は肩をすくめた。

「ずいぶんと苦しい言い分のように聞こえますが」

シリンは牢の格子《こうし》を握った。その冷たさが掌に染みる。

「本当なのよ。市で、ムジカ出身の夫婦がやっている店で買った。女店主は私の顔を覚えているはず。今ならまだきっと市にいるわ」

いいでしょう、後で確認させます、と狼燦は息を吐いた。

いつものように、軽口を叩く狼燦の姿はそこにない。これまで向けられてきた優しさは、シリンが暁慶の妃であるからこそのものだったと思い知らされる。

「いま一つ、お尋ねしたいことがございます。睡妃様も、こちらへいらしていただけますか」

ナフィーサは牢の奥で身を震わせたが、狼燦の言葉に従った。

シリンとナフィーサは、格子越しに狼燦の前に並んだ。

「あなた方の瞳の色についてです」

狼燦は二人の瞳を覗《のぞ》き込むように、床に膝をついた。

「睡妃様の瞳は緑色、杏妃様の瞳は榛《はしばみ》色。お二人の父君であるバヤル殿は灰色。母君のハリヤ殿は、睡妃様と同じ緑色だったように記憶しています」

さて、と狼燦は口元だけで笑って見せた。

「杏妃様の目の色は、いったいどなたから受け継がれたものなのでしょうか？　バヤル殿は杏妃様の瞳は祖母から継いだと言われておりましたが、事実でしょうか」

シリンの背筋を冷たいものが走った。この男はつまり、シリンとナフィーサが双子でないと暴こうとしているのだ。二人が嫁いできたことさえも、濫を害するためのものであったと言いたいのだろう。

狼燦はアルタナへ二人を迎えに来た時、バヤルとハリヤの顔を見ている。もしかすると、アルタナですでにこの男は気づいていたのかもしれない。ハリヤが行くなと叫んだ先にいたのがナフィーサだけだったことに。伽泉《かせん》へ向かう道中も、濫語の講義中も、芙蓉節《ふようせつ》での企《たくら》みを手伝ってくれた時もずっと、裏で皇帝を殺す策を練っていると思われていたのだろうか？　ならばなぜ、二人を永寧宮《えいねいきゅう》に招き入れた？

「父の言ったとおりよ！　両親と違う目の色になることだってある。黒目ばかりの濫ではわからないかもしれないけれど」

牢の灯が揺れ、狼燦の金色の瞳が煌めいた。

「草原に濫と敵対する理由はない。もしあったとして、こんなやり方をするはずがないでしょう。こんな、自ら族長を失うような」

わかるでしょう、とシリンは縋《すが》るような思いで狼燦を見た。

「草原にはなくとも、アルタナ族長や杏妃様個人にとってはいかがでしょうか」

「……どういう意味？」

「燕嵐様が、かつて草原に足を運ばれたことはご存じですね」

狼燦の視線がナフィーサに移る。ナフィーサはぎこちなく頷いた。

「陛下はその時、草原の男を一人殺《あや》めた」

「狼燦！」

シリンは格子に取りついて叫んだが、狼燦は口を閉じなかった。ナフィーサが、シリンの剣幕に何事かとうろたえているのが見える。

「男が大刀を抜いて向かってきたので、燕嵐様は仕方なく男を斬《き》った。その男の右目の横には」

「やめて！」

シリンの叫びは空《むな》しく牢に響いた。狼燦は自分の右目の横を指して見せた。

「濃い痣《あざ》があった」

ナフィーサの肩が大きく震えた。

「……シドリ?」

狼燦は薄く笑った。

「そう、シドリです。下手人が、燕嵐様を襲った際に口にしていたそうですよ。『シドリの仇だ』と」

ナフィーサは呆然と狼燦の顔を見上げ、やがてシリンの方を向いた。「知っていたの?」と問いかけるその目が恐ろしく、シリンはうつむいた。

「どうですか。これでもあなた方には、燕嵐様を殺す理由がまったくないと言えるでしょうか」

「たとえそうだとして、私怨を故郷より優先するわけがないじゃない!」

「怨恨を第一として生きる者だっています。私はそういう人間をよく知っている」

シリンは手が痛むほど格子を強く握った。

「もう、行って。お前の言いたいことはわかったわ」

では、と狼燦は立礼して背を向けた。シリンたちを罪人と決めてかかっているくせに、慇懃《いんぎん》な態度を崩さないのが忌々《いまいま》しい。

狼燦はひたりと立ち止まると、背を向けたまま思い出したように言った。

「燕嵐様も、お可哀想に。やっと出会えた寵妃《ちょうひ》が、まさか御身を害するために送り込まれた女だったとは」

　シリンは我慢ならず、拳《こぶし》で格子を叩いた。

「行きなさい！　もう、一言も語らずに！」

　狼燦は今度こそ去っていった。疼《うず》くような痛みだけが手に残った。


　燕嵐は牀にて仰臥《ぎょうが》していた。

　宗廟にあった時はまだ、背から血を流しながらも「そんなに心配するな。この程度、死ぬようなことはあるまい」とナフィーサと蘭玲に笑ってみせる余裕さえあった。

　実際、傷はそれほど深くなかった。

　しかし、妃二人はとても燕嵐の言葉に笑い返すことはできなかった。

「陛下、喋《しゃべ》ってはなりません。すぐに侍医が参りますから、それまでご辛抱を」

　燕嵐はその言葉に頷くと、静かに目を閉じた。

　その後すぐに狼燦たちが宗廟に踏み込み、燕嵐を翠眉宮へと運んだ。

　暁慶が付き添ったが、離宮に着く頃には燕嵐の意識は混濁《こんだく》し始めていた。

　傷口を診《み》た侍医は顔を曇《くも》らせた。斬られた皮膚《ひふ》が、変色しているのだ。

「……毒です」

「なに？　解毒薬は」

「すぐに作らせましょう。しかし、この毒はおそらく西方に自生する花から精製したものと思われます。濫で作る解毒薬は完全ではありません」

暁慶が剣呑《けんのん》な空気を醸《かも》し出すのに気づき、侍医はすぐに付け加えた。

「ですが陛下は頑健なお方ですし、双蛇神の加護がございます。きっと持ちこたえられましょう」

しかし燕嵐は高熱を出し、何度も吐き戻した。侍医の煎《せん》じた薬も、一向にその効能を発揮しなかった。

睡蓮《すいれん》はいるか、と燕嵐は熱に浮かされながら繰り返した。

問いかけられた侍女は額に浮かんだ汗を拭《ぬぐ》い「睡妃様は身重ゆえ、自室にて陛下のご快復をお待ちです」と繰り返すことしかできなかった。寵妃が謀反《むほん》の疑いで牢に入れられたなど、瀕死《ひんし》の皇帝に伝えられるはずもなかった。

夜になっても熱は下がらなかった。下がるどころか、絞った布巾《ふきん》を額に載せると、みるみるうちに乾いてしまう有様だった。傷は膿《う》み出し、何度拭っても嫌な臭《にお》いを発した。

次第に燕嵐の視界はぼやけるようになった。

「睡蓮は、どこにいる?」

燕嵐の問いに、やはり答える者はいなかった。

まどろみから目を覚ますと、まぶたを開けたはずが視界は暗いままだった。かすかに光は感じるものの、何も見えない。薄闇の中を、話し声と足音ばかりがうろつき、その音もくぐもって聞こえた。

燕嵐は震える腕を上げ、目の前で拳を握ったり開いたりした。

眼前には変わらず、闇だけがあった。

燕嵐は失明した。

侍医は隣室にて、暁慶に告げた。

「睡妃様を、どうか牢からお呼び立てください」

そう絞り出すと平伏し、額を床に叩きつけた。侍医の額から流れた血で、床は汚れた。

「力、及ばす……お許しを……」

ナフィーサは牢から出され、燕嵐の寝所に引き立てられた。

燕嵐が生きていると知らされ、安堵《あんど》のあまり涙を流した。

狼燦は燕嵐がシドリを殺したと言ったが、頭から飲み込むことはできなかった。

夫は無闇に人を殺めたりはしない。もしそれが事実だとしても、何か理由があったはずだ。快復すれば、きっと本当のことを話してくれる。

そう信じて、寝所へ向かった。

けれど牀に横たわる燕嵐を見て、涙は涸《か》れることとなった。

燕嵐は浅い呼吸を繰り返していた。顔は土色に変わり、目は落ち窪み、傷口から発される嫌な臭いが辺りに漂っていた。たった一日の間に何十年も歳をとったような夫の姿に、ナフィーサは息を呑んだ。

快復など見込めるはずのないことは、医者でなくとも一目でわかった。

「燕嵐様、私です。睡蓮。睡蓮です」

燕嵐に取りすがったナフィーサは、声が震えるのを抑えられなかった。

寵妃の声に、燕嵐は口元を綻《ほころ》ばせた。

「睡蓮、ようやく来てくれたか。身重のお前を呼び立ててすまない」

「いいえ、いいえ。私のことなどよいのです。腹の子も、丈夫に決まっています。あなたの子ですから」

「すまない。俺の油断が招いた結果だ」

燕嵐は左手を緩慢に持ち上げた。その手が宙をさまようのを見て、ナフィーサは手を取り、自分の頬《ほお》へと導いた。

その頬が濡れていることに気づき、すまない、と燕嵐は繰り返した。

「俺はじきに死ぬだろう。その前に話しておきたいことがある。聞いてくれるか？」

死という言葉が胸を刺す痛みに耐え、ナフィーサは燕嵐の手を強く握った。

「お聞かせください」

燕嵐は荒い息を吐き、もはや見えぬ目を開いた。

「俺に斬りかかった童子は、草原の言葉で『シドリの仇だ』と言った。その名に覚えはないが、一つ心当たりがある」

覚悟はしていたが、燕嵐の口からシドリの名が出ると背が震えた。

「昔、草原に行ったことがあると話しただろう」

そこで俺は君を見つけた、と燕嵐は目を細めた。

「その後のことだ。アルタナから少し離れたところで、一人の男が襲ってきた。青毛の馬を駆る、草原の男だった。当時は彼の話す言葉がわからなかったが、怒りを露《あらわ》にしていることだけは伝わった。濫人が土地を荒らしに来たのだと思ったのかもしれない。通辞が対話を試みたが、無駄だった。彼は大刀を抜き、こちらに向かってきた」

先を聞きたくなかった。

けれどナフィーサに、瀕死の夫が最後の力を振り絞って聞かせようとしている話を遮《さえぎ》ることなどできなかった。

「仕方なく俺も剣を抜いた。大刀を叩き落とすつもりで応戦したが、そう簡単な相手ではないとすぐにわかった」

ああ、とナフィーサは燕嵐の腕を胸に抱いた。

しかし、燕嵐の口から出たのは予想外の言葉だった。

「大刀が目の前に迫った時、彼の体が馬上から傾《かし》いだ。護衛がすんでのところで割って入り、彼を刺したようだった。彼の体はゆっくりと地に落ち、馬は主人を置いて駆けて行った」

「……陛下が、シドリを斬ったのではないのですか？」

違う、と燕嵐は咳《せ》き込んだ。侍女が薬湯を差し出したが、受け取らなかった。

安堵の涙がナフィーサの目に戻り、燕嵐の手を濡らした。

やはりこの人は、殺していない。狼燦は何か誤解をしていたのだ。

「駆けていく馬を追う影が二つ、草原の彼方《かなた》に見えた。彼らの片方が馬を急がせ、逃げた馬の手綱《たづな》を捕まえた。見事な加速だった。彼らは馬を捕まえると、こちらの様子をうかがっているようだったが、やがてどこかへ行ってしまった。我々は男の亡骸《なきがら》をその場に残し、立ち去った。さっきの二人がいずれ迎えに来るに違いないと思った。異国の者の手で埋葬されるより、彼らのやり方で弔《とむら》われる方がいいだろうと」

きっとその二人が、シリンとナランなのだろう。二人は燕嵐がシドリを斬り殺したと見間違えたのだ。

そのささいな誤解が、こんな恐ろしいことを引き起こしてしまうとは。

「同族を殺めることになってしまい、すまない。しかも俺は、ずっとそのことを黙っていた」

お前に嫌われるのが怖かった、と燕嵐は幼子《おさなご》のようなことを言った。

ナフィーサは必死に首を横に振った。

「嫌うなどあり得ません。シドリを刺したのは護衛なのでしょう？　陛下ではない。ならば、不幸な事故です」

「俺が殺したも同じだ。狼燦は、俺を守ろうとしたのだ」

「──狼燦？」

涙でぼうっとなった頭に、その名が冷たく差し込んだ。

「そうだ。狼燦は干陀羅《かんだら》への旅に同行していた。だが、あいつを責めてくれるな」

狼燦は、燕嵐がシドリを殺したのだと言ってはいなかったか？

なぜ、と考えると動悸《どうき》が速まった。

なぜ、嘘を言った？

「睡蓮。シドリとはどんな男だったのだ？」

「義理の兄です。父の第二夫人の連れ子でした」

ナフィーサは動揺を隠して答えた。燕嵐を混乱させることは、死期を早めることにほかならない。

「お前にとっては？」

一瞬、答えに詰まった。

嘘を吐くのは簡単だった。けれど、どうしてもそうできなかった。偽《いつわ》りなど一度も口にしたことのない最愛の夫を前にして、嘘が吐けるわけもない。

「……かつての、許婚《いいなずけ》です」

そうか、と燕嵐は掠れた声で答えた。

「俺はお前を、あの男から奪ったのだな。……すまない」

違います、とナフィーサは燕嵐に取りすがった。

「そうではありません。私は、あなたを」

こんなにも愛しているのに、という言葉は声にならなかった。

下腹に激痛が走った。

もう、時間がないのに。どうしても今、伝えなくてはならないのに。

ナフィーサは腹を手で庇《かば》い、その場にくずおれた。

睡妃様、と控えていた侍女が立ち上がる。

経験したことのない痛みに、意識が遠のいていく。

燕嵐の手から、ナフィーサの手がすり抜けた。

侍女たちがナフィーサを抱き起こした時、房に入って来る人影があった。

蘭玲だった。蘭玲は視線で侍女たちを促《うなが》し、気を失ったナフィーサを静かに房から連れ出させた。

「睡蓮?」

握り締めていた手の感触がなくなり、燕嵐はもはや何も見えはしない目で辺りを見回した。

蘭玲は前に進み出ると、体を起こそうとした燕嵐を牀《しょう》に押し戻し、その手を握った。

「陛下、申し訳ございません。睡蓮は少し驚いてしまいました」

侍女たちは、驚いて互いに目を見合わせた。

「ですがご安心ください。北の地での婚姻《こんいん》は親同士が采配《さいはい》するもの。私とシドリもそうでした。許婚を亡くすのは悲しいことでしたが、そのおかげでこうして陛下と添うことができたのですから、陛下が気に病まれることはございません。睡蓮の愛は、陛下ただ一人のもとにあります」

そうか、と燕嵐は表情を緩めた。

「それを聞いて安心した。もしお前が好いた男の死を俺が招いたのなら、冥府《めいふ》にも行けず、この世を彷徨《さまよ》う幽鬼と成り果てるところだった」

「心配は無用です。あまり長く話されてはお体に障《さわ》りますから、どうかお休みください」

蘭玲は衾《ふとん》を胸元まで引き上げようとしたが、燕嵐に押しとどめられた。

「睡蓮。蘭玲は、どうしている？」

蘭玲は一瞬黙り込んだが、すぐに口を開いた。

「貴妃様は、陛下のご快復を一心に祈っておられます」

そうか、と燕嵐は湿った息を吐いた。

「では、お前から蘭玲に伝えてくれるか」

「直接お伝えになったらいかがですか。貴妃様も、その方が喜ばれましょう」

「時間がない。俺はもう、明日の朝日を拝むこともないだろう」

そのような、と蘭玲は声を荒らげかけた。しかしその声を飲み込み、穏やかで優しい寵妃の皮を再びかぶった。

「わかりました。睡蓮が言付かります」

蘭玲は声が震えるのを隠し、早口にそう言った。

燕嵐はかすかに頷いた。

「すまなかった。俺が死んだ後は暁慶の妻となるもよい、このまま泗水《しすい》に留まるもよい。俺に操《みさお》を立てて、一生を過ごすようなことはするな」

侍女たちはめいめいに目を潤ませたり、あるいはうつむいたりした。

蘭玲一人だけが、まっすぐに燕嵐を見つめていた。

「どんな道を歩いてもよい。ただ、お前の幸福を願っている。そう伝えてくれ」

蘭玲の長いまつげが震えた。

「必ず、お伝えします」

燕嵐は小さく笑った。

「俺は帝の器量ではなかったようだ。結局、一人の女しか愛せなかったのだから」

燕嵐の手がゆっくりと伸び、蘭玲の頰に触れた。

「睡蓮、酷な様だがお前は……お前だけは、どうか誰のものにもならないでくれ。誰のものでもない、一人のお前でいてくれ」

蘭玲の両手が、燕嵐の手に添えられる。

「わたくしは、生涯陛下ただお一人のものです」

それを聞いて安心した、と燕嵐は目をつむった。

蘭玲がうつむくと、髪に挿した歩揺《ほよう》の翡翠《ひすい》がぶつかり合い、かすかな音を立てた。音はごく小さなものだったが、燕嵐の耳に届いた。

燕嵐は驚いたように目を瞬《またた》くと、確かめるように指先を蘭玲の肌の上にすべらせ、わずかに口元を緩めた。それは苦痛に顔を歪めたようにも、微笑《ほほえ》んでみせたようにも見えた。

「そうか。お前は、最後まで――」

言葉の続きはなかった。燕嵐の手から力が抜け、はたりと牀の上に落ちた。

蘭玲は声も上げず、ただじっと夫を見下ろしていた。

控えていた侍医が進み出る。燕嵐の手を恭《うやうや》しく取り、指を手首に当てた。

そしてその場に膝をつき、拝礼した。

それを合図に、おお、おお、と房中の女たちが声を上げて泣き始めた。その場にくずおれる者、隣の者にすがって泣く者、袖で顔を覆う者。皆一様に、それぞれのやり方で悲しみを表した。

そんな中、一人蘭玲は夫の亡骸を見下ろしていた。

何かが音を立てて崩れていく。

皇后《こうごう》になること、それが蘭玲に課せられた義務であり存在意義だった。そのための努力は惜しまなかった。

でも、その努力がいったい何を与えてくれただろう。

幸福なんて願ってくれなくたってよかった。睡妃に望んだように、どこへも行くなと、ただそう言ってほしかった。

——私、私は。

皇后になりたかったのではなかった。ただ、愛されたかったのだ。

今さら気がついたところで、何もかもが遅すぎる。

蘭玲の両目は大きく見開かれていた。しかし涙はこぼれてこなかった。

その夜は寝付けなかった。

体は熱を持って重たいのに、頭のどこかが冴えきっている。

眠ることを諦《あきら》め、牀の上に横たわっていると、誰かが扉を叩いた。父に命じられた侍女が、様子を見に来たのだろう。

「下がりなさい。今は誰にも会いたくありません」

はっきり拒絶したにもかかわらず、扉は内側に開いた。

「入るなと言ったでしょう。お前、言葉もわからないの」

蘭玲は手燭《てしょく》をかざした。しかし浮かび上がった顔は、侍女のものではなかった。

「……姉上」

やあ、と月凌は力なく笑った。

「起きていると思ったよ」

「こんな夜更けに、いったいどういう用向きですか？」

月凌は牀に腰を下ろした。蘭玲の房だというのに、まるで自分の房のような振る舞いだ。

「単刀直入に訊くけれど。蘭玲は、杏妃と睡妃が下手人を招き入れたと思う？」

私にはどうにもそうは思えない、と月凌は蘭玲の目を覗きこんだ。

「わたくしだって、あの姉妹の企みだとは思っていません。もしそうなら、大した役者だわ」

月凌はほっとして表情を緩め、「それなら」と続けようとしたが、蘭玲に睨まれ口をつぐんだ。

「けれどそのような話、今は聞きたくありません。陛下は先ほど亡くなられたばかりなのですよ。いったい何を考えているの？」

蘭玲は扉を指さした。

「帰ってください」

「わかった、私が悪かった。この話はやめる。ただ、もう一つだけ。どうしても今夜、お前に言いたいことがあって来た」

月凌は立ち上がると、蘭玲の手を取った。蘭玲はとっさに振り払おうとしたが、月凌は強く握って放さなかった。

いったい何なのです、と言いかけたところで月凌が口を開いた。

「これから、私と毎日打とう」

「は……？　打つ？　何の話ですか」

「もちろん、象棋《しゃんちー》だ」

この姉は何を言っているのだろう。双子で生まれてきたというのに、姉の言うことはいつもわからない。蘭玲は苛立《いらだ》ちまぎれに鼻を鳴らした。

「お断りします。あなたと打ったところで、勝負になるわけがない。わたくしを見下す理由が欲しいのでしたら、もう十分でしょう。わたくしは結局陛下に相手にもされず、父上の期待にも応えられなかった。後はせいぜい道観《どうかん》で余生を過ごすだけの、みじめな——」

蘭玲、と月凌が語気を強めて名前を呼んだ。

「毎日打てば強くなる。強くなれば、いつか私に勝つこともあるだろう。だから」

だから、と月凌は繰り返したが、その先に続く言葉はなかった。

ただ、蘭玲の目を見た。月凌の目は濡れたように光っていた。

「私はいつでも待っている。蘭玲、お前のことを」

その光に、月凌が今夜やって来た意図、言葉の意味を蘭玲は理解した。全身から力が抜けていく。生まれてから今日まで、ずっと張り続けていた何かが、緩んでいってしまう。一度緩めば、それはもう二度と元には戻らない。

「帰って」

無駄と知りつつ、そう繰り返した。月凌は動かない。黙って妹の背を抱いた。

月のない夜空に、嗚咽《おえつ》が漏れた。やがてそれは、哭《こく》する声へと変わっていった。


「ナフィーサ！」

宦官たちの手で牢へと戻されたナフィーサは、ぐったりとしていた。

「いったい何をしたの！」

落ち着いてください、と宦官はナフィーサを牢のわずかな寝藁《ねわら》の上に横たえた。

「気を失っておられるだけです。……ご心痛のあまり」

心痛？　とシリンは嫌な予感に眉根を寄せた。

「魏帝《ぎてい》陛下が先ほど息を引き取られました。神具の剣には、毒が」

シリンの目の前が暗くなった。では、ナランはたしかに皇帝を弑《しい》した者となってしまったのだ。

「ナフィーサは大丈夫なの？　お腹《なか》の子は？」

「陛下の温情により、侍医が診ました。子はじきに生まれるだろうと」

「それなら牢なんかに戻さないで、もっとましな場所に寝かせてやることはできないの？姉は何も罪を犯していないし、生まれてくるのは燕嵐様の御子なのよ」

宦官たちは困ったように首を横に振った。詰め寄ろうとすると、牢番に押しとどめられる。

「抵抗なさいますな。余計に姉君を危険に晒すことになります」

シリンは黙って引き下がるしかなかった。

ナフィーサの頭を膝に抱き、冷たい石壁に寄りかかる。

ナフィーサは目覚めなかった。うなされているのか、時おり苦しそうな声が上がる。シリンはその背を撫でてやることしかできなかった。

短いまどろみを繰り返しては悪夢がよぎり、闇の中ではっと目を覚ました。

シリンはほとんど眠れないまま朝を迎えた。

牢にわずかな光が差し込むと、複数の足音が響いた。

足音に、ナフィーサも目を開けた。

「出ろ」

やって来たのは兵たちだった。彼らは牢番に命じて扉を開けさせた。

シリンとナフィーサは目隠しをされた上、両腕を兵にとられ、引きずられるようにして牢を後にした。

「ナフィーサ、心配しないで。あなたのことだけは必ず守るから……」

むなしい言葉だと自分でもわかっていたけれど、それ以外に言えることがなかった。かすかな声で返答があったが、「喋るな」と兵に制された。

「どこへ連れて行こうというの。私たち、なにもしていない」

返事はなかった。人数分の足音と、鎧《よろい》の鳴る音だけが規則的に聞こえてくる。

このまま刑場に引き出され、殺されるのだろうか。恐怖が喉元までせり上がる。

「ねえ、せめて話を聞いて。お願いだから、姉のことだけでも解放して」

やはり返答はなかった。身じろぎしても、兵の屈強な腕はびくともしない。

暁慶の顔が浮かんだ。このまま死ねば、暁慶にも濫を乱すため輿入れしてきたと思われたままなのだろうか。状況がこれだけシリンたちが内通者であると示していても、暁慶は宗廟でのシリンの言葉を信じるだろうか。

食いしばった奥歯が、口の中で嫌な音を立てた。

目隠しが取られると、瞳に光が差し込んだ。地下牢の闇に慣れた目がひどく痛む。

連れてこられたのは、翠眉宮の広間だった。

見上げれば、汪斉盟《おうせいめい》以下泗水の重鎮たちが玉座の両側に居並んでいる。中には月凌と蘭玲、狼燦の姿も見えた。その最奥、玉座にいる暁慶の顔は逆光になって見えない。

一晩前には、濫の妃として十王の儀に参加するため、装束を着てここに立っていた。それなのに、今では罪人として地べたに這《は》いつくばっている。

ここで裁きを受けることになるのだろうか。

すぐに処刑場に引き出されることはなかったが、集まった面々の顔を見れば、裁定の行方はすでに決まっているように思えた。皆、冷ややかな、あるいは怒りに燃えた目をシリンたちに向けている。月凌はこれから起こることを予感しているのか深くうつむき、蘭玲は無表情にこちらを見ていた。

「呼び立てられた理由は、すでに承知のことだろう」

玉座から声が響く。それはたしかに暁慶のものだった。しかし声はまるで初めて会った時のように冷たいものだった。

「アルタナ族長が、我が兄を弑した。お前たちには内通の嫌疑がかけられている。釈明があれば聞こう。今この場で申せ」

シリンが口を開こうとした時、にわかに広間の入り口の方が騒がしくなった。

広間に揃った全員が、入り口を振り返る。

「そんなに強く引くんじゃない。ちゃんと自分の足で歩ける」

切れ切れに聞こえてきたのは、草原の言葉だった。それも、声に聞き覚えがある。

ナフィーサを見ると、目が合った。その目には戸惑いが浮かんでいた。どうやら、シリンと同じ顔を思い浮かべたらしい。

入り口に、人影が姿を現す。両脇を兵に固められた痩《や》せた女、それは――

「お母様！」

ナフィーサの目にあった戸惑いが、みるみるうちに驚きに変わっていく。

シリンたちの隣に放り捨てられたのは、ナフィーサの母ハリヤだった。

「ナフィーサ！」

ハリヤは娘を両目に映し、再び会えたのがこんな場所でなかったらと泣いた。

「お母様が、なぜここに？」

「ナランと一緒に濫へ来ていたんだよ。ナフィーサたちの嫁いだ国を一度見ておきたくてね。昨日はナランが宿に帰ってこなくて、いったいどうしたんだろうって探し歩いてたら、突然こいつらに捕らえられたんだ」

「再会を喜び合うのは後にしてもらおうか。尋問の最中だ」

「後にしろと言ったって、どうせすぐ処刑するつもりだろう」

暁慶に答えたハリヤの口から出たのは、濫語だった。

ハリヤが濫語を話せることに驚いたのは、シリンだけではなかった。ナフィーサも目を見開いている。

「それとも、再会はあの世で喜び合えってことかい？　さすが臨月の娘をこんな風に扱うだけあって、野蛮《やばん》な考えだね」

「不敬者が！」

叫んだのは狼燦だった。そのまま つかつかと歩み出ると、腰に佩《は》いた剣を抜き、ハリヤの首元にあてた。ナフィーサの細い悲鳴が上がる。

「狼燦。やめろ」

「陛下、もはや今の言葉だけでも死に値《あたい》します。妃の二人はともかく、この女はすぐにでも始末するべきです」

暁慶は狼燦を一瞥《いちべつ》すると、「決めるのは私だ」とにべもなく言い切った。

「下がれ。たかが女一人の言葉に、いちいち青筋を立てるな」

恐れながら、と汪斉盟が声を上げた。

「狼燦の言うことにも一理あるのでは？　血縁が魏帝陛下を害した時点で、この者たちの罪は定まっておりましょう。わざわざ釈明の場など与えずとも、その女だけでなく、三人とも処刑してしまえばよいではありませんか」

「それでは、真実が見えぬままだ」

真実、とハリヤは小声で繰り返し、へらりと笑った。奇妙な違和感がシリンを捉《とら》える。

しかしそれを口にする間もなく、「女を捕らえた時の状況を報告しろ」と暁慶がハリヤを連れてきた兵に命じた。

「は。この女は、長城付近で何者かに襲われておりました。それを巡回の者が見つけ、救い出したところ草原の民でありました。何があったか質《ただ》したところ、魏帝陛下を弑した下手人と行動を共にしていたと口にしたため、捕らえて連れてきた次第です」

「女を襲った者はどうした」

「一人は舌を噛んで死にましたが、一人は牢に捕らえてございます」

広間にざわめきが広がった。

何者かに襲われた？　しかも舌を噛んで死んだということは、単なる物盗りではない。明らかに口封じだ。

「その男もここへ連れてこい。すぐにだ」

は、と兵が下がっても、狼燦はまだ剣を引かず、白刃はハリヤの細い首元で光ったままだった。

「狼燦、二度言わせるな。剣を引けと私は言った」

狼燦はちらと暁慶を見やると、ようやくハリヤから剣を下げた。

「女。お前を襲った者に覚えはあるか？」

「そうだね。ある、と言ったらどうする」

ハリヤの目には、なにか確信めいたものが光っていた。

この目はなんだろう。さっき抱いた違和感がぷくりと膨らむ。シリンの知るハリヤであれば、この状況に怯え、話すこともままならないはずだ。少なくとも、突然襲われた挙句に捕らえられ、皇帝の前で尋問を受けている者のする目つきとは思えない。

「お母様？」

ナフィーサの声にも戸惑いが滲《にじ》んでいたが、ハリヤは娘の声にも応えなかった。口元には、侮《あなど》るような笑いさえ浮かんでいる。

「何がおかしい」

「何が？　この場のすべてがおかしくて仕方がないね。なんて茶番だろう。お前、さっき真実がどうのと言っただろう。いいだろう、望むならすべて教えてやるさ」

ハリヤは顔を上げ、ぐるりと広間を見渡したかと思うと、やがて一点に目を留めた。

「お前の飼い犬はとんだ駄犬だよ。主人の手を噛むどころか、家そのものを滅ぼそうというのだから。愚《おろ》かな犬は、さっさと殺しておくべきだった」

その時、入り口で声が上がった。

「陛下、連れてまいりました。異民の女を襲った者です」

一同の視線がそちらに向いたが、何人かはすぐに目を逸らした。連れてこられた男の服にはあちこち血が滲み、拷問《ごうもん》を受けたのが明らかだったからだ。杖《じょう》で打たれたのだろう、歩くこともままならず、兵に引きずられるようにして御前に出された。

「言え。なぜ女を襲った?」

兵が凄《すご》むと、男は「ひ」と喉を鳴らした。

「さっき牢で我らに話したことを、もう一度言えばよいのだ。陛下は寛大なお方ゆえ、正直に申せば命くらいは助かることもあるかもしれぬ」

男はぶるぶると体を震わせたかと思うと、「人に、命じられて」と蚊《か》の鳴くような声で答えた。

「誰にだ?」

男は何かを恐れるように頭を振ったが、「また杖を食らいたいか」と兵に脅《おど》されると、震える指である一点を指さした。

その瞬間、男の叫び声が広間を切り裂いた。

シリンの視界を、何か小さなものが飛んでいった。その何かが落ちた先にいた官吏《かんり》たちが、のけぞって避ける。

「指が、指が」と叫んで男はうずくまった。

飛んだのは、男の人差し指だった。

「狼燦！」

暁慶の叫びに、広間に集《つど》った全員の視線が一点へ吸い寄せられた。

人々の顔に驚愕《きょうがく》が浮かぶ。

狼燦の握った白刃の上を、一筋の血が伝うのが見えた。

その剣先で、男の指を飛ばしたのだ。

ハリヤが甲高い声で笑い出す。

狼燦は剣を鞘《さや》に収めることなく、返す刀で男を斬った。鮮血が噴き出し、広間の床を汚す。

少し遅れて、女たちの悲鳴が響いた。

「やはり、仕事を他人に任せるものではないな」

狼燦はふうっと深く息を吐き、暁慶を振り仰いだ。

「お前、何を」

「長かった。これまで、途轍《とてつ》もなく長い時間だった」

狼燦の口調は常の慇懃さをかなぐり捨て、宦官が皇帝に対するものとは思えぬものへと変わっていた。

「今さら取り繕《つくろ》ってもどうしようもないだろう。私の負けだ」

「お前が、そこの女を襲わせたのか？」

「そうだ。それが何を意味するかくらいは、お前にもわかるだろう」

「……なぜだ」

暁慶が呻《うめ》くように問うた。

「なぜ？　理由など、訊くまでもないことだろう。お前もよく知っているはずだ」

不敬な、と兵たちが狼燦の両腕を拘束し、その場に膝をつかせた。剣が派手な音を立てて床に落ちる。

シリンには、目の前で起こっていることが理解できなかった。昨日から立て続けに起きたことは、みんなそうだ。どれもこれも、現実とは思えない。

夢ならどうか覚めてほしいのに、いつまで経《た》っても覚めてくれない。

広間を見回しても、どの顔にも困惑が浮かんでいる。それ以外の表情を湛《たた》えているのは、狼燦とハリヤ、暁慶だけだ。

「陛下、いったいどういうことなのです。此度《こたび》のことの真相がなんだったのか、我々にもわかるようにお示しいただきたい」

斉盟がそう訴えると、ハリヤが口を挟んだ。

「少しでも物を考えられる頭があればわかるはずだろう。なぜ、選ばれた者しか入れないはずの宗廟にナランが紛れられた？　なぜ、神具の剣に毒が塗られていた？」

語尾には笑いが滲み、歌うようですらある。

「手引きした者がいたからに決まってる」

狼燦は何も言わない。ハリヤは笑って続けた。

「簡単な話だ。その男は、本来儀式に出るはずだった子供に嘘を吹き込んだのさ。秘されているが、十王の儀では童子のうち一人を生け贄《いけにえ》に捧げることになっている。今回、その役に指名されたのはどうやらあなたのようだ。しかし私は、あなたをみすみす死なせたくはない――こんなところだろう。

そして子供は逃げ出した。

私は指示されたとおりの路地で、ナランを連れて待っていればよかった。あとはそこで子供が転ぶよう細工しておくだけ。

子供は私たちのいる場所まで追い立てられ、目論見《もくろみ》どおり転んで足を挫《くじ》いた。そこへその男がやって来て、ナランに代役を頼む。儀式の場にシリンがいると知れば、ナランは断らない。

仕上げに、その男があらかじめ神具の剣に毒を塗っておく。そうするだけで、魏帝を兄の仇と思い込んでいるナランは勝手に激昂《げっこう》し、魏帝を殺してくれる」

そうだね？　とハリヤは狼燦に向かって微笑んで見せた。

「あとは私を始末すればよかった。でも、皇帝を殺せば私が用済みになることくらいわかっていたさ。残念だったね、最後の最後でしくじって」

耳鳴りがする。目の前で語られることをシリンの耳から遠ざけるかのような、強い耳鳴りだった。だけどそんなもので、姿を現し始めた真実を覆い隠すことはできない。

「……どういうこと？」

シリンがやっとひねり出した言葉は、ずいぶん間抜けな響きを帯びていた。

「そのままの意味さ。言葉の意味くらいわかるだろう？」

ハリヤは哀れなものを見るような視線をシリンに寄越した。

シリンはナフィーサを見て、暁慶と狼燦を見た。広間の人間すべてが、事の成り行きを固唾《かたず》を呑んで見守っているのを見た。

ハリヤの話の意味を理解し始めると、頭の芯がじんと熱を持った。

「それじゃあ、ハリヤと狼燦が共謀して、ナランと燕嵐様を殺したってこと？」

「違うさ。魏帝を殺したのはナランで、ナランを殺したのはお前だろう。シリン」

ハリヤの口元から、黄ばんだ歯が覗いた。

体が震えた。息が苦しくてたまらない。思わず立ち上がると、兵たちに取り押さえられた。ねじり上げられた腕が悲鳴を上げる。

「杏妃、おとなしくしていろ。尋問の最中だ」

シリンは呼吸で肩を上下させた。暁慶の声にすら怒りが逆撫《さかな》でされる。なんの権利があって止めるのだと喚《わめ》きたくなる。

「シリン、本当のことを言われたからって怒っちゃいけない。そんなことでは、真実に辿《たど》り着くことなんて到底できやしないよ」

頭に血が上る。杏妃、と再び鋭い声が飛んだ。

シリンは眩暈《めまい》を覚え、虚脱するようにその場に膝をついた。

「女、あまりたわけたことを抜かすな。それでは、アルタナ族長が兄上を殺そうとする確証はない。そんな杜撰《ずさん》な計画で、皇帝を弑そうとする馬鹿《ばか》がどこにいる」

「実際、うまくいったじゃないか。失敗したって、何か理由をつけてナランの面を剝ぎ、異民が儀式に紛れ込んでいると騒げばいい。それで剣に毒が塗られているのがわかれば、どうしたってナランは皇帝を害するために紛れ込んだということになるだろう。そうすれば、濫と草原の関係にひびが入り、干陀羅の付け入る隙《すき》は大きくなる」

「干陀羅？」

なぜここでその名が出てくるのか。

シリンは呆然とハリヤを見上げた。

目の前にいる、ナフィーサの母親が見知らぬ女に見えてくる。生まれた時からかたわらにいた女は、こんな顔をしていただろうか。この女は、いったい誰だ？

「お母様」

その声は小さなものだったが、深く耳に響いた。ナフィーサがゆらりと立ち上がる。身に着けた白装束が、明るい広間の中で陽炎《かげろう》のように揺れた。

兵たちが身じろいだが、暁慶は首を横に振った。

「あなたは、干陀羅の何なのですか？」

まあ、とハリヤは目を大きく見開いた。表情から酷薄さは消え失せ、まるで別人――草原にいた頃のハリヤにすり替わったかのようだった。

「ナフィーサ、お前は休んでいなさい。じきに子が産まれようというのだから、体を大事にしないと。この母は、お前の身に何かあったらと思うだけで恐ろしくてならないんだよ」

お前も母になろうというのだから、私の気持ちはわかるだろう、とハリヤは微笑んだ。

しかしナフィーサがハリヤの言葉に従うことはなかった。

「お母様。答えてください」

母親の言うことを聞かないなんて仕様のない子、とハリヤは息を吐いた。

「それを語るのは、母にとってあまりに辛いことなんだよ。それを、このように濫人たちの衆目を集めた場で話せというの？」

ええ、とナフィーサは静かに、しかし有無を言わせぬ様子で頷いた。

「ここにいる私はアルタナの娘ではなく、濫帝の妃です。話してほしいと頼んでいるのではありません。話せと命じているのです。なぜ私の夫が死ぬことになったのか、お前には話す義務がある」

ハリヤは表情を曇らせた。

「なんという悲しい日だろう、最愛の娘からこんな扱いを受けようとは」

ナフィーサは表情を変えず、刃のように鋭い視線をハリヤに向けている。

ハリヤは首を横に振った。

「仕方ないね、かわいい娘の頼みだ。どうせ私の命運は尽きてる。それなら、死ぬ前に話しておいてもいいだろう。私の故郷ドルガが、アルタナのはるか西の白嶺山《はくれいさん》の山中にあることは知っているね？」

白嶺山のさらに西には何がある？　とハリヤは謎かけでもするような口調で言った。

「……干陀羅があります」

「そのとおりだよ。ドルガは干陀羅に一番近い場所にある。私の父は干陀羅人なのさ。それも高貴な血筋のね」

「そんなはずはないわ！　お母様はドルガ族長の娘としてお父様に嫁いだはず」

「いいかい、それも間違いじゃないのさ。母はたしかにドルガ族長の妻だった。それを干陀羅人に襲われ、私を身籠ったんだから」

ハリヤの真っ暗な目に炎が宿る。その炎は、ハリヤの瞳本来の色よりもっと深く暗い、色濃い憎しみの色をしていた。

「ドルガ族長は、傷物にされた妻を干陀羅に売ったんだよ。幸か不幸か、干陀羅の男は母をいたく気に入った。本妻のいる本国に連れ帰ることはしなかったが、年に一度は必ず母のもとへやって来た。ドルガの村人はみんな知ってたさ。公然の秘密だった。

族長は妻を一人売って、干陀羅からの庇護《ひご》を受けた。いい買い物だったんだろうよ。ドルガは数ある氏族の中でも貧しい部類だったけど、干陀羅人がもたらす西域《さいいき》の品によって、以前よりずっと豊かになった」

「それなら、どうして干陀羅に利するようなことを？　干陀羅人だという実の父親を、恨んでいないのですか」

「もちろん恨んでたよ。でも私は、あの男一人だけを憎んだわけじゃない。母を売ったドルガ族長も、それを黙認した村人も、母を無理矢理孕《はら》ませた干陀羅人もバヤルも……みんな殺してやりたかっただけだよ。だから全部壊してくれるなら、誰だってよかった。干陀羅だろうと濫だろうと、なんだって」

だから、とハリヤは息を吐いた。

「シドリも殺した」

ナフィーサの体が震えた。

「私はお前に、シドリと結ばれてほしくなかった。だけど妻が夫の意見に逆らったってどうしようもない。それなら、相手に消えてもらうほかないだろう」

シリンの唇が震えた。怒りを言葉にしようとしても、言葉は言葉となる前に逃げていく。

ようやく口から出たのは、子供じみた叫びだった。

「そんなわけない、だって私は見ていた！　燕嵐様が……」

「帝がシドリを斬るところを直に見たのかい？　見ていないだろう？」

シリンは幾度も繰り返し思い出した記憶を、もう一度手繰《たぐ》り寄せた。

あの日見たのは、剣を手にした燕嵐の背の向こうで倒れるシドリの姿だ。そして、こちらを振り返った燕嵐の顔が目に焼きついた。

「燕嵐様じゃ、ない……？」

シリン、とナフィーサがか細い声を上げた。

「違うのよ。燕嵐様ではなかったの。シドリを殺したのは、狼燦殿よ」

「私はそこの男から濫の隊商がアルタナの近くを通ると聞いて、その時に合わせてシドリが狩りに出るように仕向けただけ。ただちょっと、『最近ムジカの者が狩場で濫人の姿を何度か見たらしい、中には斬りかかられた者もいるようだ。どうも元は高い身分で濫を追われた連中みたいだが、放っておけばまずいことになるかもしれない。でも危険だからね、奴らを見かけたら、追い払おうなんて考えずにすぐ引き返すんだ』と吹き込みはしたがね。シドリは優しい子だ。アルタナに危険が及ぶかもしれないと思えば、無視できないだろうよ」

すべてを憎んでいるというのは案外楽なものだ、とハリヤは笑った。

「誰が傷つこうと、結局は望みどおりになるのだから」

「……なぜ、ナフィーサとシドリが結婚するのが許せなかったというの」

「そりゃあ、シドリはアルマの息子だからね。憎い女の息子と、自分の娘を結びつけたがる女はいないだろうよ」

「そんなことで、シドリ兄様は殺されたというの？」

ハリヤの口が半月型に割れた。本当はもう一つ理由がある、とその口がうそぶく。

「シドリはね、バヤルの血を引いてるんだ。義理のじゃない、本当の息子なのさ」

笑みの形に割れた口は、やがて憎々しげに歪んだ。

「口にするのも汚らわしいけど、アルマが嫁に行く前に、バヤルとアルマはすでに結ばれてた。産み月から考えて、よほどの早産じゃなきゃあれはバヤルの子だ」

「ふざけるな！　父様と母様がそんなことをするはずがない！」

怒りで頭がどうにかなりそうだった。言葉を話せているのが不思議なくらいだ。

「待て、話がおかしい。杏妃と睡妃の母親が違うとでもいうのか？　陛下、ならばこの者たちは最初から我らを謀っていたことになりますぞ！」

斉盟が玉座に向かって叫んだが、暁慶は「黙っていろ」と一喝《いっかつ》した。

ハリヤは斉盟の言葉など意に介さず、話し続けた。

「そうだね。そうかもしれない。私がそれを見た時も、アルマは抵抗していたようだったしね。でもわからないよ、ただの演技だったのかも。だって先の夫が死んでからは、結局バヤルと一緒になったんだからさ」

「取り消せ！　父と母を侮辱《ぶじょく》するな！」

「可哀想なシリン。気持ちはとってもわかるよ。私だって自分の見たものを信じたくはなかった。遠路はるばる嫁いできて、まだ新婚もいいところだったのに、夫が自分ではない女を犯してるんだからね。あの時、私は男というものをつくづく呪った。干陀羅のあの男もドルガ族長も、そしてアルタナの夫まで、揃って獣《けだもの》だ。父であろうと夫であろうと、誰も私を省みたりはしない。皆、己の欲のために生きている」

「だまれ！」

「でもシリン、もう大丈夫。お前の父で私の夫だった獣は、アルマが殺してくれたからね」

怒りで熱された頭が、急に温度を失う。もうたくさんだ。これ以上なにも聞きたくない。それなのに、目の前の女は口を閉じようとしない。

「バヤルが病に臥《ふ》した時、アルマに『いい薬がある』と言って干陀羅の毒を渡したのさ。毎日バヤルに飲ませてやるといいってね。それから目に見えてバヤルは弱っていったけど、アルマは飲ませるのを止めなかった。あれが薬なんかじゃないって、途中で気づいただろうよ。それでもバヤルに飲ませ続けたのさ」

あの女も可哀想に、とハリヤは笑った。

「あんなにバヤルに愛されたのに、腹の底ではずっと恨んでたんだね。もしかして、先の夫にシドリが自分の種でないと疑われたんだろうか？　気の毒なことだよ」

だまれ、と繰り返した声は情けないくらい掠れていた。

「それで夫が死んだら、残ってた毒を飲み干して死んじまうなんてさ。本当に可哀想だ」

屈辱と怒りに、シリンの目からとうとう涙がこぼれた。

ナフィーサがすっとシリンの前に進み出て、ハリヤの前に立ち塞がった。

「お母様。シリンを傷つけるのはやめて」

ハリヤはまだほんの小さな子供を相手にするかのように、「ナフィーサ、あなたは休んでなさいと言ったでしょう」とやわらかに笑った。

ハリヤの顔の上で、残酷な女と慈母の面とがくるくると入れ替わる。一体どちらが本性なのか、あるいはどちらも仮面に過ぎず、ハリヤの本当の顔などどこにもありはしないのだろうか。

ナフィーサは唇を噛んで続けた。

「……お母様、一つ教えてください。シドリはそのことを知っていたのですか？」

「もちろん。私が教えてやったからね。だってあんまりじゃないか。別の男との間の連れ子だからって、長子なのにいつも肩身が狭そうにしててね。本当はシドリこそが後継者で、一番堂々としてていいはずなのに、ナランに遠慮して。見ていられなかったんだ。でもあれは優しい子だったからね、事情を知ってからは、それならナフィーサと結婚できるわけがないって苦しんで」

だから、とハリヤは笑った。含みのない、晴れやかとさえとれる笑みだった。

「きっとシドリも、死ぬことができて安心しただろう。どうやってナフィーサに本当のことを知られず婚約をなかったことにできるか、もう思い煩《わずら》うこともない」

シリンは足元が崩れていくような錯覚にとらわれた。

何も知らなかった。

濫の隊商にひるまずにあの時真実を確かめていれば、あの日シドリとはぐれさえしなければ、ハリヤの狂気にもっと前から気づいていれば。多くの仮定が泡沫《うたかた》のように胸に芽生えては、空しく弾けた。

「でも……でも。輿入れが決まった時も、出立の日も、あなたあんなに泣いてたじゃない。あれも全部演技だったの？」

シリンが縋るようにそう言うと、ハリヤは激昂した。

「馬鹿なことを言うんじゃない！　ナフィーサを失うことになって、どれだけ私が辛かったか。それを事もあろうに演技だなんて」

「だけど、そんなのって変だわ。あなたの計画通りになったら、ナフィーサは夫を失うことになる。それに、アルタナ族長であるナランが濫帝を殺せばナフィーサだって無事では済まない。そんなこと、最初からわかりきっていたでしょう？　ナフィーサが大切だというなら、どうしてこんなことができたの」

怒声が返ってくるものとばかり思って身構えたが、いつまで経ってもそれは聞こえてこなかった。

「違う。違う。私は……」

ハリヤを見やると、表情もなく、ただ痩せた顔の中で緑の両目が泳いでいる。

ははは、という乾いた笑い声に、シリンはそちらを見た。声の主は、狼燦だった。

「無駄だ。その女は、私と出会った時にはすでに壊れていた。自分が何をしているのかも、理解してはいない。その女の中に残っているのはただ、矛先《ほこ》さえも失くした憎しみだけだ」

ハリヤは狼燦の言葉に反論することもなく、何事かぶつぶつと小声でつぶやくばかりだった。

ハリヤはとっくに狂ってしまっていたのだろうか？　常人には当たり前にわかることがもはやわからず、憎しみに我を忘れ、ナフィーサさえも奈落に落とす道を突き進んだというのか？

そんなことの結末が、今目の前にある現実なのか？

視界が揺れる。頭蓋《ずがい》の中身が揺さぶられるような気分の悪さの中で、でも、と一つの疑問が頭をもたげた。

「待って。今回のことがハリヤの復讐《ふくしゆう》だったのだとして、狼燦は何の関係があるの？　なぜ、ハリヤに手を貸したりしたの」

逆光で暗く塗り潰《つぶ》された暁慶の顔が、ハリヤから狼燦へと向けられるのが見えた。

そうだな、と狼燦は薄く笑った。

「杏妃と睡妃をはじめ、この場にはそれを知らない者も多い。あれからすでに十年近くが経ち、事実は秘匿《ひとく》された。どうだ暁慶、せっかく人も集まっていることだし、余興として一つ話してみてもいいだろうか」

暁慶は止めなかった。

「大家《だんなさま》はお優しい」と、狼燦は皮肉めいてつぶやいた。

「さて、どこから話そう。いざ話すとなると、わからないものだ」

狼燦は息を吐き、虚空《こくう》に向かって語り始めた。

「先帝には、皇子が三人いた。燕嵐と暁慶、そしてもう一人」

先帝には皇后があった。

皇后の父は、誰もが名を知る名門の一族であった。その父のもとに、後の皇后は双子として生まれた。十七を迎えた春に、双子の妹と揃って入宮した。

やがて彼女は寵を受け、先帝にとって最初の皇子を産んだ。

父が高位であり双子。さらには帝の寵があり、第一皇子の母でもある。

誰もが彼女がいずれ至高の座につくことを予見した。

それに過《あやま》たず、皇子の誕生から一年を待たずに皇后の位に登った。

皇后は美しかった。

その顔《かんばせ》は、磨きこまれた玉や熟《う》れきる直前の桃の実にたとえられた。

しかし当の皇后は、己の容姿を愛してはいなかった。

皇后の髪や瞳は、多くの濫人が持つような黒いものではなかった。皇后の髪は鳶色でやわらかく、瞳は陽《ひ》に透けて蜜《みつ》色に光った。

それは皇后が母から受け継いだものだった。

母は濫人ではない。干陀羅貴族の生まれであった。

母親の出自は、欠けるものがないかに思われた皇后の唯一の陰《かげ》であった。双子に生まれなければ、入宮もあり得なかっただろう。干陀羅の血が混じった娘が後宮に入ることは、父の位と美貌、そして双子であるという身分、三つが揃わなければ実現しなかった。

しかし皇帝は干陀羅の血など気にも留めず、色素の薄い髪や目も美しいと愛《め》でた。

皇子も健やかに成長した。いずれこの皇子が太子となることは、明らかであるように思われた。皇后の邸《やしき》には妃や宦官が、父の邸には官吏や有力貴族たちが日夜集い、皇后の権にあやかろうと熱心に媚《こ》びを売った。

皇子が生まれて三年が過ぎたある日、皇后のもとに一報が入る。妃の一人が帝の子を産んだ、と使いの宦官は伝えた。

男児か女児か、と皇后は問うた。

男児です、と宦官は答えた。重ねて言った。

「双子のご兄弟にございます」

その日からすべてが変わった。

先帝は、生まれたばかりの双子を揃っていずれ皇太子とすると告げた。

皇后は嘆き、なぜそのようなことをと先帝に詰め寄った。それを疎《うと》んだ先帝は、次第に皇后を遠ざけるようになった。

皇后は、帝の寵と、未来の皇太子の母という立場、二つをいっぺんに失った。

権勢に陰りが見えると、邸をひっきりなしに訪れていた客の姿も見えなくなった。

物寂しくなった邸の庭で、皇子だけが無邪気に遊び、笑い声を上げていた。

次第に、なぜ干陀羅の血を引く女が皇后の座についているのかという声が聞かれるようになった。皇后の美しさや皇子の利発さを褒めそやしたその口で、人々は「異民の血が入った女や皇子では」とささやき合い、笑った。最初はひっそりと、やがて隠す様子すらなく、声高に。

未来の皇太子の母こそその位にあるべきではないかと、彼らは言った。

双子の皇子を産んだ妃は、生来おっとりとした気性で、野心のない女だった。

周囲がそのように騒ぎ出すのを心苦しく思っていた。かつて皇后が、入宮したばかりの妃が仕出かした粗相を笑って許してくれたことを覚えていたからだ。妃の位は婕妤《しょうよ》であり、皇后とは比ぶべくもない低い身分であった。そんな自分への寛容さを、彼女は忘れていなかった。己の存在が皇后の立場を脅《おびや》かすことなど、願ってはいなかった。

しかし、周囲の声をおさめられるような才覚も妃にはなかった。

せめて態度で示せばいずれ皆もわかってくれるのではないかと、妃は度々双子の皇子を伴って皇后の邸を訪ねた。三人の皇子は後宮の思惑など知る由《よし》もなく、共に交わり遊んだ。とりわけ双子皇子の弟は、皇后の息子によく懐いた。

弟皇子は、双子の兄と比較されては「太陽と月」「陽と陰」と評されていた。

兄皇子は誰を相手にしても臆することなく、何をさせてもすぐに覚えてしまった。

弟皇子も、常人に比べれば十分に優れた御子だった。けれど兄と並ぶと、万事において見劣りした。気性も内向きで、さらには頻繁《ひんぱん》に熱を出して寝込んだ。

人は、弟皇子はまるで兄皇子の陰をすべて引き受けて生まれてきたようだと言った。

それを知った弟皇子は、ますます内向的になっていった。

皇后の息子は、母に似て聡《さと》かった。幼いながらも弟皇子の持つ劣等感を嗅《か》ぎ取り、兄皇子に対するよりも優しく接した。「兄よりも」というものに飢《う》えていた弟皇子は、ともすれば双子の兄よりも、この異母兄を慕うようになった。

そんな日々が続いたある日のことである。

双子の皇子の、十歳の誕生日を祝った翌日のことだった。

双子の母である妃が死んだ。

毒殺であった。

遅効性の毒が使われた。毒見役が苦しみ出した時には、すでに妃も同じものを口にしていた。

ただちに毒の出所が調べられ、干陀羅で古くから使われるものに酷似《こくじ》しているとの所見が出された。

誰もが皇后に疑いの目を向けた。

妃を恨み、干陀羅の毒を容易に手に入れることのできる人間といえば、皇后をおいて他にいなかった。皇后は否定した。私ではないと叫んだ。しかし皇后の寝所を検めたところ、毒壺《どくつぼ》が見つかった。もはや言い逃れはできなかった。

皇后は処刑された。それは皇后一人に留まらず、係累にも及んだ。重臣だった父をはじめ、妃であった双子の妹も、母も祖父も祖母も、兄弟姉妹からその子に至るまで、一族すべて罪に連座して殺された。

皇后の産んだ皇子も、同じ道を辿るはずだった。

しかし、弟皇子がその助命を父帝に願い出た。弟皇子は表情に乏しい子供だったが、この時ばかりは額を床にこすり付け、涙ながらに訴えた。

父帝は根負けし、「ならば死刑か宮刑《きゅうけい》か、当人に選ばせよ」と命じた。

弟皇子は幽閉された第一皇子のもとに走り、どうか死なないでほしい、生きてくれと泣いた。

第一皇子は笑って言った。

「もとより母と共に死ぬつもりだった。だが、お前がせっかく拾ってくれた命だ」

彼は宮刑を選択した。同時に皇子の身分は剝奪され、名前さえあらためられた。

第一皇子は死んだ。

表向きには、皇子も母とともに死罪になったと伝えられた。

生きることを選んだところで、後宮の隅に篭《こ》められ、ひっそりと息をすることだけを許された生だった。母や親族たちを弔うことも許されなかった。弟皇子が時おり訪ねてくる以外は、人と話すこともなかった。

状況が変わったのは、父帝が「夢枕に皇后が立つ」と言い出してからだった。

「皇后が『濡《ぬ》れ衣《ぎぬ》を着せられ殺された、お恨み申し上げる』と毎晩枕で泣くのだ。第一皇子の幽閉を解け」

迷信深い先帝のいかにも言い出しそうなことではあったが、目の下に隈《くま》をこさえた皇帝に命じられれば、従わないわけにもいかない。

妃の毒殺について再調査が行われることとなった。後宮の隅の隅まで調べつくされた結果、真犯人が見つかった。

名を挙げられたのは、亡き皇后の双子の妹だった。

妹妃はすでに処刑されこの世になかったが、仕えていた侍女が、命じられて毒壺を皇后の寝所に置いたと自白したのだ。

妹妃は、姉が皇后となったのを妬《ねた》んでいたのだという。

帝の訪れもなく、「姉君は皇后にもおなりなのに」と陰口を叩かれる日々は、妹妃から次第に優しさや理性を奪っていった。なぜ自分が後宮にいるのかわからなかった。入宮を決めた父母を恨みさえした。何の楽しみも安らぎも見出《みいだ》せない日々に、いっそ死んでしまえば楽になるかもしれないとさえ考えるようになった。

そこへきて、今度は双子皇子を産んだ妃がもてはやされるようになった。心の荒《すさ》んでいた妹妃には、それも許せることではなかった。明らかに家格の劣る妃が、自分と同じ顔の姉を退《しりぞ》けて寵を受けるのは、姉が愛され続けるよりも受け入れ難いことだった。

そして、妹妃は思いつく。二人を――あるいは、自分を含めて三人を――同時にこの世から消し去る方法を。

双子を産んだ妃を殺し、その罪を皇后になすりつければいい。

妃を自分で殺してしまっても、姉も連座し死ぬことになるかもしれない。けれど皇后という身分に守られる可能性は残るし、たとえ死罪となっても、愚かな妹のせいで処刑された薄幸の皇后という評が残る。

それではいけない。

姉には、格下の妃に嫉妬《しっと》し愚挙《ぐきょ》に出た女として死んでもらわねばならない。

そうして妹妃は、宦官を買収し妃の食事に毒を混ぜた。

侍女が告白したのはそのようなことだった。当の妹妃はすでに土の下で、真実を知る術《すべ》はない。侍女の言うとおりだったとして、妹妃は満足だったのだろうか。無実の妃と姉、多くの親族を道連れに、満ち足りて死んでいったのだろうか。

母の罪が晴れ、第一皇子は幽閉を解かれた。しかし、すでに第一皇子は死んだことになっており、失った陽物《ようぶつ》も戻らない。ならば今後は、命を救ってくれた弟皇子に宦官として仕える。第一皇子は死に、別人として生まれ変わった。そう宣言した。

「そして、今日に至る」

「じゃあ、皇后の産んだ第一皇子って……」

狼燦はシリンに向かって微笑んだ。

「おわかりでしょう。この愚かな男が、それですよ」

後宮の隅、朽ちた邸の前で一人紙銭《しせん》を焼いていた姿がよみがえる。あの邸は恋人の住処《すみか》などではなく、母である前皇后のものだったのか。

「そして、皇后であった母の兄が、そこの女の実の父親だった。実に世間は狭いものだ。私たちは干陀羅人のその男によって、ドルガで引き合わされた」

「私が聞きたいのは、過去ではない。なぜ、お前がこんな馬鹿げたことに手を染めたかだ。……答えろ」

暁慶が再び問うと、狼燦の目に憐《あわ》れみが宿った。

「そんなこと、決まっているだろう。すべてに復讐すると決めたからだ。それが一人生き残った意味だと思った」

「皇后の死を画策した女はすでに死んでいる！　処刑を命じた父ももういない。お前は、いったい何に復讐しようとしたのだ？」

兄上がいったい何をした、と暁慶は声を絞り出した。

「燕嵐には何の罪もない。あれは誰より汚れから遠い男だ。それは濫の民すべてが知るところだろう」

「では、なぜ殺した」

「燕嵐が死ねば、お前の苦しむ顔が見れるだろう。なぜ優れた兄が死に、自分だけが玉座に残されるのかと」

「ふざけたことをぬかすな」

晩慶が気色ばむと、狼燦は肩をすくめて笑った。

「私は、この国に巣食う病理を破壊したいのだ」

病理？　と暁慶が顔をしかめた。

「この国特有の病だ。母が後宮に入ったのは、双子だったから。妹から恨まれ殺されたのも、双子の片割れだったから。濡れ衣を着せられた挙句、誰もそれが冤罪《えんざい》だと疑わなかったのも、双子が皇太子となっていたから。つまり私が何もかもを失ったのは、双子という呪いのおかげだ」

双蛇神とはまことにありがたいものだ、と狼燦は声を張った。

「二帝を殺し、この国に根付く双子信仰を破壊する、そのためだけに私は生きてきた。それだけが、無念の内に死んだ母への弔いとなるだろうと信じた。双蛇の宗廟が開かれる十王の儀は、まさにうってつけだった。宗廟で双蛇の写し身であるはずの皇帝が死ねば、双蛇の加護などこの国にないことが、誰の目にも明らかだろう」

狼燦はふっと暁慶に笑いかけた。

「馬鹿だなあ、暁慶。あの日お前が、私に生きろなどと言ったからだ」

だから燕嵐は死ぬことになった、と狼燦は低くささやいた。

「お前は私を生かすべきではなかった。助命など請わず、私が処刑されるのをただ見ているべきだった。そうすれば、燕嵐は死なずに済んだ」

「くだらん世迷言を吐くな！　誰だって、兄弟が罪もなく死ぬところなど見たくない。助けられる命なら助けるに決まっているだろうが」

暁慶が激昂すると、狼燦の顔からすっと笑みが引いた。

「兄弟？」

狼燦は、は、は、と天井に向かって笑った。

「その慈悲深さのおかげで、私は皇子でも、お前の兄でもなくなったじゃないか。陽物を失くして生きる者のみじめさがわかるか？　宦官は人としてすら扱われない。死ぬところを見たくない？　そんな理由で、お前は私に畜生に堕《お》ちてまで生きろと言ったのか？　人間でなくなっても生きるというのは、人として迎える死よりも上等なものなのか？

たしかにお前はそれでいいだろう。望みどおり私は死なず、お前のそばにいた。

だが以前とはすべてが変わった。幼い頃は、いつも燕嵐と比べられ腐されるお前が不憫《ふびん》だった。だから燕嵐よりもお前を構った、優しくしてやった！　たとえ皇太子になれなくても、双子だからというだけで玉座へ祀《まつ》り上げられ、一生燕嵐の添え物として生かされるお前よりはましだと、そう思えたからだよ」

それなのに、と狼燦は吠《ほ》えた。

「あの日からお前は、私の命の恩人であり主人となった。私は冤罪だったとはいえ罪人として処刑された母の子で、宦官だ。縁者ももういない。日の目を見ることなど望むべくもない。日陰者と憐れんだ、お前の影として生きることしか許されない！」

　シリンは我慢できなくなって叫んだ。

「黙りなさい！　お前の恨みは、暁慶様に向けるべきものではない！　お前はただ――」

「杏妃。よい」

　でも、とシリンが言い募るのを、暁慶は制した。

「……もうよい。よく、わかった」

　暁慶は玉座から立ち上がると、階《きざはし》を下りてきた。そして狼燦の顔を、正面から見据えた。差し込む光に照らされたその顔は、意外にも静かなものだった。

「お前はそこの女と共謀し、兄上を弑した。そして睡妃と杏妃はこの企みに何の関係もない。たしかだな？」

　狼燦は笑みを浮かべた。返答はなかったが、沈黙は肯定でしかなかった。

「愚かな。お前もそこの女も、結局はお前たちを引き合わせたという干陀羅の男にいいように利用されただけだろう」

　そうだとしても、と狼燦は微笑んだまま言った。

「たとえ大伯父やその女に出会うことがなかったとしても、私のやることは何も変わらなかっただろう」

「……では、私がこれからせねばならないこともわかるな」

狼燦はただ目を伏せた。

「残念だ。お前をこの手で殺すことができないまま、死なねばならないとは」

あと少しだったのに、と狼燦は目を閉じた。

「陛下、お待ちください！」

シリンは思わず声を上げていた。

「なんだ。こやつの助命は聞き入れられんぞ」

「わかっております。わずかな時間をお許しください」

シリンは狼燦に顔を向けた。狼燦はうるさそうに薄目を開け、シリンを見た。

「あなた、暁慶様をずっと憎んでいたの？　殺したいと思うほど？」

「さっきからそう言っているだろう。何度聞かれても答えは変わらない」

「嘘よ。絶対に嘘だわ」

狼燦の目が開かれ、剣呑な色が浮かんだ。

「暁慶様を殺したかったのなら、殺す機会などいくらでもあったはず。お前は暁慶様に一番近い場所にいたのだから。それなのに、なぜそうしなかったの？」

「私が暁慶一人を殺しても意味がない。ただの愚かな復讐、逆恨みと取られるだけだ。双子への信仰に傷を付けるには、燕嵐と暁慶、二人揃って不幸な死にざまを晒してもらわねばならなかった」

「それならなぜ、宗廟に踏み込んできた時に暁慶様を手にかけなかったの？」

狼燦はシリンと目を合わせなかった。

「お前の言うとおり、双蛇や双子への信仰を損ないたいのなら、十王の儀は絶好の機会だった。なぜ、みすみすその機会を逃したの？」

「それは」

狼燦はとうとう言葉に詰まった。

「お前は、ハリヤの協力なんかなくても最初から全部一人でやれたはず。そうできなかったのがなぜなのか、本当はわかっているでしょう？」

狼燦は答えなかった。シリンは代わりにそれを口にした。

「自分で手を下したくなかったからよ。お前には、暁慶様を殺せる自信がなかった」

違う、と狼燦は白い顔で答えた。か細い声だった。

「そうじゃない。お前に何がわかる」

己の声の心許なさに怒るかのように、狼燦は身じろいだ。

「私は、殺せる」

狼燦の目が、暁慶を捉えた。白い喉笛が、瞳に映る。

その指先が、床に落ちた剣を求めるようにかすかに蠢《うごめ》いた。

しかし狼燦の手は踏みつけられ、剣は兵の手に渡った。

暁慶は自らの剣を抜き、狼燦の首にあてがった。

「私はまだ、死ぬわけにはいかない」

首元が薄く切れ、赤い線が肌の上に走る。

「陛下！　罪人の血で自らの手を汚されてはなりません！」

斉盟がそう叫ぶと、狼燦は歯を見せて笑った。

「都督殿の言うとおりだ、暁慶」

その歯は白く、歯茎は赤かった。次の瞬間、狼燦は何かを噛み砕いた。

やがてその白い歯の間から、一筋の血が垂れ落ちた。

「狼燦！」

狼燦の体が前へと倒れる。

苦しみに悶《もだ》えながら、狼燦は暁慶に向かって笑いかけた。口元の歪みが、陰影によって
そう見えただけかもしれない。しかしシリンの目には、はっきりと笑んだように映った。

暁慶が呆然と見下ろす前で、狼燦はやがて動かなくなった。

「……毒か」

奥歯に仕込まれた毒を噛み破り、狼燦は絶命していた。見開かれた目は朝日を弾き返し、

金色に輝いていた。

広間の誰も声を発しようとしなかった。

静寂の中、ひ、ひ、と痙攣《けいれん》するようにハリヤが笑い出す。

死んだ、死んだ、と壊れたように笑い続ける。

「……お母様」

ナフィーサの呼び声に、ハリヤの笑い声が止んだ。広間はしんと静まり返る。

「お母様はこれで、満足ですか」

「満足ということはない。私の望みは、すべてが壊れてくれることだった。この程度、すべてとは到底言えないだろう？」

ナフィーサは湿った息を吐いた。

その目元は泣きそうに歪んだが、無理やり笑みの形に作り変えられた。

「お母様の言うすべての中には、私も含まれているのですか？」

「そんなわけないだろう！　お前は私の、たった一人の……」

自分の中の矛盾にようやく気づいたのか、ハリヤの声は尻すぼみに小さくなった。

「お母様は私の愛した人を奪いました。私にお母様の苦しみすべてを理解することはできないように、お母様、あなたにも私の痛みはきっとわからない」

ハリヤは目の前の娘をただ見つめることしかできなかった。

「でも、お母様。誰もあなたのことを顧《かえり》みなかったと言われたけれど、それは違います。私はずっと、お母様のことを想っていました。濫へ嫁いでからも、ずっとです。そんなもの、あなたの憎しみの前ではないに等しいものだったことでしょう。でも、私は、たしかに」

そこで言葉は途切れ、ナフィーサはうめき声を上げてうずくまった。

「ナフィーサ？」

ハリヤは呆けたような顔をして、苦しみ出した娘を見た。

「ナフィーサ、どうしたの」

「ごめんなさい。もう、限界みたい」

はっとして見ると、ナフィーサが座り込んだところに血だまりができていた。

思い出したように、鼻が血の臭いを嗅ぎ取る。

ナフィーサは浅い呼吸を繰り返し、痛い、痛いと繰り返した。

シリンは暁慶に向かって叫んだ。

「子が、産まれます！」

大丈夫よ、と鼓動を速めながらナフィーサの手を握った。

「睡妃を別室へ！」

暁慶の声に、周囲の宦官や侍女たちが我に返ったように動き出した。

「侍医と産婆《さんば》を早く！」

命を受けた宦官が広間を駆け去る。

彼が戻ってくるのに、どれほどの時間がかかるのだろう？

そうしている間にも、ナフィーサの声は悲鳴じみたものに変わっていた。

シリンの体に恐怖が染みていく。

その時、呆然と座り込むハリヤが目に入った。迷っている時間はなかった。

「ハリヤ！」

シリンはハリヤのもとに駆け寄り、腕を拘束した縄を嚙んだ。

「何をしている！」

「決まってるわ、子を取り上げさせるのよ！　ハリヤは村で何度も出産に立ち会ってる！」

「その女は大逆人だぞ！　陛下の御子に触れさせられるか！」

「この血が見えないの!?　待ってなんていられない！　早く縄を解いて！」

ハリヤ、とシリンは焦点の定まらない目をしたハリヤに向かって叫んだ。

「ナフィーサの子が産まれるのよ。ねえ、ハリヤ、あなたナフィーサのことも憎い!?　そんなわけないでしょう!?　誰のことが憎くても、ナフィーサだけは」

言葉の途中で、ハリヤはゆらりと立ち上がった。

「ハリヤ……」

ハリヤは侍女に抱え上げられたナフィーサを目に映した。明るい緑の目が、一瞬、深い色に変わる。

「湯を」

かすかな声だったが、その声はたしかにシリンの耳に届いた。

「湯を、用意しな」

シリンは暁慶を振り仰いだ。

「陛下！」

「……許す。兄上の子が産まれるまでの間だ」

暁慶の言葉を聞くと、兵たちは顔を見合わせ、急いでシリンたちの縄を解いた。

斉盟が何事か暁慶に訴えるのが聞こえてきたが、かまってはいられない。

ナフィーサは隣室に運ばれ、牀の上に寝かされた。

帯を寛《くつろ》げ下履《したば》きを脱がせると、血の臭気が強まる。見れば、産道が開ききり、すでに赤子の黒い頭が見えていた。

「うそ、いつの間にこんな」

「ごめんなさい。産まれそうだと言い出せば、この子を取り上げられるかもしれないと思って、怖くて」

ナフィーサは短い悲鳴を上げ、体を痙攣させた。

「ナフィーサ、大丈夫だよ。この母がついてる」

ハリヤの声に、ナフィーサは微笑もうとしたようだったが、すぐにその顔は歪んだ。

あああ、と高い声が上がり、玉の汗が額の上を転がり落ちていく。

「大丈夫、大丈夫だ……ゆっくり息を吸って、吐いて」

シリンはナフィーサの汗を拭い、手を握った。

「シリン、足を押さえて。ほら、お前たちもだよ」

シリンは侍女と共にハリヤの言葉に従い、ナフィーサの脚《あし》を開かせて押さえた。

「頑張って。もうすぐ、あなたと燕嵐様の子に会えるのよ」

ナフィーサは痛みに顔をしかめながらも頷いた。

頭が出た、とハリヤがつぶやいた。人とも思えないほど小さな頭が、たしかに見えた。

ナフィーサはなんとかいきもうとしているようだったが、力が残っていないのか、赤子は頭を出したまま動かない。苦しげな声と呼気が耳を塞ぎ、時間だけが過ぎていく。

「侍医はまだ着かないの？」

シリンが訊いても、侍女は困ったように首を横に振るばかりだ。

房に充満する血の臭いに、眩暈を覚えた。

ナフィーサの体の動きが、だんだん緩慢になってきた気がする。

見れば、目に力がない。

「しっかりして。お願い、あと少しだから」

ナフィーサの手を強く握ったが、その手は握り返してこなかった。

「ナフィーサ?」

シリンの顔がさっと青ざめる。

それを見たハリヤは意を決したように、「少しの辛抱だ」と産道に手を差し入れた。悲鳴が上がり、ナフィーサの足に力がこもる。ごめん、ごめんね、頑張って、と心の中で繰り返し、痛みから逃れようと暴れる足を押さえつけた。

「ナフィーサ、耐えておくれ」

ハリヤは産道の中で手を動かし、赤子の体勢を変えているようだった。難産の羊にするのと同じやり方だ。

ハリヤが血に濡れた手を引き抜く。ナフィーサの喉から声にならない長い叫びが漏れた。それを合図に、赤子がずるりとこの世に姿を現した。

「ナフィーサ、よくやったよ! お前は母になったんだ」

胎《はら》から出てきたのは、男児であった。

しかし産声《うぶごえ》が上がらない。

恐怖が再び押し寄せる。

動けないでいるシリンを尻目に、ハリヤは赤ん坊を抱き上げると、口に呼気を吹き入れた。何度か繰り返したところで咳き込み、唇が赤子から離れた。

シリンはハリヤの手から赤子を奪い取り、同じように息を吹き入れた。

まだ、温もりはある。命はここにある。

どれくらいそうしていたのかわからない。息が苦しく、頭がひどく痛んだその時、けほ、と小さくむせる声が聞こえた。

シリンは腕の中を見た。赤子は震えるように全身を縮こまらせたかと思うと、小さな声を上げた。

そして、たしかな声で泣き始めた。

ひどい頭痛が喜びに塗り替えられて血に溶け出し、全身に流れていった。

ハリヤは緊張の糸が切れたのか、その場にくずおれた。

シリンは腕の中の命を、ナフィーサの胸に載せてやった。

「見て、ほら。あなたの子よ」

ナフィーサは震える手で胸の上の赤子を抱きしめ、その目に我が子を映した。そこにある命が幻《まぼろし》でないと確かめるように頬を撫で、血に濡れた髪を指先でとかしてやった。

しかし、すぐに手の動きは止まってしまった。

「ナフィーサ？」

「シリン、痛い……」

はっとして見ると、血だまりは今もなお広がっていた。血が、止まっていない。

「大丈夫、もうすぐ侍医が来るわ。本当に、もう少しだから。ね、頑張って」

シリンには、そう言うことしかできなかった。語尾が震えるのを、どうしても抑えられない。

ナフィーサはシリンの言葉など耳に届いていないかのように、赤子を見つめつぶやく。

「ごめんね、シリン。私、こんなに、弱くて……。私、強いあなたにいつも勇気づけられてた」

「ナフィーサ、待って。そんなことを言わないで。ねえ、お願いよ」

シリンは縋るように、ナフィーサの腕に触れた。まるで最期の言葉を聞いているようで、恐ろしかった。

ハリヤが這うように牀に取りつき、娘の顔を覗き込んだ。

「ナフィーサ、お前」

ナフィーサはもはや目の前にあるハリヤの顔が見えていないかのように、虚空に向かって手を差し伸べた。

「お母様。お母様に、言いたいことがたくさんあって。でも、どんな言葉も、違う気がする」

緑の目に、みるみるうちに涙の粒が盛り上がる。

「私、お母様のしたことを許すことはできない。きっと、永遠に。でも、どうか、もう、苦しまないでほしい。その気持ちも、ほんとうで。わからないの。お母様、私は、あなたに何を言ってあげられる？」

ハリヤの喉から獣のような声が上がった。牀から滑り落ちて床に伏せた細い背が、がたがたと震え出す。くぐもった嗚咽が、そのつむじを通して聞こえてきた。

「シリン、そこにいる？」

もちろんいるわ、とシリンはナフィーサの手を握った。

「ありがとう。シリンと姉妹に生まれてこられて、本当によかった」

ナフィーサの目から、温度が失われていく。瞳の焦点がとろりと溶けて、どこも見てはいないような、夢見るような目つきになっていく。

「ナフィーサ、やめて。ナフィーサはこの子を育てていくんでしょう？　全部、これからじゃない」

ありがとう、とナフィーサは繰り返した。その顔は薄く笑ったままだった。

ナフィーサは赤子を愛《いと》おしそうに抱きしめた。

「シリン……最後に、一つだけ、お願い。どうか、この子を」

まもってね。

か細い声がそう言ったかと思うと、赤子を包んでいた手がほどけた。

そして二度と、我が子を抱くことがなかった。

侍女が慌てて房の外へと飛び出していく。

その間も、赤子は母の胸の上で泣き続けていた。

顔をくしゃくしゃにし、ああ、ああ、と声を上げている。

シリンはナフィーサの肩に顔を埋めた。血の臭いの底に、焚《た》き染められた伽羅《きゃら》と、かすかにナフィーサ自身の匂いがした。甘く山羊《やぎ》の乳にも似たその匂いを、シリンは胸いっぱいに吸い込んだ。

ああああああ、と赤子は母の死を悼《いた》むように、一際強く声を響き渡らせた。

シリンは赤子を両手で抱きかかえると、壁にもたれて座り込んだ。

「大丈夫……すぐにお医者様が来るからね」

シリンは赤子と、自分自身に向かってそう言った。

その声に応えるかのように、話し声と足音が聞こえてきた。それはだんだん大きくなり、慌ただしく近づいてくる。

立ち上がりたかったが、もはやその気力もなかった。

音を立てて扉が開く。

「杏妃！　睡妃は――」

駆けつけた侍医たちの先頭にいる暁慶を見た瞬間、涙があふれた。

「これは……」

暁慶は房の中の光景を見て絶句した。

はやく、とシリンは口を動かした。

「早くこの子に、湯と乳を」


赤子は侍女たちの手で体を清められ、清潔な布でくるまれた。子を産んだばかりの侍女から乳を分けてもらうと、元気に吸い始めた。そうしていると、産声のないまま生まれ、すでに母も父もないことなど嘘のようだった。


中断された裁きは、明日を待って再び開かれることとなった。

ハリヤは再び牢に入れられた。離宮にやって来た時の威勢は失せ、おとなしく引かれていった。


シリンは赤子と引き離され、離宮の一室をあてがわれた。もともと泊まっていた房よりずいぶん狭いし、外には見張りも付けられていたが、それでも牢でなく房には違いない。

牀に体を横たえると、忘れていた疲労がどっと押し寄せた。

身体《からだ》は沈むように重かったが、眠りは訪れなかった。ナフィーサのこと、赤子のこと、シドリ、父母、燕嵐、狼燦、暁慶、ハリヤ、ナラン——アルタナ。いくつものことが胸に去来して渦巻き、答えを与えないまま去っていった。

幾度も起き上がってはまた横になりを繰り返した。

まだ、すべきことが残されている気がする。

しかしそれは、本当に正しいことだろうか。

誰も答えを与えてはくれない。それでいい、と保証してくれない。

けれどシリンは、懊悩《おうのう》を振り切って牀を抜け出した。

ここまで来て、何を恐れることがあるだろう。考えつく限りの恐ろしいことはすべて、すでに現実となった。

シリンは意を決して窓から乗り出した。庭木の枝にしがみつき、幹を伝って下へと降りる。

向かったのは地下牢だった。牢番はシリンの顔を見ると驚いた顔をしたが、人差し指を口元にあてて黙らせた。その手に、十王の儀で身に着けた金の簪《かんざし》を握らせる。

牢番が口を開く前に、牢の中へと進んだ。引き止められることはなかった。

薄暗い牢の中に、ハリヤの輪郭《りんかく》がぼんやりと浮き上がる。ハリヤは瀕死の獣のように、石の床の上に転がっていた。

声をかける前に、緩慢な動作で枯れ枝じみた体を起こした。

シリンが来ると、まるで最初からわかっていたようだった。

「馬鹿な娘だよ。ここへ来たのが知れればまずいことくらい、わかってるだろうに」

ハリヤ、とシリンは名前を呼んだ。その声は、自分でも驚くほど静かなものだった。

「あなた、自分のしたことを悔いる気持ちはある？　ほんの少しでも」

ハリヤは答えなかった。

「罪を、贖《あがな》う気はある？」

牢の回廊を照らす頼りない灯が風に揺れ、ハリヤの顔を歪んで見せる。

長い沈黙があった。とうとうハリヤは答えなかった。

その代わりに、格子の隙間から何か差し出した。受け取って拳を開くと、狼《おおかみ》の牙の首飾りだった。

これって、とシリンは顔を上げてハリヤを見る。

「……ナランが、十王の儀に向かう前に預けていった。大事なものだから、なくすわけにはいかないと」

それは、かつてバヤルの首にあったものだった。さらに前には祖父のもとにあった。バヤルが死んだ後は、ナランのものとなっていただろう。

狼の牙は、アルタナ族長の証だ。

「それは、お前が持つべきものだ。アルタナは……」

言いかけて、ハリヤは口を閉ざした。

「今さらだ。私のような女が、言えることなど何もない」

シリンは掌の上の狼の牙をじっと見つめた。

首から提《さ》げると、肌に触れた牙は冷たかった。

ハリヤは緩く頭を振り、両手を握り合わせた。

「……太陽の加護が、お前の上にあるように」

第六章

「死罪だ」

暁慶《ぎょうけい》の声が響くと、異議なし、と広間に集まった面々は頷《うなず》いた。

縄打たれたハリヤは膝《ひざ》をつき、シリンはそのかたわらに立っている。

「そこな女は宦官《かんがん》と共謀し、帝《みかど》の命を奪った。これだけでも三度死んだところで償《つぐな》えぬ罪だが、その上草原と濫《らん》の協約を乱し、干陀羅《かんだら》の介入さえも目論《もくろ》んだ」

ハリヤは微動だにしない。昨日とはまるで別人のように、黙って暁慶の言葉を聞いている。

「謀反《むほん》は最も重い罪だ。法にのっとれば、謀反人は一族すべて死罪を賜る《たまわ》」

広間にざわめきが広がった。謀反人の一族とはつまり、シリンとナフィーサの赤子にほかならない。月凌《げつりょう》など、青ざめきってシリンを見ていた。

暁慶が続ける。

「しかし赤子は、罪が犯された時まだ母の腹の中にいた。生まれていない者を罰することはできない」

シリンはふうっと息を吐いた。これで、少なくともナフィーサの子が死ぬことはない。

しかし、広間に満ちるささやきの色が変わった。

今は赤子といえど、危険ではないのか。

父も母も後ろ盾《だて》一つなく、罪人の係累として生きるよりは、今殺してやった方がずっと子のためではないのか。

そんな声が聞こえてくる。

暁慶の耳にもその声は届いているだろうが、構わずに続けた。

「そして、杏妃《きょうひ》は皇帝を弑《しい》した男の姉だ。常であれば死罪を免《まぬが》れない。だが、下手人《げしゅにん》を誅《ちゅう》したのも杏妃だ」

シリンは自分の手を見下ろした。爪の中まで湯で洗い落とされ、そこには血も泥ももうない。けれど弟の命を奪った感触は、いまだ残っている。きっと一生、消えることはないだろう。

「したがって、罪一等を減じ、流罪とする」

シリンは顔を上げ、玉座を仰いだ。

おお、とあちこちで声が上がった。非難がましい声に安堵《あんど》するような声、どちらもが入り混じる。

「陛下、お待ちください！」

シリンが口を開くより先に太い声を上げたのは、汪斉盟《おうせいめい》だった。

「恐れながら、陛下。この者への疑いがすべて晴れたわけではございません。罪人どもが口裏を合わせ、庇《かば》い立てたに過ぎないのかもしれないでしょう！　この謀《たばか》りに、草原が関わっていないというのも怪しいものです。この者と姉とは、そもそも双子ではなかったという話ではありませんか。双子を騙《かた》るなど、それだけで死に値《あたい》する罪です！　陛下を謀《はか》ってその寵《ちょう》を掠《かす》め取り、永寧宮《えいねいきゅう》の一画を汚したのですぞ」

暁慶は玉座から立ち上がり、臣下を睥睨《へいげい》した。

「口が過ぎるぞ、斉盟」

「陛下、わたくしは御身を案じてこそ申し上げているのです。魏帝《ぎてい》陛下亡き後、我らには陛下しかおられない」

所詮《しょせん》は異民の女だ、と斉盟は忌々《いまいま》しそうに吐き捨てた。

「我々は前皇后《こうごう》の件から学ぶべきだったのです。魏帝陛下が弑されたのも、元を辿《たど》れば干陀羅の血を後宮に入れたからでしょう。永寧宮に外の血を招いてはならなかったのです」

「異民の血に罪があるのではない。前皇后は無実だった。血そのものではなく、異民を排そうとする心根が惨劇《さんげき》を呼ぶのだと、なぜわからぬ」

「初めから異民などいなければ、何の問題もなかったではありませんか！　だというのに陛下がお二人とも異民の娘などに心を移され、私は以前から災《わざわ》いがあるのではないかと憂《うれ》えておりました」

お父様、と月凌が意を決したように声を上げた。

「おやめください。陛下のお心に背くおつもりですか」

「だまれ、月凌！　お前がそのような顔で生まれたことが、そもそもの間違いだったのだ。せっかく蘭玲《らんれい》と双子に生まれついたというのに、お前の顔がそんなだから、異民の娘に寵を奪われるのだ。挙句、この泗水《しすい》で魏帝陛下を弑されるなどという失態を――」

斉盟の言葉が終わらないうちに、シリンはすっと前に進み出た。

「都督殿。では、私と草原に反意のないことを証立てればよいということでしょうか」

斉盟は面食らったようだったが、すぐに厳《いか》めしい顔つきに戻った。

「そうだ！　だがどうやってそのようなことを示すというのだ」

「今、この場でご覧にいれます。どうか皆様にも、証人になっていただきたく」

シリンはぐるりと広間を見渡した。心臓が早鐘を打つ。

これが、本当に正しい答えだろうか？　迷いはいまだ胸の内にある。

けれど、何が正しいかは後になってみなければ誰にもわからない。

だから、いま自分が正しいと信じたことに手を伸ばすしかない。

人にできることは、ただそれだけだ。

シリンは玉座の暁慶に向き直った。

膝をついて両袖《そで》を合わせ、広間の全員によく見えるよう高く掲げる。

そして、二度叩頭《こうとう》した。

正式の礼である。

「なんの真似だ？」

暁慶が訝《いぶか》しそうに眉根を寄せた。シリンはゆっくりと顔を上げた。

「アルタナの新たな長《おさ》より、濫の皇帝にご挨拶《あいさつ》申し上げます」

朗々たる声は、広間に響いた。

震えそうになる声を、喉元《のど》でなんとか支える。

「我が父の子らは、私一人を除いて皆命を落としました。であれば、次なる族長を継ぐ権利は私にある」

しかし、と声が上がった。

「草原の氏族たちの長で、女など聞いたことがない」

「聞いたことがないのなら、今その耳で聞かれるといいでしょう。これから私がそうなるのですから」

濫の皇帝よ、とシリンは暁慶を振り仰いだ。

「新たなアルタナ族長として、濫に二心なきことをお示しします」

シリンは沓音《くつ》を鳴らし、ハリヤのもとへと近づいた。

うなだれていた顔が、シリンを見上げる。その両目は、奇妙なほど凪《な》いでいた。

「剣を、これへ」

シリンは右手を差し出し、待った。

静まり返った広間で、自分の心臓の音ばかりがうるさい。

うまくいく確信はなかったが、暁慶は兵に剣を渡すよう指示した。

剣が手渡されると、ずしりとした重みに腕の筋がかすかに痛んだ。弓は慣れたものだが、剣は扱ったことがない。シリンは両手で柄《つか》をつかみ、ゆっくりと持ち上げた。

皆、すでにシリンの意図を察していただろう。

観衆が息を呑《の》む気配があった。けれど制止の声は上がらなかった。

数多《あまた》の視線が、シリンの腕に絡みつく。

ハリヤはゆっくりと息を吐き出すと、首を差し出すように再びうつむいた。

シリンは広間の視線を断ち切るように、剣を振り上げる。

そして一息に、頼りないうなじに向けて剣を突き立てた。

血しぶきが、シリンの頬《ほお》を汚した。

全身の体重をかけ、刃を首元へと沈める。

貫通した剣先が、喉元から覗いた。

柄から手を放すと、ハリヤの体は剣を飲み込んだまま前へと倒れた。

がらん、と地に落ちた剣が音を立てた。

広間の床に、赤黒い染みが広がっていく。

しばしの静寂の後、こんな、と掠れた声が上がった。

「こんなことが、証になるとでもいうのか？」

斉盟は袖口で鼻を覆《おお》い、眉をひそめた。

「なんと野蛮《やばん》な。このようなやり方、濫では到底認められるものではない！」

気色ばんだ斉盟の背を、蘭玲が支えた。

「お父様、落ち着いてください。さっきから、たかが異民の娘一人にそのように声を荒らげられて。お父様が心を砕かれるような相手ではございませんでしょう」

蘭玲はシリンをちらと見た。口元には、不可解な笑みが浮かんでいる。

「陛下、恐れながら進言いたします。私も父と同じ考えです。このような野蛮な振る舞いをする者、今ここで正しく処断された方が、後々の安寧に繋《つな》がるかと存じます」

蘭玲、と月凌が苦しげな声を上げる。蘭玲は姉を一瞥《いちべつ》し、「ただ」と続けた。

「此度《こたび》に限っては、話はそう単純なものではないかと」

斉盟は驚いたように目を剝《む》いた。何を言う、と娘の肩をつかんだが、蘭玲は構わずに続けた。

「杏妃は草原の盟主、アルタナ族長を名乗りました。前族長が魏帝陛下を弑し、濫が新族長を殺すとなれば、濫と草原の決別は避けられない。そうなれば、それこそ下手人どもや干陀羅の思う壺《つぼ》ではありませんか。加えて、杏妃が長とならなければ、立て続けに族長を失った混乱の中でアルタナは瓦解《がかい》するかもしれない。そうなれば、干陀羅の草原への侵入はより容易なものとなるでしょう」

我が意を得た、というように暁慶は蘭玲に向かって口角を上げて見せた。

「娘の方が、よほど私の意図を汲《く》んだようだ。斉盟よ。貴妃の言うように、干陀羅が草原に入り込み彼の地を平らげれば、奴らが次に狙うは濫だ。そうなれば、真っ先に攻められるのはこの泗水であろう。お前は泗水の民に再び苦難を強《し》いるというのか?」

斉盟は呆《ほう》けたように暁慶と娘の顔を見比べた。

お父様、と蘭玲は父の耳にささやいた。

「ここで異民の娘一人にこだわり、陛下のお考えに背いてなんとします。生かして陛下に恩を売った方が、ずっとよろしいのでは?」

ささやいたにしては、やけに大きな声だった。その内容は、シリンはおろか、暁慶の耳にさえ届いていた。

お父様、と月凌も父に迫った。斉盟は低く唸《うな》った。

「……陛下の、ご意志に従いましょう」

斉盟が下がると、他に声を上げる者はいなかった。皆、シリンを遠巻きに、小声で何事か言葉を交わすばかりだった。

「では、杏妃の流罪先を言い渡す」

広間のざわめきが静まり、ぴんと張った糸のような静寂が戻る。

「ここ冠斉《かんぜい》の北、長城の向こうだ」

シリンは膝を折り、血に濡れた両袖を合わせた。

「謹《つつし》んでお受けいたします」

暁慶は頷き、玉座から立ち上がった。

「これで、すべての裁定が済んだ。散会とする」

その声に、集《つど》った者たちが動き出す。

シリンは倒れたままのハリヤを見やった。

口元には、かすかな笑みが湛《たた》えられていた。


その晩、シリンは暁慶の房《へや》に呼び立てられた。

立ったままのシリンに、「座れ」と暁慶は促《うなが》した。椅子《いす》に腰を下ろすと、「違う」と牀《しょう》を示された。結局二人は隣り合って牀に座ったが、言葉はなかなか出てこなかった。

話すべきことはあまりに多かったが、そのどれもが話すべきことでないようにも思われた。

長い沈黙を破ったのは、「汪斉越《せいえつ》は」と暁慶がつぶやく声だった。

「一説には、草原の民だったと伝えられる」

「濫建国の英雄がですか?」

「あくまで一説には、だ。しかし斉越の特徴として伝わることには、草原の民との共通点も多い。斉越は弓と騎馬の類《たぐい》まれな名手であり、狩りを好んだ」

「それくらいなら、濫の人でもたくさんいるでしょう」

「そうだな。しかし建国後に彼が封《ほう》じられたのは泗水だ。泗水は豊かな土地だし、国境に接する要所だから、褒賞として与えるのにおかしくはない」

「でも、もし斉越が草原出身なら、故郷に近い土地に封じた?」

「そういう風に考えることもできる」

暁慶はシリンの髪に手を伸ばし、不器用な手つきで細く編み始めた。

「結局、すべて憶測の域を出ん。本当のところは、今では誰にもわからない」

「もし本当に汪斉越が草原の民であったなら、月凌様や蘭玲様と同じ汪家の血が私に流れているのですね」

「仮に真実だったとして、大昔のことだ。血など薄まりきっている」

血、とシリンはつぶやいた。

「陛下。私と姉は……」

　暁慶が髪を編んでいるので振り向けず、背を向けたまま言った。

「双子ではなかったことか？」

　シリンはうつむいたが、暁慶は鼻を鳴らした。

「どちらでもよい、そんなことは。私は父上と違って信心深くないからな。建前だけ春官どもの言うことを聞いたふりができれば、実際やってくる女が双子だろうとそうでなかろうとかまわなかった」

「陛下は、双蛇《そうじゃ》神を信じておられないのですか？」

「祖神として敬《うやま》ってはいる。だが、双子が双蛇の生まれ変わりうんぬんというのは信じていない。市井《しせい》に双子が生まれて、その親が喜ぶくらいならば微笑《ほほえ》ましいものだ。だが言い伝えのために帝が二人立ち、後宮に双子の妃ばかり集めるなどあまりに馬鹿《ばか》げている」

　ましてそのために人が死ぬなど、と暁慶は言葉を切った。

「帝が一人でも後継争いに暇《いとま》がないというのに、それが二人となればどうなるかは火を見るより明らかではないか。なぜ、自ら争いの火を広げるような真似をせねばならない？　おまけに、争いの末に帝位につけば恨《うら》みもついて回る。帝に臣下の信なくば、国は乱れる。国が乱れれば、その禍《か》を被《こうむ》るのは民だ」

「……だから陛下は、冬暁宮《とうぎょうきゅう》にいらっしゃらなかったのですか？　子を残さぬように」

「そういうことだ。私に子がなければ、争いようもない。我らの後は、燕嵐の子が玉座を継げばよい。もとより私は、燕嵐の陰《かげ》だ。双子でなくただの兄弟だったならば、私など皇太子の候補に挙がりもしなかっただろう。ならばたとえ玉座に昇ったとて、陰は陰らしくあればいい。わざわざ子を成して、我が子を政争に巻き込むこともなかろうと、そう思っていた。……だが」

そのせいで、お前たちには忍耐を強いた。

暁慶はそう小声で付け足した。

シリンは肩から力が抜けていくような心地がした。

「暁慶様にも、そういう機微はおありだったのですね」

「人のことをなんだと思っている。悪いとは思っていた。だから最初に言っただろう、私に嫁いだことなど忘れろと」

シリンは、境遇の差にナフィーサを羨《うらや》んで沈んでいた頃の自分を懐かしく思い起こした。今となっては、微笑みかけたくなるような平穏な悩みだ。まるで何十年も前のことのように、その光景ははるか遠い。

ナフィーサのはにかむように笑った顔が胸に浮かび、やがて滲《にじ》んだ。

「そもそも双蛇とは、いったいなんだ？　私と兄上が真実双蛇の生まれ変わりであったなら、濫をもっと強大な力で守れたはずだ。民は水害に苦しむことも、草原や干陀羅に心惑わされることもなかっただろう。そのはずなのに、現実はどうだ。私と兄上が双子に生まれついたせいで、死に追いやられた人間がいるだけだ」

兄上も母上も、前皇后も、と暁慶は息を吐いた。その先に、もう一人の名の気配があった。その名が口にされることはなかったが、シリンも暁慶も、一人の男の顔をありありと思い描いていた。

鳶《とび》色の髪が揺れる幻《まぼろし》を、二人は虚空《こくう》に見た。

「私は天帝を恨む。天帝が蛇神をねじり上げたりなどしなければ、双子がもてはやされることもなく、誰も死ぬことはなかった」

私はただの人間だ、と暁慶はぽつりとつぶやいた。

編み目に納得いかなかったのか、暁慶は編んだ髪をほどき、一からやり直した。

「双蛇の生まれ変わりなどではない。この国にもし双蛇があるのなら、それは神話に語られるようなものではなく、帝と民の双頭であると私は信じている。それこそが、濫を成すものだ」

帝は国と民あってこそのもの。それは、いつか暁慶がシリンに語った言葉だった。

「ならば、治世にてお示しになればよいのです」

暁慶の髪を編む手がひたりと止まった。

「あなたはもはや陰でいることを許されない身となった。濫国の行く道は、あなたの手の中にある」

シリンは暁慶に背を向けたまま、薄く笑った。

「私が見ております。長城の向こうから、あなたの成すことを」

ややあって、暁慶の手が再び動き出した。

「いいだろう。私も見ている。お前がこれから辿る道を」

声には挑むような響きがあった。

「赤子は連れていけ。濫に残れば、それこそ争いの元だ」

シリンが頷くと、暁慶は髪から手を離した。

「編めましたか?」

できた、と暁慶が答えたので、シリンは鏡を覗き込んだ。

そこには不揃《ふぞろ》いな編み目の髪がひと房、顔の横に垂れていた。

シリンが小さく噴き出すと、暁慶はすぐに髪をほどこうと手を伸ばした。

「駄目です。これはこのままに」

伸びてきた手を払い除《の》け、シリンは編まれたひと房を服の中に仕舞った。

はあ、と暁慶はおおげさにため息を吐くと、牀の上に仰向けになった。

沈黙が再び訪れた。もはや話す必要がないのだと、今度は思えた。

シリンは暁慶の隣に寝転び、肩に頭を預けた。

暁慶の匂いがした。初めて知る、夫の香りだった。

「あの子のことは、命に替えても守ります。それが姉の願いでもある」

暁慶は小さく笑い、強い女だ、と独り言のようにつぶやいた。

「今だけは、その強さが恨めしい」

言葉はそこで途絶えた。

暁慶の手が自分に向かって伸びてくるのを、シリンはどこか夢の中の出来事のように見つめていた。けれど頬に触れ、背をかき抱いたその体温は、夢ではあり得なかった。

シリンはその夜、濫に嫁いで初めて暁慶の腕の中で眠りについた。


早朝、まだ夜も明けきらぬうちにシリンは目を覚ました。

隣で眠る暁慶の顔を見下ろし、音を立てないように牀を抜け出す。

赤子の眠る房に向かうと、香鶴《こうかく》と緑申《りよくしん》の二人に迎えられた。乳飲み児《ご》は緑申の腕の中で静かに眠っている。

「行ってしまわれるのですね」

香鶴の両目には、うっすらと涙の膜《まく》が張っていた。

「香鶴は、この数日生きた心地がいたしませんでした」

「心配かけて悪かったわ。これまでのこと、本当にありがとう。二人とも、後を頼むわね」

「お任せください、娘々《おくさま》」

鼻をすすり上げる香鶴に代わり、緑申が力強く頷いた。

「これからは月凌様を頼りなさい。あの方なら、きっと良い様にはからってくださるわ。私が残していくものは、邸《やしき》の皆で分け合ってね。それと、暁慶様が許されたら、入宮の際に賜った翡翠《ひすい》の腕輪はあなたたち二人で一つずつ取りなさい」

そんな、と二人は首を横に振った。

「杏妃様、私たちはもう十分によくしていただきました。こののちはお仕えすることもかないませんのに、そのような」

シリンは薄く笑い、香鶴と緑申のそれぞれと目を合わせた。

「香鶴。婚礼の夜に、あなたが話す草原の言葉を耳にした時、私がどんなにほっとしたかわかる？ 私、化粧をしてもらいながら泣いてしまいそうだった。でも、この草原の言葉を話す侍女に面倒をかけて嫌われたくない一心で、必死に涙をこらえていたのよ。あなたがいてくれて、どれほど救われたかわからない」

香鶴はとうとう目から涙をあふれさせた。

「杏妃様。私、杏妃様がどんどん濫語が上達されていくのが、少しだけ寂しかったのです。濫語に不慣れでいらっしゃった頃は、何をされるにも私を頼ってくださったから、それが嬉《うれ》しくて、誇らしかった。杏妃様がどれだけ心細い想いをされているか、考えもしなくて、私」

シリンは香鶴の頬を流れる涙を袖で拭った。

「そんなことを考えていたの？　もっと早く教えてくれたらよかったのに」

シリンが笑うと、香鶴はとうとうしゃくり上げて、それ以上は言葉にならなくなった。

「緑申。あなたもそうです。香鶴と二人、あなたは最初から私を異民と侮《あなど》ることがなかった。侍女の中で年長のあなたがそうしてくれたから、他の侍女も皆その態度にならったのでしょう。だから私は、濫語を学んだり、暁慶様の訪れがないことに落ち込んだり、そういうことに心を砕けていたのだわ。今となってはよくわかる。ありがとう」

「そのようなお言葉、私には過分のものです」

緑申は、白いものの交じり始めた頭をうつむけた。

「私と香鶴は、杏妃様に仕える以前は別の妃の邸におりました。けれど私たちは先の主人に疎《うと》まれ、新たに輿《こし》入れされる杏妃様の邸付きとなったのです。それが決まった時、私は……北から来る姫の世話など、とひどく落胆《らくたん》しました。前皇后の辿られた末路のような災《さい》禍《か》が、再び後宮にもたらされるのではないかと恐れもしました」

緑申は唇を噛《か》んだ。

「お許しください。私とて、杏妃様ご自身のお人柄を知りもしないのに、草原からいらっしゃるというだけで、心中で嘆息したのです」

「でも、あなたはその内心を決して外に漏らすことはなかった。それは、誰にでもできることではないわ。そうでしょう？」

緑申が抱く赤子をくるんだ布に、ほつりと滴《しずく》が落ちた。

「娘々。私はすでに永寧宮に何十年もおります。外を忘れるほどに長い時間です。何人もの方々にお仕え申し上げました。杏妃様にお仕えできたのは、ただの一年。私が後宮で生きた時間に比すれば、まばたきの間のようにわずかな時です」

けれど、と緑申は顔を上げた。

「忘れ得ぬ一年にございました。この先幾人の方にお仕えしようとも、私と香鶴が杏妃様のことを忘れることはないでしょう」

ありがとう、とシリンは微笑んで繰り返した。

話すべきことは話し終えたと、聡《さと》い侍女たちはそれで悟った。

香鶴は鼻を赤くしながらも、シリンが旅装となるのを手伝った。馬に乗りやすいためか、旅路の危険を排するためか、着つけられたのは男子の衣裳だった。

香鶴が髪を結い上げようとするのを、シリンは止めた。

「このままでいいの」

頬の横にはまだ、昨夜編まれたひと房が残っている。

では、と香鶴はそのひと房を残し、シリンの長い髪を後ろで一つにくくり上げた。

「陛下が、杏妃様にと」

緑申がそう言って恭《うやうや》しく差し出したのは、小ぶりの剣だった。それを腰に提《さ》げ、さらに香鶴から受け取った弓矢を背負った。

何の因果か、芙蓉節《ふようせつ》の時とよく似た出で立ちだった。そこに斉越の面がないだけだ。

最後に赤子を受け取り、懐《ふところ》深く抱いてしっかりと体に紐《ひも》で結わえつけた。

赤子は何も知らず、すやすやと眠り続けている。シリンはその頼りない体を抱きすくめた。

すべての支度が整うと、緑申と香鶴は腰を折って礼をした。

「旅路の平らかなることを、我ら濫より祈り申し上げます」

シリンは主人として侍女たちにかける言葉を探したが、もはや何もありはしなかった。

「緑申、香鶴。どうか元気で」

それだけ言うと、二人が顔を上げる前に房を出た。

「杏妃！」

外へ向かおうとしたところで、呼び止められた。振り向くと、息を切らせて膝に手をつく女の姿があった。

「よかった、間に合った」

起き上がった顔は、月凌だった。

「ずいぶん水臭いじゃないか。挨拶もなしに行ってしまうつもりだったのか？」

シリンが謝ろうとするのを、月凌は押し留めた。

「これを、渡そうと思って」

息も整わないうちに月凌が懐から出したのは、二つの首飾りだった。シリンが市《いち》で、自分とナフィーサに買い求めたものだ。

「この子が、母親のものを一つも持っていないなんて寂しいだろう。これしか持ち出せなかったけど」

「……ありがとうございます」

十分です、と首飾りを受け取った。赤子に見せてやると、不思議そうに目を丸くした。

シリンは一つを自分の首から提げ、一つを赤子をくるんだ布に結びつけた。

「それから、ごめん。私が外へ連れ出したりしたから、余計に疑われたと聞いた」

シリンは強く頭《かぶり》を振った。

「どうか気に病まないでください。月凌様には感謝こそすれ、謝っていただくいわれなどありません。それに、楽しかったですよ。一緒に街を歩けて」

シリンが笑ってみせると、月凌は眉を下げた。

「私の方こそだよ、杏妃。杏妃が冬暁宮に来てから、ずっと楽しかった」

しばしの沈黙の後、月凌はふうっと大きく息を吐いた。

「一つ、お願いがある。きいてくれるかい？」

もちろん、とシリンは頷いた。

「なるべく長く、生きてくれ」

月凌の指先が、おそるおそるシリンの手に触れた。

「私はきっと、後宮で長く生きる。生きて、杏妃のことを思い出す。その時、杏妃にも生きていてほしい。たとえもう会うことがなくても、どこかで生きていてくれるだけで、嬉しい」

シリンは月凌の手を取った。

「約束します。そう簡単には死にません。生きて、生きて、時が経《た》てば……またお会いすることもあるでしょう」

そうか、と月凌は目のふちを滲ませた。

「杏妃がこれからやらなくちゃいけないことに比べれば、後宮での暮らしは退屈なものだろう。だけど私には象棋《しゃんちー》がある。いくらでも待てるさ」

だから、と続けた月凌の声はかすかに震えていた。

「また会おう。現世か黄泉《よみ》か、いずこかで、必ず」

「もう一度お会いしたら、一局お願いしますね」

もちろんだ、と月凌は強くシリンの手を握った。

「その時まで、象棋の指し方を忘れないでおくれよ」

シリンが頷くと、月凌は手を離した。

「後のことはすべて、私が引き受ける。杏妃は故郷とこの子だけに心を砕くといい」

「……お願いします。最後まで、なにもかも」

ありがとうございます、と続けようとしたシリンの肩を月凌が押した。

「いいんだ。冬暁宮の主人として、当然のことだよ。私もたまには、貴妃らしいことをしよう」

もう行け、とその声は言っていた。

シリンは踵《きびす》を返し、歩き始めた。呼び止める声はなかった。振り返ってはならないのだと、はっきりわかった。

まっすぐに歩き、やがて走り出した。そうしないと、永遠にこの場から動けなくなってしまう気がした。

外へ走り出ると、まだ冷たさを残した朝の空気が頬を焼いた。

厩《うまや》から茜雲《せんうん》を引き出し、手綱《たづな》を引いて長城の門へと向かった。まだ夢と現《うつつ》の間をたゆたう街に、茜雲の蹄《ひづめ》の音が響く。

やがて東の空が藍《あい》色に滲み、星々の輝きがだんだんと薄れていった。

夜が明ける。すべての者の上に、太陽が昇りくる。

長城の前に立つ頃には、夜闇《よやみ》は西の彼方《かなた》に追いやられていた。

曙光《しょこう》が茜雲のたてがみを照らすのをまぶしく見やった時、ふと気配を感じてシリンは振り返った。

そこに暁慶が立っていた。

行くのか、と暁慶は問うた。

「はい。故郷へ帰ります」

「帰ったところで、もう父母も弟もいない。睡妃《すいひ》も、その母も死んだ」

「まだアルタナは死んでいません。私がここに立っているのですから」

暁慶は口元を歪《ゆが》めて薄く笑った。

夫の顔に暁光《ぎょうこう》が差し陰を落とすのを、シリンは美しいと思った。

白くすべらかな濫人そのものの顔を、ずっと見ていたいと思った。ずっとそばに立ち、ため息を吐かせ、時に笑わせたいと思った。

そう、願った。

シリンは茜雲の手綱を強く握った。

「故郷の再建が叶ったその時には、あなたに会いに来ます。アルタナ族長として、草原の名代《みょうだい》として。もう一度濫と盟約を結ぶために」

「やすやすとそれが叶うと思うか？　草原の民が皇帝を殺した事実は消えない」

「叶うまで、何年でも、何十年でも通いましょう。私の命ある限り」

　暁慶は小さく笑った。

「いいだろう。再会を楽しみにしている」

　容易な道のりではないと、シリンにもわかっていた。草原に帰ったとて、一度は濫の妃となったシリンがアルタナに受け入れてもらえるのかはわからない。無事に族長として認められたとしても、ナランやハリヤのしたことが伝われば、他の氏族たちはその責任を問うだろう。

　それでも、とシリンは赤子に目を落とした。

　守らねばならないものがある。この子供が生きる世界を守る責務が、自分にはある。

　シリンが顔を上げると、暁慶は北を指さした。

「行け。私の気が変わらぬうちに」

　シリンは茜雲に飛び乗った。

　馬上のシリンと暁慶は、しばし視線を合わせる。

　杏鈴《しんりん》、と暁慶はシリンを呼んだ。

「己が妃の名前も忘れましたか？　私は杏鈴《きょうりん》でしょう」

「いいや。杏鈴《しんりん》で合っている。古い読み方でそう読むのだ。私は元よりそのつもりで名付けた」

杏鈴《しんりん》、と暁慶はもう一度呼んだ。

シリンが体を傾けて顔を近づけると、暁慶はその唇に口づけた。

「無事を祈っている」

シリンは離れていこうとする暁慶の胸倉をつかんで引き寄せた。

暁慶の目が驚きに見開かれるのを見て、シリンは笑った。

笑んだまま、口づけを返す。

そして胸板を突き飛ばし、茜雲の腹を蹴《け》った。

茜雲はいななき、走り出す。

シリンはもう振り返らなかった。

長城の門を一息に駆け抜け、街道をひた走った。

北へ、北へとまっすぐに駆ける。

朝の冷気が頬を焼く。

草の香りが鼻をつき、走るうちに臟腑《ぞうふ》を満たしていった。体の中が緑色に染まっていく。

濫の空気が、押し出されていく。

かつてシリンは、茜雲に乗ってアルタナまで帰りたいと願ったことを思い出した。

けれど向かう場所に、もう父はいない。母も弟もいない。

ナフィーサがいない。

杏鈴《しんりん》、と呼んだ暁慶の声を思い出す。

初めて呼ばれたその名の響きに、暁慶がシリンの名を奪わず、ほとんどそのまま残していたことに気がついた。

馬上でシリンは、声を上げて泣いた。

その声は、ナフィーサの子が上げた産声《うぶごえ》に似ていた。

※この作品はフィクションです。実在の人物・団体・事件などにはいっさい関係ありません。

集英社オレンジ文庫をお買い上げいただき、ありがとうございます。
ご意見・ご感想をお待ちしております。

● あて先
〒101-8050　東京都千代田区一ツ橋2-5-10
集英社オレンジ文庫編集部 気付
氏家仮名子先生

双蛇に嫁す
濫国後宮華燭抄

集英社
オレンジ文庫

2023年2月21日　第1刷発行
2023年3月19日　第2刷発行

著　者　氏家仮名子
発行者　今井孝昭
発行所　株式会社集英社
〒101-8050東京都千代田区一ツ橋2-5-10
電話【編集部】03-3230-6352
【読者係】03-3230-6080
【販売部】03-3230-6393（書店専用）
印刷所　図書印刷株式会社

ISBN 978-4-08-680492-9 C0193